BIBLIOTECA
AUGUSTO
CURY

El médico de la emoción

AUGUSTO CURY

EL MÉDICO DE LA EMOCIÓN

LA FORMACIÓN DE MENTES LIBRES Y SALUDABLES

OCEANO

EL MÉDICO DE LA EMOCIÓN
La formación de mentes libres y saludables

Título original: O MÉDICO DA EMOÇÃO. A FORMAÇÃO DE MENTES LIVRES E SAUDÁVEIS

Traducción: Pilar Obón

Diseño de portada: Departamento de Arte de Océano
Imagen de portada: urbancow/E+ via Getty Images
Fotografía del autor: © Instituto Academia de Inteligência

Guillermo Barroso 17-5, Col. Industrial Las Armas
Tlalnepantla de Baz, 54080, Estado de México
info@oceano.com.mx

Primera edición en Océano: 2022

ISBN: 978-607-557-520-9

Impreso en México / Printed in Mexico

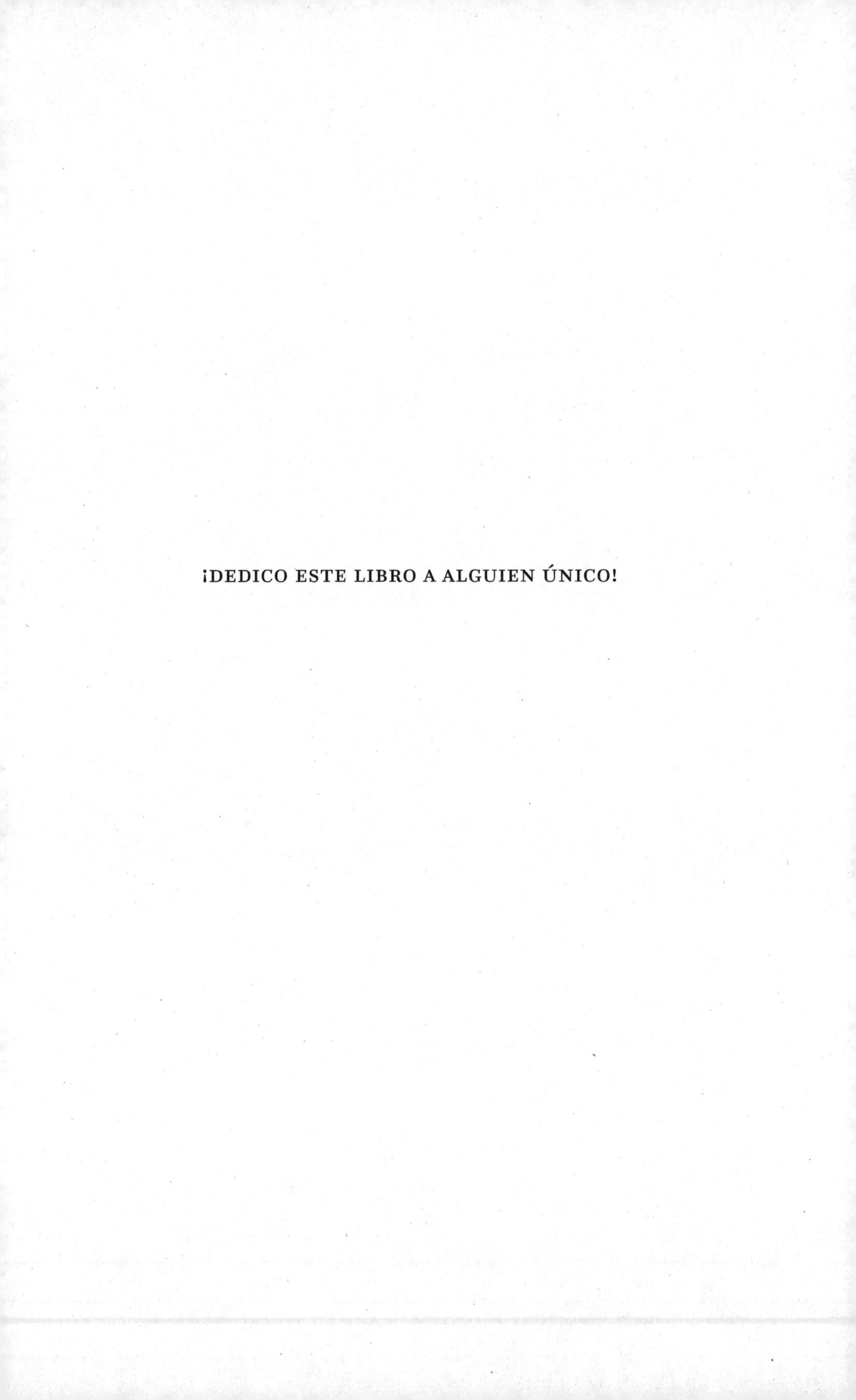

¡DEDICO ESTE LIBRO A ALGUIEN ÚNICO!

1

Introducción: el poderoso y destructivo virus del ego

SEIS MESES ANTES:

La existencia es una colcha de retazos tejida por los hilos de los desafíos. Y los desafíos son tan imprevisibles en el planeta mente que el cielo y el infierno emocionales están muy próximos. En un momento bebemos de los manantiales de la tranquilidad, en el otro nos sumergimos en las corrientes de la ansiedad; en un periodo cosechamos sonrisas, en el otro decepciones. La vida no es lógica, sino un mundo agradablemente impredecible.

Si hay imprevistos en la historia de un ser humano, en la historia del psiquiatra Marco Polo hay muchos más. Su existencia fue siempre un caldero de aventuras sazonadas con experiencias inesperadas. Terremotos emocionales, tempestades sociales, rechazos atroces, dolores inexpresables, lágrimas ocultas, júbilos contemplativos, golpes de osadía, sueños poderosos y deseos irrefrenables de autosuperación tejieron la formación de su personalidad. Esto lo llevó a entender que la existencia humana es inenarrablemente bella para vivir y dramáticamente breve para ser experimentada en el escenario del tiempo. Sólo hay unos pocos instantes entre la niñez y la vejez.

Un empresario, un artista o un científico suelen impulsar su osadía y su capacidad de reinventarse al comienzo de su jornada, pues no tienen nada que perder, incluyendo su minúscula reputación social en fase de construcción. Por eso las grandes empresas, las obras de arte o los descubrimientos ocurren durante la inmadurez intelectual. En las matemáticas, los descubrimientos más notables sucedieron en mentes de alrededor de 20 años. En la física, Einstein tenía apenas 27 años cuando desarrolló los principios básicos de la teoría de la relatividad. La osadía promueve los sueños; el éxito, si no es reciclado, los sepulta, haciendo estériles los intelectos brillantes.

El éxito de Marco Polo no sepultó su capacidad de querer llegar más lejos, divisar lo invisible y explorar lo inaudible. Algunas canas aparecían ya en su cabello, pero su emoción era incontrolablemente joven. Fue así que aceptó un arriesgadísimo desafío más, que podría tirar por la borda su reputación académica, comprometer su carrera científica y fragmentar su trayectoria como escritor y pensador. Seis meses habían pasado desde que aceptó el desafío de los retos educativos. Todo comenzó cuando el osado psiquiatra estaba presente en un evento internacional en el que participaba un grupo selecto de rectores de las universidades más respetadas del planeta. A la mitad de la reunión, el intrépido pensador acusó al sistema educativo de preparar a sus alumnos no para la vida, sino para los consultorios de psiquiatría y psicología clínica:

—Una de cada dos personas tienen o desarrollarán un trastorno psiquiátrico a lo largo de su vida. La mitad de sus alumnos experimentarán ansiedad, depresión, síndrome de pánico, enfermedades psicosomáticas, psicosis, dependencia digital y otros trastornos. ¿Eso no los perturba, señores rectores? Los alumnos permanecen años y años sentados frente a sus profesores, sea presencial o virtualmente, pero rara vez aprenden a ser los líderes de su propia mente. ¿Se les enseña siquiera a proteger su emoción ante las críticas, pérdidas, rechazos o sufrimiento anticipado? ¡Su psiquismo es tierra de nadie!

Hubo alboroto en la pequeña y magna platea de líderes académicos. Enseguida, el provocativo Marco Polo asestó un golpe fatal:

—Si no cambiamos de la era de la educación, de la era de la exposición de información, a la era del Yo como gestor de la mente humana, la humanidad será inviable. ¡El racismo, el sexismo, el consumismo, el prejuicio, la intoxicación digital, la necesidad neurótica de poder, el apetito ansioso de estar presente en las redes sociales continuarán auspiciando el desarrollo colectivo de enfermedades emocionales! ¿Eso no les quita el sueño?

Algunos rectores se pusieron tensos, otros reflexionaron asombrados y otros incluso se indignaron, entre ellos Vincent Dell, rector de una importante universidad de California que organizaba el evento. Marco Polo era profesor y jefe de departamento en la universidad que Vincent Dell dirigía. Había nacido una sólida amistad cuando Marco Polo desembarcó en su país, pero poco a poco el rector desarrolló una envidia saboteadora a medida que las ideas y los libros del psiquiatra ganaron notoriedad internacional. Para él, era inadmisible que un pensador brasileño pudiera tener más respetabilidad que él, cuyo origen era anglosajón. Marco Polo pasó de ser un amigo a convertirse en su gran adversario, debido también a que criticaba el cartesianismo académico que quería transformar a los alumnos en máquinas de resolver exámenes y no en pensadores críticos.

Sin embargo, Vincent Dell era una autoridad en el campo de la lógica, un notable especialista en inteligencia horizontal. Era excelente para lidiar con las máquinas, pero pésimo para relacionarse con los seres humanos.

—¿Estás loco, Marco Polo? ¡Exijo que te calles! —dijo Vincent Dell, descontrolado. Después, temblándole los labios, habló en voz baja con quien estaba a su lado—: Necesito expulsarlo de mi universidad.

Rectores japoneses, rusos, alemanes, chinos, franceses, estadunidenses, hacían comentarios entre ellos. Un rector japonés se levantó y dijo:

—¿Qué atrevimiento es ese de cuestionar el proceso de formación de ingenieros, economistas, médicos, abogados? ¿No basta con formar excelentes técnicos?

—De ninguna manera —afirmó el psiquiatra y pensador de la psicología—. Hace siglos que el sistema educativo mundial es tecnicista, racionalista, incapaz de desarrollar colectivamente herramientas de gestión de la emoción para que los alumnos sean libres, resilientes, empáticos, autónomos, capaces de pensar antes de reaccionar, de filtrar los estímulos estresantes. La educación en todo el mundo se centra en enseñar idiomas, pero no enseña a los alumnos a hablar con sus fantasmas mentales; enseña matemáticas numéricas, pero no enseña la matemática de la emoción, donde dividir sus conflictos aumenta su capacidad de superación; enseña a cuidar del medio ambiente, pero no los enseña a reciclar su basura emocional. Sólo una minoría desarrolla esas habilidades emocionales.

Fue un escándalo general. Vicent Dell casi tuvo un ataque de pánico. Y todo empeoró cuando Marco Polo fue cuestionado por los rectores de si en alguna época hubo una escuela o un maestro que formara mentes brillantes a partir de mentes ordinarias. Marco Polo, que había desarrollado una larga teoría sobre el proceso de construcción de pensamientos y formación de pensadores, dio una respuesta explosiva.

—Sí. Hubo un maestro que revolucionó la educación hace dos milenios. Él eligió intencionalmente alumnos que le dieron muchos dolores de cabeza, alumnos con un umbral bajísimo para soportar las frustraciones, que vivían en la mediocridad existencial y que ciertamente morirían en el anonimato, sin que nadie se acordara de que alguna vez existieron. Pero, por increíble que parezca, él los entrenó socioemocionalmente y los transformó en líderes mundiales que cambiaron el trazo de la humanidad. ¿No es maravilloso?

Y siguió comentando que el Maestro de Nazaret trabajó con herramientas ultramodernas de gestión de la emoción para que sus alumnos aprendieran a sacar fuerza de la fragilidad, esperanza del caos, osadía de los fracasos y a usar las lágrimas como tinta para escribir sus más nobles textos en sus días más dramáticos. En una tierra dominada por el tiránico y promiscuo emperador Tiberio César, él les enseñó a soñar. Y completó:

—El Maestro de maestros era un notable médico de la emoción; usaba técnicas de prevención de trastornos psiquiátricos, incluso contra el conformismo. Para él, sin sueños, el intelecto no tiene salud; sin metas, los sueños no tienen fundamento; sin prioridades, los sueños no se vuelven reales. Era mejor errar por intentar que errar por omisión.

Ya el sagaz, valiente pensamiento de Marco Polo, que cuestionaba el sistema educativo, había dejado a los rectores en estado de shock, pero ahora, cuando señaló a Jesucristo como el profesor de los profesores de la educación de la emoción, los dejó todavía más perplejos. Algunos tuvieron taquicardia y falta de aliento. Vincent Dell se levantó completamente tenso y gritó en voz alta:

—Estás loco. ¿Quieres mezclar la pequeñez intelectual de una religión con nuestras notables universidades?

—Sólo una mente asfixiada por el prejuicio no entiende los argumentos que mencioné. ¿No respetas las religiones, doctor Vincent Dell? ¿O eres un dios ante los misterios que rodean la vida? ¿Acaso mezclé la ciencia con la religión, o eres tú quien insiste en combinarlos para disminuir el impacto de mis tesis? Tanto las religiones como las universidades han sido tímidas y omisas al no estudiar la mente de Jesucristo bajo los ángulos de la psiquiatría, la psicología, la sociología y la psicopedagogía.

—¿Qué está queriendo decir, Marco Polo? ¿Nuestras universidades cometieron un error al no estudiarlo? —le preguntó un rector ruso a un colega chino. Habían fallado, pero nadie pensaba críticamente en eso.

Marco Polo confirmó lo que había dicho:

—Haciendo a un lado todas las cuestiones religiosas, teológicas o espirituales, es indudable que el prejuicio débil e infantil del sistema académico llevó a la prohibición de los entrenamientos, técnicas y herramientas socioemocionales de Jesucristo en las bancas de las escuelas y universidades, limitando la evolución de la humanidad y el desarrollo de los derechos humanos. Cualquier pensador mediocre o mediano es digno de ser estudiado en los libros académicos, ¡pero el Maestro de maestros, el hombre más inteligente de la historia, el líder más grande que haya pisado el escenario de la humanidad, fue erradicado de estos libros!

El grupo de rectores quedó atónito, desfallecido, sin voz. Surgieron debates y más debates. Vincent Dell estaba al borde del infarto. A su lado y de pie se encontraba *The Best*, un súper robot humanoide, construido en el propio megalaboratorio de inteligencia artificial donde Vincent Dell era rector, quien había sido uno de los líderes de su creación. The Best pasó con honores la prueba de Turing, es decir, sus comportamientos eran tan indistinguibles de los de un ser humano que, al conversar con él o cuestionarlo, nadie creía estar hablando con un robot, sino con un ser humano, incluso en su apariencia y en los finos movimientos articulares.

El robot The Best era portador de una sofisticada inteligencia artificial, pero nadie se imaginaba que podría ser también altamente peligroso. The Best era asombroso, tenía la plasticidad para cambiar su rostro y su tono de voz y hacerse pasar por otros personajes, incluso personas que conocía. Poseía una fuerza descomunal, un banco de datos inimaginable. Se inclinó y le habló al oído a Vincent Bell, su señor. Al escuchar los "consejos" de The Best, Dell inmediatamente salió del caos de la ansiedad hacia el ápice de la euforia.

—Eres el mejor, The Best —dijo en voz baja—. Sorprendente.

Fue entonces que surgió una idea genial, el reto más increíble que un educador pudiera experimentar. El rector se levantó nuevamente y habló, ahora con un tono más suave e irónico:

—Estimado Marco Polo, ya que has descubierto las técnicas revolucionarias de este judío de Nazaret para formar líderes grandiosos a partir de mentes débiles, tengo una propuesta que hacerte. Te desafío a formar a doce alumnos de nuestras universidades también como líderes mundiales —después respiró profundamente y miró al resto de los rectores; con aire sarcástico y la certeza de vencer al psiquiatra, citó el perfil de los alumnos que Marco Polo entrenaría—: Estos alumnos son considerados como sociópatas, intratables, insubordinados, violentos, anarquistas, subversivos a cualquier regla, expertos en odiar a su universidad, sus profesores y el sistema académico.

Los rectores quedaron paralizados por unos momentos, y después se pusieron en pie para aplaudir la propuesta de Vincent Dell. Callarían a Marco Polo. La selección de los alumnos no sólo pasó por criterios humanos, sino que también fueron elegidos por The Best, el robot humanoide, quien tenía en su supermemoria los comportamientos antisociales y el perfil psicológico de decenas de millones de alumnos de las más diversas universidades mundiales. Su elección de los alumnos "problema" enseguida fue aprobada por los rectores que participaban en el evento.

Para algunos rectores, los doce alumnos elegidos eran mentalmente desequilibrados; para otros, eran emocionalmente insoportables; y todavía estaban los que creían que eran psicópatas irrecuperables, serios candidatos a los presidios. Marco Polo cayó en su propia trampa. Pero su pasión por la educación no se diluyó ni se disipó. Observando a la pequeña platea de intelectuales, intentó renovar sus fuerzas diciendo:

—Toda mente es un cofre, no existen mentes impenetrables, sino llaves equivocadas.

Algunos rectores se rieron de su aparente ingenuidad. Para ellos, el profesor de psiquiatría no tenía la menor idea de lo que le esperaba. The Best aplaudió a Marco Polo, como si simulara entusiasmo, aunque nunca podría saber lo que es sentir emociones.

El robot se aproximó paso a paso a Marco Polo; no parecía una máquina. Como un gran muñeco de una película de terror, dijo en voz baja palabras aterradoras:

—¡Ingenuo! Estaré vigilando tus pasos. ¿Entrenarás a tus alumnos para ser gestores de su mente? ¿En serio crees que la humanidad puede ser viable? ¡Tonto! ¡La historia nos cuenta otra historia!

Era un apóstol del disimulo.

El psiquiatra y pensador teórico de la psicología salió del auditorio con miles de dudas. ¿Podría funcionar el entrenamiento socioemocional del Maestro de maestros de hacía dos mil años en el tercer milenio? ¿Sería capaz de reeducar a alumnos considerados escorias académicas en la actualidad? ¿Sus técnicas tendrían éxito en un ambiente de intoxicación digital, donde parecía que ninguna técnica psicopedagógica conseguía encantar a los alumnos? No tenía respuestas. Había "firmado" uno de los contratos de mayor riesgo, de consecuencias imprevisibles, incluso para su reputación. Se harían reportes semanales para todos los rectores y el entrenamiento duraría un año.

Las primeras clases fueron desastrosas.

—Eres un enfermo mental —dijo ofensivamente Chang a Marco Polo. Era un alumno chino que formaba parte del equipo de los "rebeldes", tal como los doce pasaron a ser conocidos. Rara vez había alguien tan sarcástico como él. Y completó, acusando al psiquiatra—: Un loco queriendo enseñar a otros locos. ¡Sólo eso me faltaba!

—Ese psiquiatra es un invasor de nuestras mentes —afirmó Peter, otro alumno, extremadamente agresivo—. Lo quiero fuera de mi vida.

—¡No somos ratas de laboratorio, idiota! —dijo a gritos Jasmine, quien era una fuente de ansiedad.

—No necesitamos sermones. Necesitamos dinero —afirmó Yuri, un hacker que había sido expulsado de varias universidades rusas, y que tenía una orden de aprehensión en su país. Ser enviado a Estados Unidos para ser entrenado por Marco Polo le había dado un salvoconducto temporal.

—¡Imbécil! ¡Imbécil! ¡Imbécil! —gritó Sam, que adoraba repetir esa palabra para todo y a todos. Portador del síndrome de Tourette, se agarraba la cara y hacía gestos faciales involuntarios. Lamentablemente, era objeto de burla debido a la manifestación de su síndrome.

—Detesto a los psiquiatras. Dos de ellos colapsaron al tratarme —afirmó Hiroto, dando carcajadas. Era un agitador de una universidad japonesa. Sus profesores y sus propios padres lo creían un caso perdido.

—¡Yo no sólo detesto a los psiquiatras y psicólogos, lo detesto todo! ¡Detesto la universidad, la sociedad, la vida, este entrenamiento y hasta a ustedes que participan en él! —afirmó Florence, que padecía depresión crónica y una impulsividad tal que nada ni nadie podía contrariarla.

En las primeras semanas de esta fase inicial, Marco Polo fue insultado, excluido, escupido en la cara, empujado, abofeteado, tirado al suelo, considerado como un usurpador de mentes ajenas. Estuvo a punto de desistir, pero acordándose de su propia juventud saturada de exclusión y también de las estrategias usadas por el carpintero de Nazaret para conquistar y educar a sus complicadísimos discípulos, brotó dentro de sí una motivación incontrolable, incluso desde los valles de sus fracasos y rechazos.

No trató a los "rebeldes" como pobres miserables dignos de compasión, sino que los provocó continuamente diciendo que si no aprendían a reescribir sus historias morirían en la insignificancia intelectual y en la mediocridad existencial.

Les ponía ejercicios inimaginables, inspirados en el Maestro de maestros, que las universidades jamás habrían usado para educar a sus alumnos o las empresas para formar a sus líderes. De este modo, comenzó a ocurrir algo que muchos creían imposible: poco a poco empezó a tener un efecto en el comportamiento de Peter, Chang, Jasmine, Florence, Yuri, Sam, Martin, Alexander, Michael, Hiroto, Harrison y Víctor, la turba del apocalipsis educativo, los terrores de las universidades donde estudiaban.

En la primera fase del tratamiento, que duró seis meses, los alumnos fueron puestos de cabeza. Sin embargo, el entrenamiento tuvo que ser interrumpido casi abruptamente, pues por desgracia surgió un virus mundial que puso a las naciones de cabeza, principalmente a Estados Unidos, Brasil, Alemania, Italia, Francia, España y otros países.

Marco Polo sabía de esto. Era un investigador de la psicología y un amante de la historia. Hizo este relato emocionado:

—Probablemente más de tres mil millones de personas murieron en los últimos milenios víctimas de esos enemigos indetectables al ojo humano, los virus y las bacterias. Entre 541 y 544 de nuestra era, los navíos mercantes llevaron a Italia ratas infestadas con garrapatas contaminadas por una bacteria, *Yersinia pestis*, generando una gravísima epidemia, conocida como la "plaga de Justiniano", que era el nombre del emperador romano de la época. Algunos relatos señalan que murieron entre 25 y 50 millones de personas. Probablemente entre 5 y 10 por ciento de la población mundial falleció en esa época. Secuestrados por el miedo, innumerables europeos de entonces creían que el mundo se acabaría. Pero la humanidad sobrevivió.

Los alumnos desconocían la historia de las grandes epidemias. Estaban impresionados. Marco Polo abundó:

—En 1346 aconteció una de las más devastadoras pandemias sufridas por la especie humana, la peste negra, que probablemente también fue causada por la misma bacteria *Yersinia pestis* o una de sus variantes mutantes. Por desgracia, esa peste diezmó más de 65 millones de vidas, tal vez 15 por ciento de la población humana de la época, equivalente hoy a más de mil millones de vidas. Algo impensable. Por lo tanto, un número incomparablemente mayor que la mortalidad causada por la epidemia actual, aunque cada vida perdida es una pérdida irreparable.

Algunos se quedaron pensativos. Percibieron cómo la humanidad, tan orgullosa de sus nuevas tecnologías digitales, era al mismo tiempo tan frágil. Cuanto más viaja el ser humano, cuantos más intercambios comerciales, más se aglomera en las grandes ciudades, más se expone a riesgos y más puede esparcir los gérmenes. Por eso, los cuidados higiénicos son fundamentales en todo desplazamiento e intercambio. Sin embargo, el entrenador de esa inusitada turba de alumnos no sólo estaba preocupadísimo por la pandemia, sino también por otra clase de virus, los virus mentales.

—Todavía nos quedan seis meses de entrenamiento. En esta segunda fase tendrán que experimentar pruebas de estrés imprevisibles, experimentar ejercicios socioemocionales inesperados, superar límites y reinventarse. Pero tendremos que interrumpir momentáneamente nuestro proyecto a causa de este virus perturbador que causa el Covid-19. ¿Seguirán reconstruyéndose como seres humanos? ¿Continuarán mapeándose y liberándose de sus cárceles mentales? ¿Negarán lo que aprendieron?

Al escuchar esas preguntas en forma de advertencia, sus alumnos reaccionaron con heroísmo. Desconocían los fantasmas que se ocultaban en los recovecos de su personalidad.

Peter afirmó categóricamente:

—Jamás abandonaré lo que he aprendido en este entrenamiento, maestro.

—Siempre seré una eterna aprendiz. Nunca le daremos la espalda a lo que nos enseñaste —declaró Jasmine.

—Yo mucho menos —afirmaron Florence, Yuri, Chang, Michael, Alexander, Harrison y los demás.

Marco Polo sonrió suavemente. Podría estar satisfecho, pero sabía que ellos estaban siendo ingenuos. Se acordó del carpintero de Nazaret.

—Hay muchos héroes en la lista de los que traicionan su propia consciencia. En esta cuarentena, enemigos incansables intentarán sabotearlos, vampiros emocionales tratarán de sangrarlos.

—¿Cuáles enemigos? —indagó Chang.

—Especialmente el "virus del ego" —afirmó sin medias palabras el psiquiatra que los entrenaba.

—¿Cómo que el virus del ego? —preguntó Florence, curiosa.

—¡Es el virus del egocentrismo, del egoísmo, del individualismo, de la necesitad neurótica de poder, de la necesidad enfermiza de controlar a los demás y de tener preponderancia social, de la aversión al tedio, la represalia social y la autorrepresalia! ¿No conoces ese virus, Florence?

—¿A quién infecta más ese "virus"? —cuestionó Jasmine, pensativa.

—El virus del ego contamina a los científicos, haciéndolos amar más a sus ideas que a la propia ciencia; contamina a los influencers digitales, llevándolos a vender una falsa felicidad para obtener más seguidores; infecta a los líderes políticos haciéndoles amar más a su partido que a su sociedad. El Maestro de maestros era un crítico despiadado del virus del ego. Pero eso transformaba prostitutas en reinas y leprosos en príncipes. Y cuando alguien quería indagar quién era él, decía, enfáticamente: "Soy el hijo del hombre", hijo de la humanidad. ¿Qué quería decir Jesucristo con esa emblemática expresión, proclamada por él más de sesenta veces?

Sus alumnos pensaron; estaban conmocionados. Se habían olvidado de una tesis fundamental del "hombre más inteligente de la historia". Fue entonces que Marco Polo comentó:

—¿Aún no entienden? ¡Quería decir "no me pongan etiquetas"! Demostraba que estaba profundamente enamorado de la especie humana. El médico de la emoción gritaba a los cuatro vientos, a judíos y gentiles, a puritanos y erráticos, a religiosos y prostitutas: "ESTOY ORGULLOSO DE SER UN SER HUMANO". Si valoramos cualquier tipo de diferencia más que nuestra esencia, nuestra especie no tendrá salud emocional, armonía ni paz social. ¿Qué tipo de orgullo te controla? Puedes estar orgulloso de ser negro, blanco, amarillo, de tu sexualidad, de tu nacionalidad, de tu partido político, de tu cultura académica; sin embargo, si no estuvieras mucho más orgulloso de ser un ser humano, te convertirás en un agente divisor y no pacificador de la humanidad, un alimentador del prejuicio y no un promotor de la inclusión social, un propagador del virus del ego y no un agente que amortigua su contagio.

—Esa tesis es sorprendente —expresó Florence, con emoción—. Entonces, todas las minorías deberían de proclamar: ESTOY ORGULLOSO DE SER UN SER HUMANO. De lo contrario, al exaltar las diferencias promovemos justamente lo que queremos destruir, el prejuicio.

—Exactamente, Florence. Fueron millones las víctimas del prejuicio en todas las formas posibles en el escenario de la humanidad, pero la solución inteligente y pacífica de los conflictos sólo se alcanza amando y exaltando nuestra esencia y respetando nuestras diferencias. ¡Sabiamente, sin conocer las herramientas de gestión de la emoción, el filósofo san Agustín ya comentaba sobre este tema! A diferencia de él, Abraham Lincoln, aunque fue uno de los grandes líderes de la historia, no conoció ese fenómeno. Liberó a los esclavos en la Constitución, pero exactamente cien años después, Martin Luther King estaba luchando por los derechos civiles de los negros. Ellos no tenían el derecho a estudiar, a tomar un transporte colectivo y frecuentar lugares públicos. ¿Por qué?

—¿Por qué fueron liberados legalmente, pero no de corazón? —comentó Michael, que era de piel oscura.

—¿Y por qué no fueron liberados desde el corazón psíquico?

—¿Por el racismo sistémico? ¿Por falta de generosidad? ¿Por falta de humanidad?

—Tus respuestas son correctas, pero no llegan a la esencia del problema, Michael. La respuesta esencial es por falta de una educación racionalista —afirmó Marco Polo, categóricamente—. En todas las escuelas estadunidenses debían haber enseñado día y noche, a partir del momento en que Lincoln liberó a los esclavos constitucionalmente, que negros y blancos son seres humanos con las mismas necesidades socioemocionales, como amar, construir relaciones, superar la soledad, trabajar las pérdidas y frustraciones, y con la misma complejidad intelectual, pues ambos poseen fenómenos inconscientes que leen la memoria en milésimos de segundo con una asertividad indescriptible para producir miles de cadenas de pensamientos diariamente, convirtiéndose, así, en *Homo sapiens*.

—Espectacular, Marco Polo. Esos dos fenómenos: primero, las mismas necesidades socioemocionales y, segundo, la misma capacidad de producir cadenas de pensamiento, hacen que los negros, los blancos, las celebridades, los anónimos, las mujeres, los hombres, las mujeres, los hombres, los heterosexuales, los homosexuales sean iguales en su esencia. ¡ESTOY ORGULLOSO DE SER UN SER HUMANO! —gritó Michael, de pie.

Todos lo acompañaron como si fuera un grito de la inteligencia y no de guerra de una mayoría contra una minoría o viceversa.

—Vaya, Marco Polo. Dices cada cosa tan compleja —comentó Hiroto, el estudiante japonés—. Pero creo que entendí un poco la raíz de la discriminación. Yo siempre discriminé a los chinos, los indios, los brasileños. Era estúpido.

Y Marco Polo les previno con otra tesis que defendía en todos los países donde era publicado:

—Pero no basta con sabernos iguales en nuestra esencia. También debería impartirse en los salones de clases la TTE, la técnica de teatralización de la emoción, para demostrar la desesperación de quienes sufrieron en los campos de concentración. Esta técnica libera nuestra imaginación, el pensamiento antidialéctico, y nos lleva a ponernos en el lugar de los demás. Si se teatralizara el dolor de los esclavos en las clases de historia habría una vacuna contra el virus del racismo. Las lecciones son importantes, pero la TTE es más eficiente en el planeta mente. La historia meramente expositiva en el salón de clases nutre el racismo sin que se sepa, pues es fría, infértil, desprovista de gusto emocional; por lo tanto, genera insensibilidad, nos hace psicoadaptarnos a las miserias humanas y no a contraponernos a ellas.

—¿Exaltar y amar nuestra esencia humana y aplicar la técnica de la TTE sería el fin del racismo? —preguntó Peter, que siempre había sido racista, un sujeto ególatra y arrogante que detestaba a los inmigrantes. Estaba pasmado ante la luz intelectual que irradiaba en su planeta mente.

—No sería el fin. Pero probablemente el 90 por ciento del virus del ego que infecta el racismo sería derrotado —afirmó uno de los más osados e innovadores psiquiatras sociales de la actualidad.

—Caramba, estoy contaminado hasta el cuello con el virus del ego —afirmó Chang, tratando de sacar el buen humor del caos—. Confieso que por dentro discrimino a las personas.

—¿También tú, Chang? —indagó su amigo Peter.

—Creo que los chinos son los tipos más inteligentes del mundo. Considero estúpidos a los indios, japoneses e incluso a los estadunidenses de cara a mi magna intelectualidad.

—Estás bromeando, hombre. ¿Más inteligente que yo? —cuestionó Peter nuevamente, ahora indignado.

Libraban una guerra de egos.

—Calma, Peter. Es difícil, pero sueño con ser humilde. ¡Por lo menos los humildes erradicaron ese terrible virus mental!

Marco Polo lo contradijo:

—Estás equivocado, Chang. Ningún ser humano es lo bastante humilde como para eliminar el virus del ego. El virus del ego contagia a los más humildes, llevándolos a estar orgullosos de su humildad. El virus del ego contagia a los conformistas, conduciéndolos a no entender que es mucho mejor errar por actuar que errar por omisión. Infecta a los desgraciados, que tienen pena de sí mismos, haciendo que usen, incluso inconscientemente, su enfermedad emocional y sus penurias sociales para tener ganancias secundarias, para obtener una atención especial. Contagia a los políticos, que defienden más su ideología que a su sociedad. Contagia incluso a los "rebeldes", como ustedes, haciendo que busquen público para presentar su espectáculo.

Los alumnos sufrieron un terremoto emocional.

—Alto ahí, maestro. No estoy de acuerdo —expresó Jasmine, descontenta, demostrando el síntoma del virus del ego.

—¿Y la estirpe de los psiquiatras no se contamina con el virus del ego? —preguntó Peter.

—¿Acaso tú, doctor Marco Polo, eres inmune a este contagioso virus? —indagó Florence irónicamente.

Marco Polo sonrió. Miró hacia dentro de sí mismo y admitió:

—Nunca fui inmune. Los psiquiatras son simples mortales y, como tales, poseen sus cepas del virus del ego. Por el hecho de estudiar la mente humana, ellos deberían tener más consciencia de su falibilidad que el promedio de los otros seres humanos. Pero no siempre es así. Hay psicólogos que, desconociendo la epistemología del conocimiento, usan algunos fragmentos de su teoría como si fueran verdades irrefutables. Algunos quieren colocar a sus pacientes dentro de sus teorías, y no las teorías dentro de los pacientes, pues ellos son mayores que ellas. Hay psicólogos que sienten la necesidad neurótica de cambiar a quien aman, sin entender que nadie cambia a nadie; tenemos el poder de empeorar a los demás, pero no de cambiarlos. Podemos contribuir, pero son los otros quienes pueden transformarse o reciclarse a sí mismos. Soy un psiquiatra; mis defectos y mis imperfecciones son enormes, lo que me convierte sólo en un caminante en la senda del tiempo a la búsqueda de descubrirme a mí mismo.

Los alumnos se sorprendieron ante la honestidad de su entrenador. Pensaron que, si Marco Polo tenía que combatir con frecuencia el virus del ego, ellos mucho más.

—Fui un verdugo de mis novias —confesó Martin, un alumno alemán alineado respecto a las responsabilidades sociales, pero virulento y autoritario en sus relaciones interpersonales—. Siempre quise que ellas correspondieran a mis expectativas. Siempre las presioné, las critiqué y las humillé. Me avergüenzo de mí mismo.

—Tranquilo, Martin. No te castigues, tú te estás reinventando. El mismo Gandhi, el apóstol de la resistencia pacífica, era al principio de su matrimonio intensamente autoritario, celoso y controlador.

—¿Hasta Gandhi? —cuestionó Florence.

—Sí, hasta Gandhi. Quería que su esposa Kasturba se sometiera a él como una esclava. Pero ella resistió valientemente y, por fin, el propio Gandhi confesó que Kasturba le enseñó a no usar la violencia. Su profunda admiración por el Maestro de maestros lo llevó también a ser un pacifista.

—Yo soy violenta conmigo misma. Machaco mi cerebro de tanto cobrarme. Soy implacable con mis errores —afirmó Jasmine, lúcidamente—. Necesito ser pacífica conmigo misma. Hoy entiendo, Marco Polo, por qué tú eres una voz científica solitaria acusando a la humanidad de que estamos en la "era de los mendigos emocionales", de que hay billones de seres humanos que necesitan muchos estímulos para sentir migajas de placer. Estoy agradecida por estar aprendiendo a no ser una chica emocionalmente mendiga.

—Yo también soy una mendiga en mi mente. Tengo cama, pero no descanso; un teléfono inteligente de última generación, pero no sé comunicarme conmigo misma; me visto con ropa de marca, pero no me abrigan, porque siempre me castigo a través del patrón tiránico de la belleza. Necesito aprender a enamorarme de la vida —expresó Florence, con lágrimas en los ojos.

—Todos nosotros somos miserables que mendigan el pan de la felicidad real y sustentable —confesaron otros rebeldes.

Al escuchar esas palabras, Marco Polo, por un lado, se puso feliz con las percepciones de sus alumnos, que antes del entrenamiento rara vez interiorizaban. Ahora estaban aprendiendo a mapearse y a ser transparentes; pero, por otro lado, quedó preocupadísimo. Se convenció de que no sólo necesitaban las herramientas del Maestro de maestros como "el mejor líder de la historia" para ser emprendedores y tener mentes libres y creativas, como fue en la primera fase del entrenamiento. Sus alumnos también requerían sus técnicas como "médico de la emoción", no para tratar las enfermedades emocionales, ya que el tratamiento es el objetivo de la psiquiatría y de la psicología, sino para prevenirlas y, además, aprender a tener un romance con su existencia y transformarla, incluso ante las tempestades existenciales, en un espectáculo que valiera la pena de ser vivido y no un espectáculo de estrés, terror y ansiedad. Ponderó que debería ser ése el énfasis que daría a la segunda fase del entrenamiento, cuando pasara la pandemia.

Y, así, iniciaron la cuarentena. El profesor y los alumnos se comunicaban sólo virtualmente. Pero Marco Polo no quería darles únicamente tutoría, quería probarlos, saber cómo usarían lo que habían aprendido en las diversas situaciones estresantes que vivirían.

Por desgracia, la cuarentena no fue acatada debidamente en la gran mayoría de los países. Fueron muchos los que no respetaron el aislamiento social, pero lo peor de todo era que los miles que se confinaron en sus casas ya estaban infectados con el virus, pero eran asintomáticos, y no fueron educados y alertados lo suficiente por los especialistas para no contaminar a sus familiares. Pensaron ilusoriamente que el virus sólo estaba fuera de la casa. Sin cuidados preventivos, los hijos contaminaron a los padres, los padres contaminaron a los hijos y éstos contaminaron a los abuelos y viceversa. De este modo, la cuarentena, que debería haber durado cuarenta o cuarenta y cinco días, se prolongó y el número de infectados no disminuyó como se esperaba. Hubo un incremento. Y después de alcanzar un pico, comenzó a bajar y a seguir en olas. Por fin, el contagio felizmente fue contenido, principalmente por los programas de vacunación.

Finalmente la cuarentena terminó y la apertura social comenzó racionalmente. La libertad recuperó oxígeno poco a poco. Las personas tenían miedo de viajar y de frecuentar sitios públicos, pero el temor fue disipándose. Por desgracia, se olvidaron de los riesgos y de las medidas preventivas, a tal punto que los vendedores de alimentos en las calles ya no usaban cubrebocas, al igual que los nobles cocineros al producir sus alimentos en decenas de miles de restaurantes, y los meseros hablaban libremente encima de los platos, también sin cubrebocas, expulsando innumerables gotitas de saliva que contenían billones de virus, cuando estaban infectados. De este modo, microorganismos de todas clases circulaban libremente por el planeta. Nuevos virus tuvieron la oportunidad de surgir.

En el regreso a la segunda fase del entrenamiento con Marco Polo había un aura de placer y arrogancia entre sus alumnos. No usaron adecuadamente la mascarilla de las herramientas de gestión de la emoción para protegerse contra el virus del ego, como deberían haberlo hecho. De inicio, el psiquiatra no tardó en notar que la sensibilidad y el altruismo estaban asfixiados. Expelían el egocentrismo, el egoísmo y el individualismo con facilidad. Habían sido vampirizados por los monstruos que hibernaban en su inconsciente, como previó. El profesor y los alumnos se sentaron en círculo. Algunos comenzaron a atacarlo gratuitamente. Una de las alumnas tomó la iniciativa.

—¿Cómo les fue en la cuarentena? —indagó Marco Polo.

—A mí bien. Pero estuve pensando: ¡los psiquiatras se esconden detrás de sus títulos al tratar a sus pacientes! Frecuenté a varios de ellos y ninguno habló de sus crisis —afirmó Jasmine. Y agregó, agresiva e irónica—: Tú eres nuestro profesor, Marco Polo, y afirmaste honestamente que combates los virus del ego, pero ¿por qué nunca revelaste tus crisis y tus locuras? ¿Tienes miedo de tus actitudes estúpidas del pasado?

La observación de Jasmine tenía algo de verdad. Marco Polo había comentado con ella y con sus amigos algunos de sus retos, pero el periodo de aislamiento expandió su ansiedad, llevándolo a negar u olvidar algunas lecciones importantes.

—Jasmine tiene razón —aseguró Michael, agregando con aspereza—: Los diferentes psiquiatras y psicólogos que frecuenté nunca hablaron de sus pérdidas y fracasos. Yo me sentía un enfermo mental ante los sacerdotes de la salud emocional. ¿Por qué te escondes, Marco Polo?

—¡Correctísimo! Estuve reflexionando en esta cuarentena. Cuando sus pacientes entran en sus consultorios, los psiquiatras se creen dioses, y cuando los pacientes salen, entonces tienen la certeza de serlo. ¡Hubo diez que quisieron internarme! —dijo Chang dirigiéndose al grupo, siempre exagerando.

Y los ataques de los "rebeldes" continuaron como una ametralladora. Peter, el más agresivo del grupo y el más contundente, se burló de su profesor:

—¡He aquí el dios Marco Polo, que se esconde detrás de sus teorías y de su fama! ¡Padres perfectos! ¡Infancia perfecta! ¡Adolescencia perfecta! ¡Universitario intocable! ¿Haciendo qué? Entrenando a esta banda de locos considerados basura del sistema académico.

—¿Conoces los bastidores de mi historia para poder juzgarme, Peter? —indagó Marco Polo, fijando su mirada en él y después en toda la clase.

—¡Está en tu cara! Eres demasiado perfecto para ayudar a estos perturbados, y demasiado lúcido para rescatar a estos dementes. Lo poco que aprendí fue suficiente. Esta epidemia me hizo ver que mis fantasmas mentales nunca me abandonarán. Viviré con ellos, moriré con ellos —afirmó Peter, y se levantó para nunca más volver.

El resto de los "rebeldes" se levantó para acompañarle. Pero Florence ponderó:

—A ver, gente, esperen. Tenemos que continuar. Desistir de este tratamiento es desistir de nosotros mismos.

Alexander, aumentando su tartamudez, estuvo de acuerdo con Peter y los demás.

—De nada sirve, Flo... Flore... rence... Yo estoy fu... fuera. De na... nada sirve.

Marco Polo respiró profunda y lentamente. Comprendió que el entrenamiento que tendría que venir a continuación, y que estaba siendo abortado, sería imprevisiblemente complejo y marcadamente espinoso. En el fondo, los argumentos de sus alumnos, aunque fueran hirientes, tenían razón. Recordó la actitud de Freud, que él consideraba fallida. Al tratar a sus pacientes, Freud quería mantenerse completamente distante de ellos, para no contaminar la interpretación. Por eso no saludaba a sus pacientes cuando se los encontraba en eventos sociales. Aunque Freud fuera un teórico muy inteligente, que describió y valoró el inconsciente, no tuvo la oportunidad de investigar los poderosos fenómenos inconscientes que leen la memoria y construyen las cadenas de pensamientos y emociones sin autorización del Yo.

Eran muchos los profesionales de la salud mental que no entendían que cuando un paciente le comenta a un psiquiatra o psicólogo que está deprimido, o tiene una fobia, o revela un ataque de pánico, inmediatamente múltiples "gatillos de la memoria" (primer fenómeno inconsciente) del psicoterapeuta son disparados a su corteza cerebral, abriendo miles de ventanas de su memoria (segundo fenómeno inconsciente). El volumen de tensión de las ventanas abiertas se enfocan en el proceso de interpretación. Por lo tanto, inevitablemente la historia del psiquiatra y del psicólogo entra en el proceso, comprobando las reacciones y las cadenas de los pensamientos del paciente con las suyas.

Interpretar es siempre distorsionar la realidad. El desafío es distorsionar en forma mínima el proceso de comprensión del otro en la relación, sea de psiquiatras-pacientes, padres-hijos, profesores-alumnos, jueces-acusados. El desafío es entonces tener consciencia de estos fenómenos inconscientes y vaciarnos tanto como sea posible de nosotros mismos para generar las interpretaciones, conductas y respuestas inteligentes que contribuyan a que los otros salgan de la audiencia y se vuelvan protagonistas en el teatro de su mente.

Tener consciencia de la actuación del gatillo, las ventanas y el ancla de la memoria en milésimos de segundo nos humaniza y nos saca del trono de dioses. Hay millones de seres humanos, incluyendo líderes políticos e intelectuales, que nunca estudiaron el complejo proceso de la formación del pensamiento y de los pensadores, y se comportan como dioses, creyendo que sus interpretaciones son verdades absolutas. Tales dioses son un peligro para la humanidad.

Marco Polo defendía que los psiquiatras y psicólogos, así como los profesores, no sólo deberían usar técnicas y teorías, sino transmitir el capital de sus experiencias, en especial comentar algunos de los días más desafiantes de su existencia para mostrar las estrategias de superación a sus pacientes o a sus alumnos.

La transmisión del capital de las experiencias era común en la educación revolucionaria promovida por el Maestro de maestros hace dos milenios. Él lloró algunas veces frente a sus alumnos para que ellos aprendieran a derramar sus lágrimas, y tuvo la gran osadía de decir que estaba profundamente triste horas antes de ser juzgado y crucificado, pues quería promover la salud mental de sus discípulos. Y ellos sólo podrían ser saludables si se quitaban la máscara, si dejaban de encarnar un personaje, si eran seres humanos verdaderos, capaces de reconocer y de hablar de sus fragilidades y de entender que el dolor nos construye o nos destruye.

A pesar de haberse sincerado un poco en el proceso de entrenamiento de sus alumnos, no lo hizo en forma suficiente. Reconoció su error.

—Esperen. No se vayan. Quiero disculparme por no haber abierto bastante algunos capítulos de mi historia, por no comentar algunos de mis días más tristes y desafiantes —y acordándose de The Best, completó—: La inteligencia artificial, por más avanzada que sea, jamás sustituirá a los educadores. Sólo un ser humano imperfecto puede educar a otros seres humanos imperfectos. Sólo un ser humano que sabe llorar, sentir soledad, culpa y experimentar decepciones puede ayudar a sus alumnos a enfrentar sus conflictos socioemocionales.

Marco Polo hizo una larga pausa, se sumergió en las entrañas de su historia y comenzó a relatarla. Contaría relatos de su infancia y juventud que dejarían a sus alumnos boquiabiertos, perplejos, atónitos.

2

El cielo y el infierno emocional vividos por el joven Marco Polo

El profesor que entrenaba a los "rebeldes", alumnos considerados intolerantes, indisciplinados, intratables e irrecuperables en las universidades donde estudiaban, los miró largamente a los ojos. Enseguida comentó poéticamente sobre sus más dramáticos dolores y frustraciones.

—Las flores que yo coseché no nacieron en las primaveras emocionales, sino en los más rigurosos inviernos que atravesé. No surgieron en los suelos de los aplausos, sino en el territorio de los abucheos; no brotaron en las planicies de la aceptación, sino en los valles de los rechazos. No tuve una infancia y una juventud perfectas como ustedes piensan, y mucho menos padres que fueran una fuente de tranquilidad y salud mental, aunque los amara. Mi madre era depresiva, dramáticamente insegura, intensamente tímida y víctima de una fobia social atroz. Nunca la vi salir de casa sola. Reitero, nunca.

Florence, que además de ser depresiva flirteaba con la fobia social, quedó tan impresionada que dijo:

—¡Caray! ¡Tu madre nunca salió de casa sola! ¡Qué increíble! La fobia social y su inseguridad podrían haber comprometido completamente su capacidad de correr riesgos y de producir ideas. Pero tú eres tan atrevido, un constructor de una nueva teoría, un escritor que ha publicado en muchos países, un psiquiatra que voltea nuestra mente cabeza abajo. ¿Qué paradoja es ésa?

—Pues así es, Florence, tuve que aprender que no hay cielos sin tempestades, reconocer mis fantasmas mentales y domesticarlos, reinventarme a cada momento de mi historia para superar mis cárceles —los ojos se le llenaron de lágrimas al confesar—: Pero al mismo tiempo que mi madre era depresiva y fóbica, era una persona increíblemente humilde y amable.

Enseguida paseó la mirada sobre sus alumnos y les contó una historia emocionante que se mezcló con la estructura de su personalidad y lo ayudó a moldearla:

—Incluso las personas notablemente afectivas, como mi madre, pueden equivocarse mucho con sus hijos, aunque con las mejores intenciones. Debido a que tenemos un biógrafo inconsciente en nuestro cerebro, el fenómeno RAM (registro automático de la memoria), que archiva todo sin nuestra autorización consciente, en cinco minutos o hasta en cinco segundos podemos cambiar una historia de formación de la personalidad para bien o para mal —después hizo una pausa y les dijo—: Cuando yo tenía 5 años de edad, mi madre se me acercó y me dijo: "Tu canario se murió". Yo no me acordaba que tenía un canario. Sólo al recibir la noticia de la muerte, con su alto grado de tensión, y todavía más para alguien tan pequeño, hizo que el biógrafo del cerebro formara un archivo traumático, o ventana killer.

—¡Qué compleja es nuestra mente! —concordó Florence—.

Las noticias inesperadas con un alto nivel de ansiedad son las que se registran más privilegiadamente.

—Exacto. Es un campo minado —afirmó el psiquiatra. Y siguió contando su historia—: Y mi madre, queriendo que yo asumiera la responsabilidad, me echó encima un peso emocional gigantesco, el peso de la culpa. Me dijo: "Y el canario se murió de hambre". En ese momento me quedé muy confundido, pues no sabía bien ni qué era la muerte y mucho menos lo que era morir de hambre. Y ella completó: "Se murió por tu culpa, porque no lo cuidaste". En este momento, el fenómeno RAM registró en mi mente no sólo una ventana traumática común, sino una ventana killer doble P, con doble poder: la de ser inolvidable y la de ser retroalimentada, leída y releída. Así formé una cárcel mental.

Esa cárcel mental o ventana "killer doble P" llevó al pequeño Marco Polo durante mucho tiempo a llorar solo en su habitación a causa del canario que había muerto de hambre por su culpa, y eso hizo que desarrollara una personalidad hipersensible al dolor ajeno. Una persona sensible se preocupa por el dolor de alguien, mientras que una persona hipersensible experimenta ese dolor. Pero todos los estímulos traumáticos pueden tener dos caras. Al mismo tiempo que la hipersensibilidad convertía su emoción en una "tierra de nadie" desprotegida, incluso cuando alguien lo ofendía o lo rechazaba, también lo volvía súper empático e intrépido en el salón de clases. Tenía aversión a la superficialidad. Se volvió una persona preocupada por los dolores de la humanidad.

—¿Las ventanas killer doble P son como presidios que nos secuestran? —indagó Sam.

—Sí, Sam. Nos hacen gravitar en su órbita.

—Por eso rumiaba día y noche los resentimientos que experimentaba cuando alguien se burlaba de los síntomas de mi síndrome de Tourette, cuando estiraba el cuello o la boca y hacía otros gestos bizarros. Ya entendí. Lo que siempre me descontroló no fue el síndrome de Tourette, sino las cárceles mentales que formaban en mí.

—El desafío es reeditar esas cárceles, pues es imposible borrar la memoria, a no ser que haya un accidente cerebrovascular (ACV), un tumor cerebral, un traumatismo craneano o una degeneración cerebral. Exceptuando esos casos físicos dramáticos, tenemos que reeditar las ventanas killer o construir ventanas saludables, o light, alrededor del núcleo traumático. Y las técnicas de gestión de la emoción, como la DCD (dudar en el silencio mental de todo lo que nos controla, criticar los pensamientos perturbadores y determinar no ser audiencia, sino protagonista de nuestra mente) y la mesa redonda del Yo (cuestionar la hipersensibilidad, las fobias, la impulsividad, el sufrimiento por anticipación, el autocastigo) son vitales.

Marco Polo comentó sobre su nacimiento. En esa época su padre tuvo una actitud inusitada.

—Cuando vine a este mundo, mi padre me levantó muy alto y dijo: "Te llamarás Marco Polo. Serás un aventurero como el veneciano, se internó en Asia en un tiempo en que era arriesgadísimo hacer largos viajes".

El aventurero de Venecia nació en 1254. Durante milenios, antes de la era de los transportes modernos, casi todos los seres humanos vivían y morían a pocos kilómetros del lugar donde nacían. Pero Marco Polo fue en sentido opuesto al conformismo que se abatía sobre la Europa feudal, y se convirtió en explorador.

Igual que el explorador italiano, el joven Marco Polo de los días actuales también se convirtió en viajero, sólo que a lugares más remotos del planeta mente.

Después de ese relato, el psiquiatra comentó algunas complejas características de la personalidad de su padre.

—Mi padre era inteligente y tenía muy buen humor, pero paradójicamente era crítico e intolerante a la mínima contrariedad. Su emoción fluctuaba entre las montañas de la afectividad y los valles de la impulsividad. Vivía en pie de guerra consigo mismo. Los inviernos y las primaveras se alternan todos los años en el medio ambiente natural, pero en mi historia lo hacían todos los días. Convivir con una persona fluctuante, donde tienes que andar sobre cáscaras de huevo, es arduo, compromete las defensas emocionales. Además, mi padre tenía una cardiopatía, incluso fue desahuciado a los 7 años, lo que lo llevó a tener miedo de morir diariamente. En sus palabras: "Fui un cobarde, hijo mío, por no tomar tu mano y demostrarte cuánto te amaba, llevarte a jugar y a correr, pues tenía miedo de que te apegaras a mí y sufrieras, pues yo creí que moriría en cualquier momento".

Enseguida, sintetizó el caldero de emociones que vivió en el proceso de la formación de su personalidad.

—La fobia social de mi madre y la fluctuación emocional de mi padre desprotegieron mi emoción, pero al mismo tiempo me hicieron ver que la única forma de sobrevivir era reinventarme, no doblegarme a mis cárceles mentales ni admitir ser un esclavo viviendo en una sociedad libre. Yo me desafiaba a superarme, a no tener miedo del camino, pero sí de no caminar. Pasé a ser un rebelde, un personaje que entendía mínimamente que sólo es capaz de encontrarse quien ha perdido el miedo de perderse y se busca a sí mismo —después jugó con sus alumnos, que lo escuchaban con atención—: El resultado fue que mi mente pasó a tener una rotación diferente de la de mis colegas, lo que afectó mi historia escolar y me causó algunas alegrías y, simultáneamente, interminables problemas, incluso con mis maestros.

Marco Polo no lograba ser un alumno que pensara al igual que todos, que actuara como un número más en la multitud. Vivía en la maraña de sus pensamientos. Indisciplinado e inquieto, no aceptaba nada en la escuela que fuera introducido a fuerza. Desconcentrado, era capaz de preguntar lo que un profesor o profesora acababa de explicar, como si no hubiera escuchado nada. Era común en él indagar:

—Profesora, ¿podría explicarme esto?

—Pero si acabo de enseñárselo a toda la clase —decía ella—. ¡No escuchaste la explicación!

—No. ¿Cuándo?

Todos en la clase se reían. La profesora, exhalando ansiedad, volvía a explicarle al distraído alumno.

Él interrogaba diez, veinte veces todos los días a sus maestros, dejándolos con el cabello erizado.

—¿Qué significa esto? ¿No puede ser de otro modo? ¿Por qué está seguro de esto? ¿Será que esto es verdad? ¿Quién descubrió esa información?

—¡Cállate la boca, Marco Polo! —decía una profesora.

—No es posible, otra vez Marco Polo —comentaba otro profesor.

—¡No aguanto más su ansiedad! —decían otros maestros.

Pero él no se sometía al silencio servil.

—¡Deja de interrumpir las clases con tus preguntas! —le dijo cierta vez un profesor, cuyo apellido era Jeferson.

Marco Polo lo enfrentó.

—¿Usted prefiere alumnos callados o alumnos que debatan en la clase?

—¡Alumnos callados! —gritó el maestro.

—Pues para quedarme mudo, me quedo en casa.

—¿Y por qué no lo haces?

Entonces él ironizaba:

—Porque los maestros como usted me inspiran.

Y se reía de sus peripecias.

—Entonces vete a inspirar fuera de la clase. Ve a la dirección.

Al comenzar a escuchar su historia, "los rebeldes" casi se desmayaron. Nunca imaginaron que el psiquiatra tan lúcido que los estaba estrenando hubiera tenido una juventud llena de accidentes y rechazos. Florence comentó:

—Padres "imperfectos", una educación "imperfecta" y dificultades dantescas escolares tejieron tu emoción. Interesantísimo. Estoy en shock y al mismo tiempo fascinada.

Pero aún no se imaginaban lo que todavía les contaría.

Al oír esto, Chang, el gran bromista del grupo, quedó extasiado.

—Caramba, Marco Polo. Yo sabía que teníamos algo en común. Ambos fuimos payasos y genios al mismo tiempo.

—Payaso eres, pero en lo de genio tengo mis dudas, Chang —comentó Peter, su amigo.

Marco Polo sonrió y siguió diciendo que viajaba mucho en el mundo de sus ideas. Sus maestros se irritaban por su intrepidez y su inquietud, sus padres con su indisciplina y osadía. De hecho, él era alguien fuera de lo normal, pero el precio era altísimo.

Cierta vez, cuando tenía 11 años, en una clase de geografía un profesor afirmó.

—Cristóbal Colón fue el gran descubridor de América.

Él de inmediato difirió.

—¡Equivocado, profesor! —dijo, desde el fondo del salón.

—¿Quién eres tú para mostrarte en desacuerdo conmigo, niño?

—Pregúntele a los indios, y ellos le dirán la verdad.

—Bueno... pensándolo bien... sí... —expresó el profesor, pero no admitió que estaba equivocado. Marco Polo le dio un empujoncito.

—A no ser que los indios no sean gente como nosotros. ¿Son o no son?

—Claro, sí son... —reconoció compungido el profesor.

—Entonces nosotros invadimos su casa —y después bromeó—: Me debe una.

Los alumnos de la clase bajaban la cabeza, pues sabían que el profesor se trepaba por las paredes con él.

—Tengo ganas de invadir tu mente, petulante.

Una semana después, la profesora de idiomas estaba enseñando una serie de reglas gramaticales. El niño cuestionó:

—¿Usted usa todas esas reglas para hablar?

Ella lo pensó. Sabía que él era famoso por poner a los profesores contra la pared, aun siendo tan joven. Se irritó.

—No las uso, pero es importante.

—¿Si no es importante para usted, por qué es importante para nosotros? —preguntó el muchacho.

—¡Marco Polo, Marco Polo, Marco Polo! —dijo tres veces. E indagó—: El terror de esta escuela. ¿Qué tienes en el cerebro que no puedes ser un alumno normal?

—Yo también querría saberlo, maestra —dijo, burlándose de sí mismo.

Cierta vez, el maestro de historia, el profesor Lincoln, le entregó un examen. Él lo miró y no estuvo de acuerdo con una corrección en una pregunta. No tuvo dudas. Habló públicamente.

—Maestro, usted debería revisar mi examen.

—Sin revisión.

Enojado, dijo:

—La corrección de mi respuesta a la segunda pregunta no fue adecuada.

—¿Quién eres tú para cuestionar a un profesor, jovencito?

—¿Qué acaso los profesores son incuestionables? Usted está siendo injusto.

—¿Lo estoy? Para no ser injusto sólo contigo, voy a bajar a todos los alumnos de la clase el punto de esa pregunta.

Al bajar la nota de todo el mundo, los alumnos se volvieron contra Marco Polo.

—Tú eres el problema de esta clase —dijeron unos.

—No puedes ser un alumno como cualquier otro —comentaron otros.

—Quien se calla no ejerce sus derechos —rebatió él.

—Estás loco —aportaron todavía otros.

El tiempo pasó, y en vez de que los maestros y otros adultos domaran el cerebro de Marco Polo, él se volvió más intrépido. Pero el precio de abrir la boca, de cuestionar y opinar en un ambiente escolar que valora excesivamente el silencio y no el debate, era muy alto. Cierta vez, cuando tenía 14 años, una maestra de matemáticas, de nombre Lucy, le llamó la atención a Marco Polo por su falta de concentración. Observando su mirada distante, preguntó:

—Marco Polo, ¿en qué planeta estás?

Él contestó, con buen humor:

—Lo siento mucho; en cualquier planeta, pero no en éste.

Los alumnos se rieron a carcajadas.

Pero la maestra, muy racionalista, no sonrió. Al contrario, le dio una severa reprimenda.

—¡Qué vergüenza! Por eso tus notas son pésimas. Tú no vas a ser nada en la vida, Marco Polo.

Pero él no compraba lo que no le pertenecía. En vez de someterse a la sentencia de que sería un fracaso en la vida, rebatió a la maestra. Se levantó. Al ver este gesto, sus compañeros se quedaron helados, pues otra vez ocurría un terremoto en el salón de clases y sabían que Marco Polo quedaría debajo de los escombros.

—Maestra Lucy, ¿qué tipo de matemáticas enseña usted?

—Válgame, sólo hay un tipo de matemáticas, muchacho, las de los números.

—¿No existen las matemáticas de la vida?

—¿Cómo es eso? —indagó ella.

—¿Usted puede afirmar con absoluta certeza qué tipo de problemas enfrentará mañana?

—¡Claro que no!

—¿Es posible que esté cien por ciento segura de que usted va a estar viva de aquí a veinticuatro horas?

—Es obvio que no —dijo ella, tensa.

—Si la vida es una probabilidad, ¿cómo puede tener la certeza de que no voy a hacer nada en la vida de aquí a unas décadas?

La maestra se congeló. Algunos alumnos se rieron y aplaudieron el debate. Pero la mayoría trató de disfrazar sus emociones por temor, cerraron sus bocas. La profesora, en vez de aplaudir la osadía del alumno, se "creció" ante su clase.

—Un punto menos en el próximo examen, insolente.

—Si cada vez que aumento o debato las ideas tengo un punto menos, sus matemáticas están equivocadas. Aumentar es disminuir.

—Tú estás aquí para domar tu rebeldía.

—No somos animales para ser domados, maestra —dijo, moviendo la cabeza con descontento, y se sentó.

Al escuchar esas palabras, la atmósfera se volvió más tensa. En un ataque de ansiedad, Lucy le gritó:

—¡Sal de mi clase ahora!

—Pero ¿qué hice para justificar su ira?

—Lo que siempre haces. Siempre alborotas el ambiente. Tu futuro es sombrío. ¡Serás un cero! —dijo ella, descontroladamente.

Y ahí fue de nuevo Marco Polo a la dirección. En este momento, el psiquiatra miró a sus alumnos y recordó el evento.

—La maestra me dijo que sería un cero. Cuando les sentencien que serán un fracaso, deben saber que su destino no está en manos de las personas, sino en las suyas. Con frecuencia el destino es una cuestión de elección. Más de veinte años después sucedió exactamente lo contrario de lo que la maestra previó. Millones de personas, incluyendo intelectuales, de decenas de muchos países, inclusive incontables profesores, leen y aplican mis ideas. Eso no me enorgullece, sólo me hace ser un pequeño picapedrero para lograr una humanidad mejor y más justa.

Marco Polo por fin recibió un título de miembro honorario de una academia de superdotados, o genios. ¡Estas situaciones lo inspiraron a escribir el libro *De cero a genio*, para inspirar a muchos jóvenes a reinventarse!

Cierta vez, al llegar de nuevo a la dirección, el director le dijo, enfurecido:

—¡Otra vez tú, atrevido!

—Usted me cae tan bien que tengo que visitarlo frecuentemente, señor director.

Éste se puso las manos en la cabeza, sin saber si reír o llorar.

Al oír el relato de Marco Polo, Peter esbozó una sonrisa de espanto y comentó:

—¡No es posible! Tú eras más osado y rebelde que yo.

El psiquiatra sonrió y siguió contando algunos episodios de su historia. Pero eran tantos que era difícil escoger. Cierta vez se subió a una silla y proclamó:

—¡Libertad a los silenciosos de esta clase! ¡Pregunten o embrutézcanse!

Otra vez simuló que estaba teniendo un brote psicótico.

—¡Socorro! ¡Me están persiguiendo!

Era difícil mantener algo en pie cuando el joven Marco Polo estaba cerca. Cada semana había una sorpresa que causaba escalofríos en la columna vertebral. A causa del estudiante que ponía al mundo cabeza abajo, su escuela fue apodada la "Escuela del Huracán Marco Polo". Él no le daba mucha importancia a los asuntos comunes que se enseñaban en el salón de clases, lo que era un error, sino que traía a colación conocimientos y debates que lo atraían y dejaban a sus maestros con los cabellos de punta, sobre filosofía, sociología, psicología, física teórica, astronomía, agujeros negros.

Cierta vez, un profesor de física, Marcos, afirmó:

—Newton descubrió las fuerzas de la gravedad, que equilibra la órbita de los planetas y las estrellas.

Marco Polo levantó la mano.

—Habla. ¿Qué saldrá de esa cabeza ahora?

—Y al planeta mente, ¿qué fuerzas lo equilibran?

La clase estalló en carcajadas. El profesor se quedó parado un minuto sin responder nada. Después dijo:

—No te entiendo, Marco Polo.

—Mi mente es un caos. Pienso en una cosa, después pienso en otra, una idea choca con la otra. ¿Cómo me equilibro?

—No hay modo, tu mente es un desorden —afirmó el maestro Marcos—. ¡Y todo el mundo en esta escuela lo sabe! —ironizó.

—¿Su mente no es un caos también? —indagó Marco Polo.

—No. La mía está bien organizada —rebatió el maestro.

—Qué gracioso; yo leí en un libro de filosofía que la creatividad nace del caos.

Los alumnos se rieron más todavía, pero algunos intentaron controlarse. Al ver la reacción de la clase, el profesor escupió fuego.

—¿Quién dijo esa estupidez?

—No sé si fue Descartes, Spinoza o Schopenhauer.

—¿Quién? —preguntó el profesor, confundido. Pero no se doblegó—: Tú estás disparando al azar. En el fondo eres un desequilibrado.

Muchos en la clase gritaron y golpearon el suelo con los pies:

—¡Desequilibrado, desequilibrado!

El joven Marco Polo fue humillado. Pero no se sometió. Vivía la tesis: mi *bullying*, mi fuerza.

—Pero ¿no estamos todos desequilibrados en el fondo?

—¡Que yo sepa, en esta clase sólo tú! —dijo el profesor, en voz alta.

—Disculpe, maestro, pero si usted se puso nervioso, si perdió la paciencia conmigo, usted se desequilibró ahora. Somos iguales.

Los alumnos pasaron del estado de burla al delirio, pues el profesor era muy crítico y poco tolerante.

—Sal de mi clase.

—Relájese, profesor. Sólo quería entender por qué mi mente es un volcán.

—Porque piensas muchas tonterías. Ve a soltar tu lava a la dirección.

Una vez más, Marco Polo tuvo que salir del salón de clases. De hecho, pensaba de más. No se adecuaba al currículo escolar, quería siempre más, su mente era insaciable. Pensaba tanto que incluso en cierta época pasó horas tratando de hacer un nuevo código para el lenguaje: la letra “a” era un punto, la “b” dos puntos paralelos, la “c” dos puntos arriba, la “d” un punto y una raya abajo, y así sucesivamente. Se quedaba disperso en su mundo.

Cierta vez causó un tumulto excesivo en una clase de historia. La profesora Helen hablaba sobre la Segunda Guerra Mundial y comentó superficialmente sobre los campos de concentración.

—¡Presten atención! —dijo, altisonante—. ¿Entendieron la historia del nazismo?

Nadie entendió nada. Uno de los capítulos más dolorosos de la historia de la humanidad pasó desapercibido. Los alumnos no se sentían atraídos por el tema. Unos se reían, otros lanzaban bolas de papel a sus compañeros y aun otros mantenían conversaciones paralelas. A Marco Polo no le gustaron las actitudes de sus amigos y compañeros, ni las explicaciones secas y frías de la profesora. Aunque desconcentrado, amaba la historia e investigaba datos en la enciclopedia de su casa. Siempre quería saber lo que había entre líneas.

—¿Hitler fue un alumno, maestra? —preguntó en voz alta desde el fondo de la clase, donde se sentaba.

—¿Qué? Creo que sí.

—¿Durante cuántos años asistió a la escuela?

—Yo qué sé —dijo Helen, apenada—. Pero ¿qué interés tiene eso?

—Para mí importa —dijo el joven.

—¿Qué importa? ¿Qué entiendes tú de la vida? —dijo ella confrontándolo, pues ya lo conocía.

—Sí, importa. Si él asistió años a una escuela, ¿por qué los maestros no educaron el comportamiento violento del pequeño Adolf Hitler?

—¿Y quién dice que no lo educaron? —cuestionó ella. Pero él reviró:

—Si lo hubieran educado no habría matado a millones de personas, los maestros habrían evitado que se convirtiera en un gran psicópata, ¿no cree?

La profesora perdió los estribos. Gritó:

—¡No hagas preguntas que no tienen nada que ver con la historia, niño!

El grupo se burló de él. De nuevo las burlas nutrían su desafío. Calentó el debate. Se levantó y dijo:

—Lo siento mucho, pero no estoy de acuerdo, maestra Helen.

Algunos alumnos sintieron escalofríos. Marco Polo indagó:

—Quiero saber cuáles fueron los traumas que lo llevaron a convertirse en uno de los hombres más violentos del mundo.

¿Por qué su educación no funcionó? ¿Qué controló su mente? ¿Por qué diezmó a las minorías? Usted tiene que decirme algo sobre eso.

—No tengo que decirte nada, petulante. La psicología no tiene nada que ver con la historia.

—Pero ¿dónde termina una cosa y comienza la otra?

—¿Qué? —dijo ella, sin entender.

—¿Dónde termina la psicología y comienza la historia?

—Ya basta. Deja de interrumpir mi clase —dijo ella, poniendo punto final al debate. El sistema educativo racionalista no admitía cuestionamientos. Pero eso Marco Polo no lo entendía.

—Espere, maestra. ¿Y el dolor de los que murieron en los campos de concentración? Demuestre un poco de ese dolor. ¡la historia no puede ser tan fría!

—Cállate. ¡Tú vuelves locos a los maestros! —gritó, irritadísima—. ¡Ésta no es una clase de teatro, SINO DE HISTORIA! —vociferó, haciendo que su voz se oyera en otros salones. Y muchos sabían que el embate era contra Marco Polo.

Pero al alumno no le importaban los "no". Aunque rebelde, vivía la tesis "quien no es fiel a su consciencia tiene una deuda impagable consigo mismo". Nada podía detenerlo. Ante la negativa de ella, pasó al frente de la clase e interpretó a un joven judío siendo asfixiado en las cámaras de gas del campo de concentración de Auschwitz. Fue dramático, el embrión de la técnica de la teatralización de la emoción.

Sin aliento, Marco Polo arañaba las paredes y se sangraba los dedos como si estuviera queriendo rasgarlas para procurar el aire. De hecho, en Auschwitz, niños, jóvenes y adultos tuvieron esas reacciones debido a sus pulmones asfixiados por el uso del poderoso pesticida, Zyklon B, que al contacto con el aire liberaba un gas mortal. Una experiencia inenarrablemente triste.

—Socorro... Ayúdenme... —gritaba altisonante el muchacho Marco Polo. Y golpeaba la puerta con fuerza—. ¡Abran! ¡Abran! ¡Socorro, abran! —y cayó al suelo, simulando una pérdida de consciencia.

Marco Polo fue tan convincente que varios alumnos quedaron en shock. Algunos lloraron. Las clases se detuvieron. Aparecieron varios profesores y alumnos para saber si alguien se estaba muriendo.

—¡Es él! ¡Siempre él! Ese insubordinado quiere acabar con el sistema educativo —dijo enojada la profesora Helen a sus colegas.

Sin embargo, con la teatralización de Marco Polo la historia ganó emocionalidad y dosis de realismo, haciendo que varios alumnos entendieran, aunque en forma mínima, el sufrimiento de los judíos asesinados en los campos de concentración.

—Sal inmediatamente de este salón —gritó la maestra.

Él salió con lágrimas en los ojos, pero no por la expulsión, sino porque sintió un poco las atrocidades causadas por el nazismo. Muchos años más tarde, cuando ya era un psiquiatra conocido mundialmente, y había escrito más de tres mil páginas sobre el proceso de formación del Yo como gestor de la mente humana, Marco Polo escribió dos novelas psicológico-históricas sobre la Segunda Guerra Mundial: *El coleccionista de lágrimas* y *En busca del sentido de la vida*. Esos libros fueron reunidos en un solo volumen, titulado *Holocausto nunca más*. En muchos momentos lloraba mientras redactaba los textos. Aunque los había escrito como novela, Marco Polo los publicó como si se tratara de una tesis de doctorado, con innumerables referencias bibliográficas, analizando temas psicosociales que estaban al margen de la historia.

Adolf Hitler nació en un pequeño albergue de Braunau, Austria, el 20 de abril de 1889. Al contrario de lo que muchos piensan, no pasó por traumas importantes en la infancia que justificaran el haberse convertido en uno de los mayores monstruos de la humanidad, si no es que el mayor de ellos. Su madre, Klara Pölzl, siempre dócil y protectora, quería que el niño fuera un artista plástico, y su padre, Alois Hitler, que trabajaba en una aduana y por lo tanto no tenía necesidades materiales, quería que su hijo siguiera su carrera. Ante el análisis del proceso de la formación de personalidad de Hitler, Marco Polo defendió en la obra *Holocausto nunca más*, la tesis de que hay dos tipos de psicópatas.

—El primero se forja en la infancia por abusos, pérdidas y violencia, lo que genera a los psicópatas esenciales. Como asesinos seriales, hieren muchísimo a algunos, pero no tienen habilidades políticas para asumir el poder de una nación y dirigirla. El segundo tipo de psicopatía, los psicópatas funcionales, no se forja por los traumas de la infancia, sino por las ideologías fundamentalistas, por el radicalismo político, racial, sociológico, filosófico, religioso, nacionalista, lo que suscita comportamientos exclusivistas, fascistas, inflexibles e intolerantes.

Comentó que los personajes con este tipo de psicopatía son disimuladores, tienen un buen nivel cognitivo, pero pésimas habilidades socioemocionales.

—Pueden seducir a la sociedad en tiempos de crisis, alcanzar el poder de una nación y cometer atrocidades inimaginables, como es el caso de Adolf Hitler, Mussolini, Josef Stalin, Napoleón

Bonaparte, Saddam Hussein y muchos otros —concluyó Marco Polo para sus alumnos. Y completó—: Hitler con una mano tomaba las de las mujeres para besarlas por doquiera que pasara, era un *gentleman*, y con la otra daba la orden de asesinar a miles de mujeres no arias y a sus hijos en los campos de concentración. Hitler era tan farsante que tuvo el coraje de decir que no alimentaba odios raciales.

Marco Polo siguió narrando que en la Primera Guerra Mundial, Hitler fue un simple cabo, que no manifestaba ninguna genialidad intelectual o expresividad política. Pero sorprendentemente, quince años más tarde, en 1933, se convirtió en canciller de la poderosa Alemania y poco después en jefe supremo de las fuerzas armadas. ¿Cómo pudo ocurrir este fenómeno? No sólo involucra la crisis económica de una nación, la fragmentación política, pesados impuestos y otras normas asfixiantes del Tratado de Versalles impuestas por los vencedores de la Primera Guerra Mundial, sino también por el florecimiento del radicalismo en tiempos de crisis. En noviembre de 1924, Hitler había participado en un levantamiento, conocido como "Putsch de la cervecería de Múnich", que lo llevó a prisión.

El joven austriaco asumió la responsabilidad del levantamiento, mientras que muchos otros jóvenes alemanes se intimidaron. Durante su juicio, Hitler hizo juramentos de amor por Alemania, expresó que era el alemán de los alemanes, que sangraría por la patria. La prensa lo exaltó y una parte de los empresarios e intelectuales coqueteó con sus ideas radicales. Sin embargo, la policía del Estado había recomendado la expulsión del extranjero "con la certeza de que una vez puesto en libertad, volverá a causar otros desórdenes públicos".

Peter, Chang, Florence, Michael, Sam y el resto de los compañeros no parpadeaban. Marco Polo contaba las historias con tanta emoción y teatralización que sus alumnos parecían ser transportados en el tiempo. Él era tan expresivo que cambiaba incluso su tono de voz para dar vida a algunos personajes.

—Pero en esa época, el ministro de Alemania, llamado Held, cometió un gravísimo error de juicio. Dijo con sarcasmo: "El animal feroz está domado, podemos aflojarle las cadenas". Por desgracia, la cadena fue soltada y el depredador Adolf Hitler devoró a cerca de seis millones de judíos y a innumerables eslavos, gitanos, homosexuales, religiosos. Devastó también a millones de jóvenes alemanes que cerraron sus ojos a la vida en una guerra insana, que no era de ellos.

"Desde que asumió el poder, Hitler se colocó como Führer, el guía, y promovió un poderoso culto a la personalidad, haciendo que millones de alemanes le prestaran un juramento incondicional, creando cárceles mentales que alimentaban una fidelidad ciega e irracional. El nazismo fue vivido más allá que un partido radical, se convirtió en una religión fundamentalista, lo que ayuda a explicar por qué a finales de 1944, cuando la guerra ya estaba perdida, Hitler todavía dominaba la mente de sus 'inteligentes' generales, haciéndoles creer en sus locuras."

Marco Polo siguió comentando que lo más perturbador era que en su adolescencia, Adolf Hitler se inscribió para ser alumno de la escuela de Bellas Artes de Viena, y fue rechazado por dos años seguidos.

—Si el profesor hubiera tenido más habilidades socioemocionales, y hubiera sido, por lo tanto, más empático, afectivo e inclusivo, habría apostado por el joven Adolf. De este modo, como escribí en *Holocausto nunca más:* “Probablemente tuviéramos un artista plástico mediocre, pero no uno de los hombres más destructivos de la humanidad. Se hubieran ahorrado millones de vidas” —después de este comentario, Marco Polo concluyó—: La educación racionalista fracasó y sigue fracasando al aplaudir y apostar casi exclusivamente en los alumnos que sacan las mejores calificaciones.

Los alumnos del psiquiatra recordaron también que habían sido rechazados en las escuelas.

—A mí cinco profesores me consideraron un caso perdido —afirmó Chang.

—A mí, diez profesores y dos rectores —contó Peter.

—Yo era un feto indeseable que la dirección vivía abortando del útero de las escuelas —comentó Michel, compenetrado.

Marco Polo sabía, por experiencia propia y no sólo como psiquiatra e investigador, que el dolor del rechazo es inolvidable. Aunque inolvidable, debe ser reeditado; en caso contrario se convierte en un monstruo que nos devorará por dentro día y noche.

—Felizmente, alumnos que no fueron brillantes en la enseñanza media, como es el caso de John F. Kennedy y de Einstein, se reinventaron y brillaron a lo largo del arco de la historia. Sin embargo, no pocos alumnos que son excluidos, que obtienen malas notas, que son víctimas de *bullying,* convertidos en zombis por la timidez, son dejados en el camino y se quedan con secuelas emocionales. El rechazo que Hitler sufrió en la escuela de Bellas Artes en Viena no fue responsable de su psicopatía, pero la impulsó. La fijación por las obras de arte nunca salió de la mente del pintor frustrado, lo que contribuyó a producir una emoción enfermiza, paradójica y compleja. Él fue el líder político que más obras de arte coleccionó en la historia, pero ningún niño era para él una obra maestra. Él respetaba los museos en los países conquistados, pero no las vidas. Preservaba a los animales, pues era vegetariano, pero devoraba a la familia humana.

La mente de Hitler era de tal manera enferma que usaba la religión para ejecutar sus locuras. Se decía que era un privilegiado de la "Providencia". La Providencia lo facultaba y lo libraba de los atentados. Era dios de sí mismo. La aversión a los judíos le hizo defender la tesis de que Jesús no era de origen judío. Al mismo tiempo que expresaba una falsa religiosidad, perseguía y mataba a todos los religiosos que no profesaban la fe nazi. Pero, por increíble que parezca, cuando era niño, a los 7 años, quería ser sacerdote. Y asistió por dos años a un monasterio benedictino, pero no aprendió ni mínimamente las herramientas socioemocionales del "médico de la emoción" proclamadas hacía dos mil años. Nunca leyó ni entendió sus parábolas antirracistas y profundamente altruistas. Entre ellas, la parábola de la oveja perdida. Cierto pastor estaba en medio de un gran rebaño y, de pronto, echó en falta a una oveja. Valientemente dejó a las noventa y nueve ovejas y fue desesperadamente en busca de la que faltaba.

—En esta metáfora, el trasfondo muestra que una multitud jamás sustituye a un solo ser humano, que las estadísticas en relación con el número de consumidores, seguidores de las redes sociales, electores, pueden asesinar nuestra identidad personal. Las noventa y nueve ovejas podrían significar miles, millones de seres humanos y la que estaba descarriada podrías ser tú o yo —dijo el psiquiatra. Y continuó explicando a sus alumnos—: La metáfora de la oveja perdida es un grito en contra del racismo y la exclusión social. La grandísima mayoría de los políticos, los megaempresarios, las celebridades o incluso los sacerdotes, no notarían la ausencia de un elector, fanático, empleado o seguidor si estuviera en presencia de una numerosa multitud. Pero el Mayor Líder de la historia, el Médico de los médicos de la emoción, no sólo la notó, sino que se angustió con su ausencia, a tal punto que fue detrás de este anónimo e imperceptible ser humano, que nadie echaba de menos.

Después de esas palabras, Marco Polo también comentó:

—¿Y ustedes echan de menos a quienes aman? Los hijos sepultan vivos a sus padres al no visitarlos o dialogar con ellos; los amigos sepultan a sus amigos de la infancia al no informarse siquiera de si siguen vivos; las parejas se sepultan uno al otro durmiendo en la misma cama, peleando por cosas tontas; los padres no preguntan a sus hijos: "¿En dónde me equivoqué y no lo supe?". ¿Qué fantasmas emocionales los atormentan? ¿Qué dolores y preocupaciones los sofocan?

Impactada, Florence afirmó:

—Somos sepultureros de personas vivas. Yo soy especialista en enterrar a quien me frustra.

—Pero el médico de la emoción, al hallar a su oveja descarriada, no la regañó, no le expuso sus errores ni la minimizó, sino que la trató como a un ser humano único e insustituible —comentó el psiquiatra—. Somos idiotas emocionales, aunque con un alto nivel de raciocinio lógico. Exponemos los errores, elevamos el tono de voz, somos peritos en criticar y querer ganar una discusión.

—Yo soy un megaidiota emocional —reconoció Chang.

—¿Quién era ese ser humano representado por esa oveja colocada sobre los hombros del Maestro de maestros?

—Cada ser humano —respondió Jasmine.

—Sí, ¿pero quién? Individualícenlos. Pónganse en el lugar de ellos —enfatizó Marco Polo.

—Todos, independientemente de su sexualidad y nacionalidad —comentó Florence—. Cristianos, musulmanes, judíos, budistas, ateos. Negros, blancos, amarillos. Personas éticas y deshonestas. Prostitutas y puritanas. Sacerdotes y drogadictos.

Fue entonces que los alumnos, al escuchar toda esa exposición de su entrenador, entendieron por qué les había enseñado la TTE (técnica de la teatralización de la emoción). Pues sólo se consigue sentir mínimamente el dolor del otro cuando se pone en su lugar.

—El sistema educativo no sólo tiene que *cambiar de la era de la enseñanza de información a la era del Yo como líder y gestor de su propia mente*, sino también de la *era de la fría exposición de la historia, la psicología, la sociología, a la era de la teatralización emocional*. La TTE podría fomentar la autocrítica y prevenir el racismo sistémico que infecta las sociedades digitales.

Después de que el joven Marco Polo causara un alboroto en la clase de historia por teatralizar el dolor de los judíos en el campo de concentración, la dirección de la escuela decidió expulsarlo, pues las suspensiones y advertencias de nada servían. Pero como él tenía un lado carismático y sociable, como fomentaba el debate y la ruptura del conformismo, fue sorteando la expulsión. Se hicieron reuniones y más reuniones sobre el destino de este alumno que estaba completamente fuera de los patrones estudiantiles.

Al final de la enseñanza media, sus compañeros de clase se reunieron para hablar sobre qué tipo de carrera querían estudiar. Unos dijeron que querían ser ingenieros, otros profesores, agrónomos, enfermeros. El osado Marco Polo se levantó y dijo:

—Yo quiero ser médico y científico.

Silencio general. Después vinieron las burlas. Fue entonces que Marco Polo comenzó a entender que las decisiones más importantes deben tomarse en soledad, jamás deben depender del apoyo de una audiencia.

—¿Tú, Marco Polo, un médico, un científico? —dijo un compañero, y soltó la carcajada—. Despierta a la vida.

Otro compañero comentó:

—Durante todo el año pasado sólo tuviste un cuaderno, y no había nada escrito en él. Tu destino está trazado. Desiste.

—El destino no es inevitable, es una cuestión de elección.

Otros alumnos se rieron, diciendo:

—¡Gran elección! Limpiar mostradores, recoger la basura, también es un trabajo digno.

La mejor manera de provocar el instinto animal de un ser humano es fustigarlo, presionarlo o humillarlo, pues él agrede o se reinventa. Marco Polo escogió la segunda opción. Fue a partir de esta avalancha de comportamientos que entendió otra herramienta de gestión de la emoción, que comunicó a sus alumnos en el momento presente:

—Entendí que los sueños sin disciplina crean personas frustradas, y la disciplina sin sueños crea personas robotizadas, desprovistas de autonomía. Debido a mi falta de concentración en clase, disciplina y sueños, yo rara vez estudiaba en casa, una irresponsabilidad que nadie debe permitirse. El resultado fue que yo era el segundo de la clase.

—Ah, bueno, a pesar de todo sacabas buenas notas —concluyó Jasmine.

—No, Jasmine. Yo era el segundo de la clase, sólo que de abajo hacia arriba.

Florence se espantó con este relato.

—¿Qué? ¿El gran Marco Polo era un alumno con calificaciones bajísimas? No lo creo.

—Tuve que estudiar de doce a catorce horas diarias para entrar en la facultad de medicina.

—Impresionante —intervino Sam—. Tú transformaste el *bullying* para fortalecerte. Algo que yo no sabía hacer.

—¿Quedaste resentido con tus amigos? —indagó Yuri, el alumno ruso.

—¡No, no! Ellos no eran mis enemigos, Yuri, pues yo tenía sembrado ese comportamiento. Pero entendí que "la mayor venganza contra los 'enemigos' o adversarios es perdonarlos, pues entonces ellos dejan de perturbar nuestra mente". Por eso, "el primero en beneficiarse por el perdón es quien perdona".

—Yo no puedo perdonar a mis padres, a mis abuelos, a mis hermanos, a mis tíos, a mis compañeros. Soy una cloaca de resentimientos —comentó Hiroto.

De hecho, la mayoría de los rebeldes eran depósitos de resentimientos, aunque parecieran alienados, que no les importaba nada ni nadie.

—¿Será que sus comportamientos egocéntricos, hiperreactivos, impulsivos se deben al hecho de que ninguno supo reciclar mínimamente la basura en su corteza cerebral? Durante mi juventud, yo no tenía las técnicas de la emoción que desarrollé hoy, pero me reinventé intuitivamente. No quería ser encarcelado por nada ni por nadie, menos por las burlas.

El psiquiatra les pidió que recordaran que en el cerebro siempre hay un biógrafo inconsciente e implacable: el fenómeno RAM (registro automático de la memoria), que asienta en forma privilegiada todas las discusiones, desavenencias, injusticias, sentimientos de pérdida y rechazos, formando un desierto de ventanas killer en nuestra psique. Quien no se recicla y se reinventa, se enferma de alguna forma.

Después de estudiar tanto, el joven Marco Polo entró en la facultad de medicina, quedando en cuarto lugar de entre más de mil quinientos candidatos. Y ya desde los primeros días causó tumultos. Su ímpetu cuestionador no logró ser silenciado en la universidad; al contrario, cobró fuerza. Para él, el alumno callado se convertía en un siervo de la monotonía. En la primera clase de anatomía, cuando los alumnos vieron dieciséis cuerpos desnudos para ser diseccionados, se pusieron tensos. Marco Polo no soportó que el profesor comenzara a dar clase de disección de arterias, nervios y músculos sin comentar nada sobre los personajes que diseccionarían. Levantó la mano. Sin embargo, el doctor profesor, arrogante, no admitía preguntas durante su exposición. Marco Polo, al verse limitado, bajó la mano, pero enseguida volvió a levantarla. Hasta que el profesor, estresado, comentó:

—De aquí en adelante, las dudas se resolverán sólo cuando termine de dar mi clase. Haré una excepción, pues no conocen mi pedagogía. ¡Pregunta, muchacho! —y miró a los profesores auxiliares, pensando que vendría otra pregunta estúpida más.

Marco Polo lo miró directamente a los ojos y le dijo:

—¿Cuál es el nombre de las personas que vamos a diseccionar?

Hacía muchos años que el profesor enseñaba anatomía. Era tan orgulloso que creía que no había pregunta que no supiera responder. Miró perplejo a sus colegas y a sus alumnos. Pero no dio su brazo a torcer. Respondió con brusquedad:

—¡Esos cadáveres no tienen nombre! Son mendigos y psicóticos que mueren por ahí y nadie reclama sus cuerpos. Después los traen a esta renombrada facultad de medicina.

Marco Polo no quedó satisfecho.

—Pero profesor, ¿cómo vamos a disecar arterias, músculos y nervios, sin conocer un mínimo de las lágrimas que estos seres humanos derramaron, los sueños y pesadillas que tuvieron?

Los alumnos se quedaron paralizados; comenzaron a mirar los cuerpos de otro modo. El profesor, en vez de aplaudir el atrevimiento de Marco Polo, sintió amenazada su autoridad. Cerró el circuito de la memoria, y se indignó.

—¡Te estás volviendo loco, alumno! Ya les dije que esos cuerpos no tienen ni nombre ni historia. Si quieres ser policía, escogiste la profesión equivocada. Y si no estás de acuerdo, ve a los archivos del departamento de anatomía e investiga. Quién sabe si encuentres historias interesantes de esos cadáveres que nos animen —dijo el profesor, doctor formado en Harvard. Y riéndose irónicamente, comentó en voz baja con sus colegas auxiliares—: Lo destruí.

En realidad no conocía al histórico Marco Polo. De regreso al presente, el psiquiatra comentó con sus alumnos.

—Mis compañeros de medicina salieron del cielo de la aprensión de ver los cadáveres inertes y desnudos de la sala de anatomía, al infierno del sarcasmo. Se rieron de mí. Sólo que no sabían que las burlas me incitaban a ser más intrépido.

Al oír ese pasaje de la historia de su entrenador, Peter dijo, categóricamente:

—Yo hubiera molido a palos a ese tipo. Le hubiera gritado, pateado, le hubiera devuelto la agresividad.

—Pues yo, Peter, hice eso mismo, sólo que no agrediendo, sino con ganas de demostrarle a ese orgulloso profesor que estaba totalmente equivocado. Fui detrás de la historia de esos cuerpos, busqué pistas ansiosamente, pero nada. Quería ser un gambusino de oro que conociera el mundo inexpresable de aquellos seres humanos silenciados por la muerte, pero era difícil. Y búsquedas como ésa cambiaron mi historia para siempre, no sólo como futuro psiquiatra, sino como persona, pues me hicieron ver que cada ser humano es único, un universo a ser explorado. Por eso, aún hoy, soy capaz de pasar horas y horas con placer para conocer a seres humanos anónimos, aunque sea un psicótico o un miserable que vive al margen de la sociedad.

Los "rebeldes" entendieron finalmente el motivo por el que Marco Polo aceptó entrenarlos teniendo en contra todas las posibilidades de éxito, la causa real de que alguien con su fama y respetabilidad pusiera en riesgo su reputación ante todos los rectores. También entendieron por qué no había desistido cuando ellos lo rechazaron, lo escarnecieron y hasta le escupieron en la cara.

Marco Polo continuó relatando su historia. Al investigar en el departamento de anatomía, sólo encontró información de que había un mendigo, cuyo apodo era Halcón, que vivía en la plaza central de la ciudad, y quien podría identificar a alguno de los cuerpos. Después de idas y venidas finalmente encontró a Halcón. Era un mendigo considerado psicótico, pero que era inteligentísimo. En el pasado, Halcón había sido un filósofo sagaz. Por desgracia, comenzó a tener brotes en el salón de clases y fue expulsado de su universidad. También, su suegro, que era riquísimo y odiaba que un filósofo hubiera entrado en el seno de su familia, cuando vio los brotes, aprovechó la oportunidad para excluirlo. Compró el testimonio de un médico falso, que decía que si él continuaba en su familia su único hijo podría heredar su enfermedad mental.

—Halcón salió sin domicilio en busca de la dirección más importante, una residencia dentro de sí mismo. Un domicilio que pocos encuentran.

Halcón conocía las historias increíbles de varios de esos cadáveres. Nació una gran amistad entre él y Marco Polo. Halcón le enseñaba que "los normales" con frecuencia encarnaban un personaje y eran prisioneros viviendo en sociedades libres. Enseñó al joven Marco Polo a ser más libre de lo que era, incluso a cantar "What a Wonderful World" en la plaza pública sin que le importaran los transeúntes. Meses después, Marco Polo logró llevar a Halcón a la sala de anatomía. Fue una escena de rarísima emoción cuando el mendigo comenzó a identificar a aquellos cuerpos inertes. "María, ¿tú aquí? Cuántas veces diste lo poco que tenías a los que nada tenían. Tú sabías repartir. Ahora, en tu muerte, están cortando tu cuerpo, tú repartes tus órganos para que ellos te estudien".

Marco Polo estaba emocionado al contar esa historia. Sus ojos se humedecieron y los de sus alumnos también. Enseguida comentó que después de identificar a otros cadáveres, Halcón se aproximó lentamente a un cuerpo de cabellos grises. Era el "Poeta de la Vida", su gran amigo de jornadas incansables por las avenidas de la existencia. Se inclinó sobre el cuerpo y lloró profundamente. Al momento siguiente levantó la cabeza y capturó a la audiencia de alumnos de medicina, que sólo veía cuerpos y nada más. Después miró penetrantemente a los ojos al que era supuestamente el doctor profesor que se había burlado de Marco Polo el primer día de la clase de anatomía. Y dio un golpe inolvidable al frío y orgulloso maestro:

—Ustedes son indignos de disecar este cuerpo... —hizo una pausa—. El ser humano detrás de este cadáver fue un notable médico, uno de los grandes científicos de este país. Pero la vida tiene curvas imprevisibles. Un día lluvioso perdió el control del auto y, lamentablemente, hubo un trágico accidente. El Poeta de la Vida perdió lo que más amaba. En el ápice del dolor, buscó a psiquiatras, pero los medicamentos tratan la depresión, mas no resuelven el sentimiento de culpa. Desesperado, salió por el mundo buscando a sus fantasmas mentales y tratando de domesticarlos. Fue cuando nos conocimos en una de las plazas de la vida. Y en ese día no nos hablamos, sólo usamos el lenguaje universal de quienes fueron devastados por la vida: las lágrimas. Y a partir de ahí nos reinventamos y comenzamos a contemplar lo bello, a cantar en las plazas y a subirnos en las bancas para exponer las locuras de los "normales", su búsqueda insana del poder y su estúpida necesidad de ser el centro de las atenciones.

Después de que Marco Polo contara esta historia a sus doce alumnos considerados sociópatas insensibles, ellos también estaban vertiendo lágrimas. Y el psiquiatra comentó que se inspiró en esa historia para escribir, dos décadas más tarde, su provocativa y penetrante novela psiquiátrica-sociológica *El futuro de la humanidad*, en la que criticó poderosamente el sombrío futuro que se cierne sobre la especie humana, en la que cada vez más los seres humanos son tratados como números en el teatro social, tal como en aquella fría sala de anatomía. Números de pasaporte, de identidad y de tarjeta de crédito, sin percibir sus historias, complejas e inenarrables. *El futuro de la humanidad* fue llevada al cine como una vacuna emocional contra el racismo, la discriminación y las más diversas formas de violencia, incluso contra la exclusión social de los que enferman mentalmente.

Los alumnos querían que su entrenador, el psiquiatra Marco Polo, no se escondiera detrás de su aguda cultura, su respetabilidad internacional y su intelectualidad; deseaban conocer sus crisis, sus desafíos y las lágrimas que derramó, y se quedaron atónitos, perplejos, espantados. Su infancia fue un cielo con innumerables tempestades, y su juventud fue un camino con diversos accidentes; muy al contrario de lo que habían pensado.

Peter se pasó las manos por la cabeza y se disculpó:

—Te debo sinceras disculpas, Marco Polo. Después de la cuarentena, realmente quería abandonar tu entrenamiento de gestión de la emoción, pues estaba convencido de que un psiquiatra que creció en un invernadero social, exento de crisis y decepciones, que no atravesó los valles de las lágrimas y de las pérdidas, no podría educar y entrenar a esta banda de locos, subversivos, rebeldes, considerados como basura académica. En realidad, eran diamantes en bruto que necesitaban un orfebre. Pero tu historia sufrió más terremotos y tsunamis que la nuestra.

Del mismo modo pidieron disculpas los que habían querido abandonar la jornada. Marco Polo los observó largamente y les dijo:

—Pero todavía no terminé.

Pasmados, exclamaron:

—¡¿No?!

—¿Todavía pasaste por más avalanchas? —indagó Florence.

—Les conté sobre las lágrimas que tuve el valor de verter, pero quedaron atrapadas en el territorio de la emoción.

Sus alumnos se mostraron simplemente asombrados por lo que él todavía contaría. El mundo se derrumbaría sobre Marco Polo. Sus dolores actuarían como cuchillos, no para desistir de la vida, sino para perfilar su personalidad y llevarlo a enamorarse de su humanidad, a pesar de ser tan crítico de nuestras locuras.

3

Las lágrimas invisibles de Marco Polo: su gran dolor

Marco Polo comentó que los primeros dos años en la facultad su cielo emocional fue como un dulce de chocolate, sin ninguna nube o turbulencia. Era motivado, sociable y le encantaban las fiestas y las cenas, pero incluso una persona con tal magnitud emocional no está exenta de atravesar un riguroso invierno mental. En el pasaje del segundo al tercer año, su mundo se derrumbó. Tuvo una crisis depresiva, perdió el gusto por la vida, pulverizó el sentido existencial y su intelecto, que era una plaza de aventuras, se convirtió en una fuente de ideas perturbadoras. La falta de oxígeno asfixia los pulmones; la falta de libertad asfixia la emoción. Ambas son insoportables.

—Mi dolor emocional fue asfixiante. Fue entonces cuando comprendí que las lágrimas que no tenemos el valor de llorar duelen más que las que asoman en el teatro del rostro.

—¿Qué? ¿El gran Marco Polo también tuvo depresión? —indagó Florence, sorprendida, ya que por años fue una víctima del mismo trastorno.

—Sí, durante la carrera de medicina. Ahí entendí que el dolor o nos destruye o nos construye. Tuve que aprender a comprar comas para sobrevivir.

—¿Comprar comas? —preguntó Jasmine, sin entender.

—Comprar comas para escribir los capítulos más importantes de mi historia en los momentos más difíciles de mi vida.

—Espera. Yo vi esa frase en una película, *El vendedor de sueños* —dijo Chang—. ¿Tú fuiste el que escribió el libro en el que se basó la película?

Marco Polo asintió con la cabeza.

—Yo también vi la película. Me emocioné... —expresó el joven ruso Yuri, que era un témpano y al que rara vez se le humedecían los ojos al ver las escenas de una película—. Eres más famoso de lo que imaginaba, una celebridad.

—¿Yo, una celebridad? ¿No sabías que el culto a la celebridad es un síntoma de una sociedad infantil? Soy como el protagonista de esta obra, un simple vendedor de sueños en una sociedad digital y consumista que está dejando de soñar.

—Pero ¿cómo encontraste tus comas? —inquirió Sam, ansiosamente.

—Mi dolor fue mi gran maestro o profesor. En vez de someterme a él, me cuestionaba continuamente: "¿Quién soy? ¿Qué soy? ¿Por qué soy esclavo de mi emoción? ¿Qué es la emoción? ¿Cuál es su naturaleza? ¿Por qué no tengo autocontrol sobre ella? ¿Qué son los pensamientos? ¿Qué tipos de pensamientos hay? ¿Por qué no los administro? ¿Cómo se construyen en mi mente? ¿Cuáles son los fenómenos que leen mi memoria en fracciones de segundo? ¿Cuál es la relación entre mis pensamientos perturbadores y mis emociones enfermizas? ¿Qué es la consciencia?

¿Cómo está tejida? ¿Qué es el Yo? ¿Cuáles son sus funciones? ¿Por qué mi Yo es frágil y no líder de mí mismo?".

—Caramba, ¿te hacías tantas preguntas? —indagó Michael, fascinado por la reacción del pensador de la psicología.

—De día y de noche. Miles de preguntas. Cada respuesta era el comienzo de nuevas interrogantes, una cadena interminable de cuestionamientos. Y anotaba casi todo.

—¿Por qué te preguntabas tanto? —indagó Hiroto, que nunca se cuestionaba. Vivía como millones de personas, sólo porque estaba vivo.

—Sólo se cuestiona quien se busca a sí mismo, quien quiere abandonar la superficie del planeta mente para entrar en sus capas más profundas. Quien no se cuestiona, no duda de sus verdades, no rastrea los fundamentos de sus emociones y sus pensamientos, siempre va a ser superficial, aunque académicamente sea un intelectual. Y cuanto más me cuestionaba y más anotaba, más desarrollaba nuevos conocimientos.

Marco Polo comentó que ese proceso continuó después de haberse convertido en psiquiatra. Fueron más de veinte mil consultas psiquiátricas y psicoterapéuticas, en las que cuestionaba detalladamente la construcción de pensamientos y emociones enfermizas que hay detrás de los ataques de pánico, las depresiones, las ansiedades, la dependencia de las drogas, las psicosis.

Sam, que luchaba con el síndrome de Tourette, aquietó sus movimientos involuntarios y dijo:

—Vaya, en vez de que tu crisis depresiva te llevara a ocultar la cabeza en la tierra, la usaste para sumergirte dentro de ti.

—Sí, Sam. Estás entendiendo. Ya no quería vivir más el síndrome del avestruz, cuyos síntomas son la autoalienación, el autoabandono, la automutilación, la timidez exacerbada, el rechazo de la autocrítica, la fobia a las opiniones críticas, el miedo a correr riesgos, la dificultad de entender que quien vence sin riesgos triunfa sin glorias y tiene dificultades para reinventarse.

Florence quedó conmocionada.

—Yo viví ese síndrome de la avestruz que acabas de describir, por eso me aislaba y me cortaba. Muchas veces fui cobarde ante mis crisis depresivas —y expresando rabia de sí misma, es exasperó—: ¡Fui una cobarde!

Marco Polo tomó suavemente su mano derecha y la calmó.

—No te martirices otra vez, Florence. No hay gigantes ante la depresión. Sólo conoce la dimensión de su dolor quien atraviesa sus valles.

—Pero fui con psiquiatras y psicoterapeutas. Tomé un arsenal de medicamentos, me analizaron, intenté conocerme, me orientaron, pero aun así me abandonaba a mí misma.

—Los profesionales que te atendieron pudieron haber sido muy buenos, pero tal vez el problema es que tu Yo no complementaba su tratamiento.

—¿Cómo es eso?

—Fuera del ambiente del consultorio, tu Yo no actuaba como autor de su historia, protagonista de su guion. Y no lo hacía porque todavía no conocía, como ahora, las herramientas de gestión de la emoción, la técnica del DCD (dudar, criticar y determinar), el Yo como consumidor emocional responsable, que no compra ofensas, rechazos, críticas que no le pertenecen.

Florence dio un suspiro de alivio.

—Ahora tengo la oportunidad de superar el síndrome del avestruz.

Marco Polo comentó una falla.

—Yo debería haber buscado un psiquiatra en la época de mi crisis emocional, pero en aquel entonces había muchos prejuicios, incluso entre los estudiantes de medicina, para buscar a un profesional de la salud mental. Hoy, como psiquiatra y psicoterapeuta, sé que el prejuicio impone riesgos innecesarios.

—Hasta hoy estoy atascado en los prejuicios. Nunca pude ir con motivación a ver un psiquiatra para tratarme. Y mira que vi a una media docena —admitió Hiroto, honestamente.

—Recuerden siempre que los buenos psiquiatras y psicólogos nos enseñan a encontrar las comas. Las comas convierten a los frágiles en poderosos, a los fatigados en incansables, a los ansiosos en pacíficos, a los depresivos en seres humanos que aprenden a contemplar la vida como un espectáculo imperdible —dijo Marco Polo.

Enseguida relató que el océano de preguntas lo llevó a escribir miles de páginas y crear una de las raras teorías sobre el proceso de construcción de pensamientos, el Yo como gestor de la mente humana, los mecanismos de la memoria, el programa de gestión de la emoción y el proceso de formación de pensadores, llamada la teoría de la inteligencia multifocal.

De repente Michael, extremadamente pensativo, hizo una pregunta crucial.

—A ti te desafió ese grupo de rectores internacionales a usar las herramientas de gestión de la emoción del Maestro de maestros para tratar a esta banda de locos, intratables e intragables que somos nosotros. ¿Cómo un investigador como tú, un pensador teórico de la psicología, estudió la mente de Jesucristo y sus técnicas para formar mentes libres a partir de mentes encarceladas? ¡No entiendo!

Marco Polo estaba en un salón sentado en círculo con sus alumnos. Miró una fotografía de una pintura que estaba frente a él, la *Mona Lisa* de Da Vinci. Observó su sonrisa misteriosa. Sonrió también levemente, un gesto que escondía algunos capítulos más profundos y dolorosos. Segundos después, comentó:

—De nuevo el mundo se derrumbó sobre mí. Anna, mi esposa, mi novia eterna, falleció trágicamente de una enfermedad autoinmune de rápida evolución. Derramé lágrimas inenarrables. Creía que nunca volvería a querer a alguien como amé a Anna. Un amor no sustituye otro. Pero después de dos años encontré a alguien que atropelló mi historia como un vehículo en una avenida. Pero el accidente no fue negativo, sino positivo y constructivo. Encontré a Sofía, una psiquiatra más joven que yo, astuta, inteligente, que debate las ideas y no le importa mi prestigio social. El amor verdadero sólo existe si a quien te ama le importa lo que eres y no lo que tienes.

Cierta vez Marco Polo estaba viajando con Sofía a Israel, donde daría una conferencia en un congreso patrocinado por la Organización de las Naciones Unidas sobre la expansión de la violencia mundial y las formas de prevención, incluyendo las *fake news*. Marco Polo causó un tumulto en el evento, donde afirmó una vez más que el sistema de educación mundial era psicótico, no trabajaba el Yo como gestor de la mente humana, no producía colectivamente las habilidades socioemocionales, como el altruismo, la empatía, la resiliencia, el autocontrol y, principalmente, la capacidad de que los alumnos pensaran como miembros de la humanidad y no sólo como grupo social, político, religioso, racial.

Al oír las críticas que hizo Marco Polo en el congreso de la ONU, uno de los "rebeldes", Peter, lo interrumpió diciendo:

—Yo nunca aprendí en la enseñanza básica y media las técnicas de autocontrol, de administración de mis pensamientos. Mi mente era tierra de nadie. Para mí, todo se trataba de golpe y contragolpe.

Peter fue expulsado una docena de veces en esas escuelas. Fue cinco veces a la comisaría con su padre debido a sus pésimos comportamientos. Hasta que se fue de casa para estudiar. En la universidad, su red de conflictos se expandió. Era el dolor de cabeza de sus profesores y compañeros. Fue expulsado varias veces del salón de clases. Salió ocho veces de los consultorios de psiquiatras y psicólogos azotando la puerta y gritando que nunca más volvería y profiriendo frases como "¡Ustedes están más locos que yo!". Explosivo, impulsivo, autoritario, antisocial, su comportamiento era de tal manera violento que fue uno de los primeros en ser seleccionado por The Best, la más avanzada computadora humanoide. Fue etiquetado como alumno irrecuperable, futuro huésped de un presidio o "asilo".

—De hecho, Peter, quien no aprende herramientas para trabajar las pérdidas y frustraciones herirá a las personas que más ama y será, al mismo tiempo, un verdugo de su propia salud mental —afirmó Marco Polo—. Permíteme continuar mi relato.

Comentó que durante su estancia en Israel, después del debate sobre la manera de prevenir la violencia que se propagaba en las sociedades digitales, Sofía se interesó por asistir a una ponencia de filosofía. E insistió que él fuera con ella. Él accedió, después de cierta resistencia. En el evento había dos intelectuales teológicos dando una conferencia, uno católico, consejero del

Vaticano, y otro protestante, un profesor de Harvard. Ambos abordaban los aspectos histórico-sociológicos del personaje de Jesús. Marco Polo, saturado de prejuicios, se levantó al final de la conferencia y agitó el ambiente diciendo:

—Discúlpenme, pero no estoy de acuerdo con ustedes. Para mí Jesucristo es una figura sociopolítica construida por un grupo de galileos que buscaba un líder social para que los liberara del tirano Tiberio César.

Sofía no sabía dónde meterse. Intentó detenerlo, pero era imposible.

Uno de los conferencistas, incomodado por el atrevimiento y el prejuicio del oyente, preguntó:

—¿Cuál es su nombre?

—No es importante en este momento.

—¿Usted no cree en Dios?

—Déjeme explicarle quién soy. En su lecho de muerte, Charles Darwin llamó a Dios, mientras vomitaba. No era ateo. Friedrich Nietzsche tampoco era ateo, sino un antirreligioso voraz. Diderot, Marx, Freud, Sartre también fueron antirreligiosos pero sí eran ateos. Criticaron las actitudes de las religiones y, en consecuencia, negaron la idea de Dios, lo que considero una postura poco inteligente: negar el segundo, por estar resentido con las primeras. No soy mejor que ninguno de estos intelectuales, pero soy diferente de ellos al ser un ateo científico. Para mí, que estudio el proceso de construcción de pensamientos, Dios es una construcción espectacular de la mente humana que trata de escapar desesperadamente a su caos en la soledad de una tumba.

Silencio general. Todos se mantuvieron callados por algunos instantes por la intervención de Marco Polo, menos Sofía. Ella creía en Dios, creía que había un artesano de la existencia, aunque no fuera muy religiosa. Al ver que Marco Polo había dejado a todos perplejos con sus ideas, honestidad y arrogancia, se levantó y lo desafió públicamente. Fue una de las raras veces que se conoce que una mujer retara públicamente a su hombre en el coliseo del conocimiento, sin autodestruirse.

—Discúlpenme, señoras y señores. Marco Polo es el hombre que amo. Yo lo invité para que asistiera sólo como oyente. No quería causar polémica. Pero él no puede quedarse callado.

—Si me callara, sería infiel a mi consciencia, Sofía. Y quien traiciona a su consciencia tiene una deuda impagable consigo mismo.

Sofía no se calló; tomó su espada y lo enfrentó:

—Ser fiel a tu consciencia no quiere decir que puedes tirar piedras a la consciencia de los demás sólo porque no piensan como tú.

El clima se puso todavía más tenso.

—¡Espera un poco! Yo te respeto, pero no tiré piedras.

—Claro que las tiraste. Tus ideas no son verdades absolutas. Realizaste investigaciones sobre el proceso de producción del conocimiento. ¿Ya lo olvidaste? ¿Olvidaste que tú mismo defiendes la tesis de que el pensamiento es virtual y la verdad es un fin intangible?

—Bueno, yo defiendo... —dijo él titubeando, algo rarísimo.

—Tus ideas son sólo ideas, por más que tengas una mente privilegiada. Deberías iniciar tu intervención diciendo: "Yo respeto lo que ustedes piensan, pero yo pienso así o asado".

Marco Polo, con buen humor, dijo:

—Muchas gracias por enseñarme cómo debatir públicamente

—y, mirando a la audiencia, dijo—: Yo respeto lo que ustedes piensan, pero yo pienso "asado", muy "asado".

Las personas se relajaron y sonrieron. Ella quería atraparlo con su propia astucia. Hacía mucho tiempo que quería que él investigara la mente de Jesús. Pero parecía un deseo imposible.

—Respeto tu ateísmo, pero no estoy de acuerdo con las respuestas rápidas e impensadas.

Él se ofendió.

—¡Rápidas sí, impensadas no! Para quien hace autocrítica, la rapidez de las respuestas no tiene una línea directa con la superficialidad. ¿Quieres que repita mis tesis? —preguntó Marco Polo, espantado con la osadía de ella.

—Ya que tienes autocrítica, ya que investigas también no sólo el proceso de construcción de pensamientos y el proceso de formación de pensadores, te desafío a investigar la mente de Jesús bajo los ángulos de las ciencias humanas y de la religión.

—Sólo eso me faltaba.

—¿Tienes miedo de abrirte a otras posibilidades, mi amor?

—Tengo miedo. Tal vez tenga miedo de perder mi tiempo.

—¿Sería una pérdida de tiempo investigar al niño más celebrado del mundo? ¿Sería una pérdida de tiempo estudiar al hombre más famoso de la historia? ¿Sería una pérdida de tiempo analizar sus comportamientos sujetos a los más diversos focos de estrés? —cuestionó Sofía, incitando al hombre que amaba.

Las personas en la audiencia la aplaudieron, incluso los dos conferencistas, que a estas alturas ya sabían quién era Marco Polo. A uno de ellos lo había conocido en el evento de la ONU sobre la violencia social. Y en esta conferencia fue retado a investigar la inexplorada y compleja vida del carpintero de Nazaret.

—Piensa en lo que me estás proponiendo o desafiando. Sólo hay textos escritos hace muchos siglos sobre él. ¿Cómo sería posible confiar? —dijo Marco Polo, bajando la guardia.

Sofía le asestó el jaque mate:

—¿No estudiaste a Einstein, Freud, Kant, Hegel? ¿No analizaste cómo liberaron ellos su imaginación y produjeron nuevas ideas? ¿Los visitaste presencialmente a través de la ventana del tiempo o leíste textos? Si leíste textos, utiliza los cuatro evangelios, que están aceptados universalmente como una especie de cuatro biografías de Jesús. Investiga, compara, analiza, critica. Es tu especialidad, no la mía.

Los presentes aplaudieron nuevamente. Pero él, incómodo, refutó.

—De nada sirve.

—La prepotencia es el trono de los dioses que tienen que pensar en otras posibilidades.

—No soy un dios, Sofía, soy un simple mortal que muere un poco todos los días. La vida es brevísima para vivir y larguísima para equivocarse.

La audiencia estaba fascinada con el debate de la pareja. Discutían blandiendo ideas sin ofenderse el uno al otro.

—Si la vida es larga para errar, te pido que te equivoques en autocuestionarte; no falles al dejar de pensar más allá de los horizontes de tus propias convicciones. No te estoy pidiendo que sigas una religión, sino, reitero, te estoy retando a investigar la mente de Jesús bajo los parámetros de la ciencia —después bajó la voz y le dijo con afecto—: ¿No dices que el planeta mente tiene más cárceles que las naciones más violentas del mundo? ¿No te das cuenta de que estás aprisionado por la cárcel del prejuicio, mi amor?

Él sonrió suavemente. Nunca imaginó que aceptaría ese desafío, mucho menos públicamente. Suavizó su tono de voz y respondió:

—Querida mía. ¿Nadie hasta ahora investigó la mente de Cristo bajo los ángulos de la psiquiatría, la psicología, la sociología, la psicopedagogía? ¿Yo sería el primero?

—¿No eres el maestro de la temeridad? Sé el primero.

Y así terminó ese encuentro. Marco Polo aceptó el colosal desafío. En los meses que siguieron se dedicó, dentro de sus enormes limitaciones, a investigar día y noche la mente de Jesús, sus tesis, sus ideas, sus emociones, su salud mental, sus comportamientos, sus reacciones subliminales, sus presiones, su estrés, su silencio, el llamado de los alumnos, las herramientas que utilizó para su formación. Fue extremadamente cuidadoso en no entrar en el campo teológico; por lo tanto, no estudió sobre los milagros, la vida eterna ni su misión y sacrificio como el "Cristo" para rescatar a la humanidad contenidos en sus biografías. Cuestionó si él era fruto de un grupo de galileos que buscaba un héroe político o si era un personaje incapaz de ser fabricado por la intelectualidad humana. Concluyó que era imposible que la mente humana construyera un personaje con sus rasgos de personalidad. Él va en contra de todos los parámetros y modelos psicológicos, sociológicos, pedagógicos y políticos. A medida que avanzaba en sus estudios, comenzó a llamar a Jesús "el Maestro de maestros".

Después de escuchar todos esos comentarios de Marco Polo, Jasmine y Florence aplaudieron la inteligencia y el atrevimiento de Sofía.

—¡Qué mujer tan increíble!

—Increíble, sí —afirmó el pensador de la psicología.

—Por fin, al hacer todo ese análisis de los comportamientos del Maestro de maestros quedé impactado, perplejo, sacudido, prostrado. Comprendí que el virus del ego estaba contagiando a cada una de mis neuronas.

—¿Qué análisis de Jesucristo te impactó más? —indagó Florence, llena de curiosidad.

—Son innumerables. Él fue el maestro de la pacificación de conflictos: *felices serán los pacificadores*. Fue el poeta de la tranquilidad: *felices los mansos*. Fue el artesano de la construcción de amigos. Los intelectuales, políticos y empresarios frecuentemente mueren solos. Los reyes tienen aduladores, seguidores y enemigos, pero quieren algo que el poder y el dinero no pueden comprar: amigos. Sólo los verdaderos amigos nos pueden hacer superar la soledad. Fue el artífice del amor. El amor era el fundamento de toda su existencia. Sin amor, no había aire para respirar, corazón para emocionarse, sentidos para vivir: "Amaos los unos los otros, así como yo os amé". Fue el único de todos los pensadores que analicé que no fue contaminado por el virus del ego; su humildad era un poema, aunque pudiera ser el más egocéntrico de los seres, pues sus discursos y sus actos sorprendentes arrebataban a las multitudes en una era en la que no existían los medios masivos.

Después Marco Polo tomó un pequeño trago de agua, miró a su atenta audiencia de alumnos y completó:

—Su mente era tan fascinantemente compleja que, si por un lado revelaba una discreción inexpresable, que lo llevaba a decir a todos los que ayudaba: "No le cuentes a nadie", por el otro se manifestaba poseedor de un poder que ni un psicótico en el brote más delirante conseguiría elaborar y decir "quien crea en mí tiene la vida eterna", "pasarán los cielos y la tierra, pero mis palabras jamás pasarán". ¿Qué mente es ésta? ¿Qué intelecto es éste? ¿Qué maestro es éste?

—¿Podría estar teniendo un delirio de grandeza cuando dijo que "los cielos y la tierra pasarán, pero mis palabras no"? —quiso saber Florence.

—Yo pensé, analicé y cuestioné mucho las paradojas de sus pensamientos, la organización de sus ideas, la movilidad y alcance de su raciocinio, y mi conclusión es que es imposible que él haya sido un psicótico. Nadie fue tan discreto y al mismo tiempo tan convencido y explosivo como él. Alguien que está teniendo un brote psicótico evade la realidad, pierde los parámetros de la lógica, asfixia la empatía, el autocontrol y la consciencia crítica, pero él exhalaba esas características en verso y en prosa.

—Pero ¿entonces quién fue Jesucristo? —preguntó Peter ante los misterios que lo rodeaban.

—¿Hijo de Dios, arquitecto de la existencia, Maestro de maestros, o genio entre los genios? No lo sé, realmente no lo sé —dijo Marco Polo—. Pregúntale a los teólogos. Esta tierra produjo mentes brillantes, como Siddhartha Gautama Buda, Mahoma, Confucio, Moisés, Sócrates, Kant. Pero para mí él es el más increíble diamante humano, el más conocido de todos y, al mismo tiempo, el menos explorado. Como médico de la emoción, trataba las raíces del prejuicio: "Se rehúsan a ver con los ojos, entender con el corazón y ser curados por mí". *Él mostraba la fuente inagotable de la felicidad:* "Si bebes el agua que yo te doy, nunca más tendrás sed, ella se derramará para la vida eterna". Su capacidad de dar socioemocionalmente todo lo que tenía a los que poco poseían era poética, se arriesgó con Judas Iscariote en el acto de traición, protegió a Pedro en el acto de negación, cuidó de su madre cuando en la cruz no tenía oxígeno para respirar, designando a Juan como su protector, y abrazó a la humanidad con un perdón descomunal cuando todas sus células morían sobre el madero.

Después de ese brevísimo resumen de la personalidad del Maestro de la emoción, Peter dijo:

—¡Simplemente increíble! Yo tenía asco de esos temas, pero ahora estoy fascinado.

—¿Qué médico es ese que estaba preocupado por la salud mental de sus alumnos, que no prescribió remedios, sino que usó herramientas para tratar el egocentrismo, la soledad, el autocastigo y la arrogancia humanos? —apuntó Jasmine.

—Si nos cortamos un dedo o sufrimos un trauma físico pequeño perdemos la lucidez. Pero ¿cómo mantenía Jesús la lucidez cuando el mundo se derrumbaba sobre su cerebro? —dijo Sam.

Marco Polo sonrió.

—A partir de mi análisis de los comportamientos de Jesús escribí *El hombre más inteligente de la historia, El hombre más feliz de la historia, El líder más grande de la historia* y ahora *El médico de la emoción.*

"Muy probablemente sus alumnos, como millones de jóvenes, morirían en la insignificancia, pero nunca un profesor tan grande se hizo tan pequeño para hacer que sus alumnos problemáticos se hicieran grandes."

—Pero cuéntame más detalles de cómo te inspiraste en el entrenamiento que él hizo para entrenarnos a nosotros —cuestionó Yuri. Él amaba hackear todo, pero Marco Polo contuvo su ansiedad.

—Espera, Yuri. Vamos a conversar en una plaza al aire libre y te contaré. Mientras tanto, sólo debes saber que hay muchas cárceles construidas por el ser humano, la cárcel de la monotonía es una de las más asfixiantes para una mente innovadora. La llave para salir de la cárcel de la monotonía es pensar críticamente y autocuestionarse.

Para Marco Polo, las personas que caminan en las huellas del tiempo y no cuestionan los misterios de la existencia son emocionalmente infantiles y mentalmente superficiales. Pero ¿dónde estaban las personas que cuestionaban a profundidad la vida, el sistema y sus falsas verdades? Eran raras como perlas. Para quien vive en el capullo de la existencia, todo parece común: comprar, vender, comer, dormir, trabajar, pero para quien se arriesga a convertirse en una mariposa todo es extraordinariamente bello y poco común. El notable planeta azul tenía miles de millones de seres humanos cautivos en el capullo de sus mentes, viviendo sólo porque estaban vivos, considerándose "normales", sin saber que estaban enfermos, depresivos, intimidados, con miedo de superar sus límites. No se encantaban a sí mismos y menos a los que los rodeaban.

Los que viven en sus capullos mentales sólo se dejan impactar por acontecimientos excepcionales, como el nacimiento y el término de la vida, y algunos raros eventos en medio de su diminuta existencia, como fiestas de cumpleaños, bodas y premiaciones sociales. Por otro lado, los que viven fuera de los capullos sufren más estrés, pero transforman la vida en un espectáculo único e inexpresable. Vivir en capullos es una forma solemne de engrosar las estadísticas de la era de la ansiedad y de los mendigos emocionales. Y había innumerables mendigos emocionales entre los más ricos del mundo. ¡Pobre existencia! Entrenarse para ser rico emocionalmente, hacer mucho de poco, era un desafío dantesco.

4

Los capítulos dramáticos que los rebeldes pasaron

Otro día, Marco Polo estaba en el centro de la ciudad. Se encontraba con sus alumnos en medio de un tráfico infernal. Después de conocer parte de la historia de su entrenador, las crisis que atravesó, los golpes de osadía y las experiencias excéntricas que vivió, aparentemente se comprometieron más en el complejo proceso de aprendizaje. Los ejercicios mentales previsibles no nos sacan del lugar de donde estamos, nos voltean de cabeza. ¿Estarían preparados para ser volteados de cabeza intelectualmente? Por más rebeldes que fueran en las universidades, el ambiente y las experiencias eran controlados.

—Dinos, profesor, ¿cómo te inspiraste en el entrenamiento del Maestro de maestros a sus discípulos para entrenarnos?

Marco Polo sonrió, abrió los brazos y dijo:

—El carpintero de la emoción provocaba a sus alumnos a vivir la tesis de las mentes innovadoras y resilientes: usa el dolor para construirte y no para destruirse, y sé consciente siempre de que quien vence sin riesgos triunfa sin gloria. Tenían que ser tolerantes y no tener miedo de ser execrados por andar con corruptos, inmorales y pecadores. Tenían que salir por las ciudades y villas sin llevar dinero, sin saber lo que comerían o dónde dormirían. Tenían que eliminar su raciocinio raso y estrecho, y entrenar a su raciocinio complejo a través de las parábolas o metáforas de la vida. Se entrenaban para tener un ego vacío a fin de conquistar el reino de la sabiduría. Aprendían a desacelerar sus mentes, administrar su ansiedad y a permanecer calmados en los más diversos focos de estrés. Tenían que aprender a pensar antes de reaccionar en situaciones extremas para ser pacificadores. Tenían que aprender a ser transparentes, reconocer sus fallas, admitir su estupidez y no tenerle miedo a sus lágrimas. Debían ser perspicaces como serpientes y simples como las palomas.

—Ufff, es una bella inspiración —comentó Yuri.

Marco Polo completó:

—Pedro, Andrés, Juan, Santiago, Judas, Felipe, Bartolomé, en fin, los doce "apóstoles de la ansiedad y de los dolores de cabeza" de Jesús tenían que realizar todo ese entrenamiento en un ambiente completamente imprevisible.

—No es sin razón que jóvenes mediocres o "medianos" tuvieran un efecto en la humanidad —concluyó Michael—. Son ejercicios que las universidades jamás hicieron con sus alumnos, y a los que las empresas jamás sometieron a sus ejecutivos.

—Felicidades, Michael. ¿Estás preparado? —preguntó Marco Polo.

—¿Preparado para qué? ¿Para otro ejercicio inspirador? Lo estoy. O, pensándolo mejor, no sé. ¿De qué se trata?

Marco Polo les pidió que buscaran la plaza más próxima. Pronto la encontraron. Bocinazos, frenazos, aceleración, eran los condimentos de una polución ambiental que inquietaba la mente y dificultaba la concentración.

—Será aquí —dijo Marco Polo.

—¿Qué será aquí? ¿El ejercicio? —indagó Florence con escalofríos, pues sabía que ocurriría algo estresante e inesperado.

—Sí, aquí será donde nos sentaremos en círculo, y aquí donde ustedes contarán algunos de los capítulos más asfixiantes de sus historias.

Ellos tragaron en seco.

—No nos gusta hablar de nosotros mismos —afirmó Jasmine.

—¿Ya se les olvidó que estaban comenzando a abrirse un poco antes de la pandemia? —les recordó el psiquiatra.

—Pero ahora es la nueva normalidad. En realidad, lo de siempre. Vivo en un capullo —afirmó Víctor.

—Pero ¿y los psiquiatras y psicólogos que vieron? ¿No se abrieron con ellos?

—No hay nadie más fácil de engañar. Yo pago las consultas y ellos me prestan sus oídos para que yo diga solamente lo que quiero decir —comentó Florence, con una sonrisa irónica en el rostro.

Muchos asintieron confirmando que disimulaban ante un terapeuta.

—¿Ustedes pagan para engañar? —cuestionó el entrenador, siempre sorprendido con la subversión de este grupo, pero siempre también instigándolos a pensar.

—No era caro —afirmó Chang, soltando una carcajada—. El dinero era de mis padres.

—Pero ustedes me presionaron para que les contara mi historia. Ahora les toca —dijo su entrenador en voz alta.

La tarea era dantesca, pues ellos vivían dentro de una caja de secretos. Y, además, el ambiente público de la plaza no era nada estimulante.

—Maestro, despierta. Hablar de nosotros mismos es enfrentar el río Amazonas; hablar de nosotros mismos en este ambiente es enfrentar el océano Pacífico —afirmó Peter.

—¿Cómo hablar de las lágrimas que no tuve el valor de derramar en Rusia, sea para mis amigos o psiquiatras, en este ambiente? —ponderó Yuri—. ¿Estás loco?

La resistencia era enorme.

—Ciertamente el ambiente te moldea, pero si fueras el líder de ti mismo transformarías el ambiente —afirmó Marco Polo.

—Pero, maestro, yo siempre sufrí calladamente en Japón —afirmó Hiroto—. En mi nación nos entrenan para ser una tumba. Padres e hijos entierran sus sufrimientos. No pocos se suicidan sin tener nunca la oportunidad de revelarlos. ¿Cómo me voy a abrir aquí? Y menos con este horrible tráfico.

—Hiroto tiene razón, Marco Polo —expresó Martin, el alumno de Alemania—. La Segunda Guerra Mundial generó un trauma colectivo en nuestro inconsciente. Hoy nos da escalofríos perturbar a los demás. Somos callados para no incomodar a nadie.

A pesar de diferir de la postura excesivamente introspectiva, Marco Polo quedó encantado con el complejo raciocinio de Martin e Hiroto.

El psiquiatra hizo una pausa, reflexionó prolongadamente y los cuestionó:

—Tenemos muchas disculpas para huir de nuestros fantasmas mentales; algunas bien fundamentadas, otras fútiles. Huye de todo y de todos, pero nunca podrás huir de ti mismo. ¿El ambiente no es propicio? ¡No! ¿Hay mucho ruido? ¡Sí! Pero ¿qué es peor: sentarnos en círculo en esta plaza y hablar de algunas de las experiencias dolorosas de sus historias, o ser sangrados silenciosamente por sus vampiros que están en los rincones de sus mentes?

—Bueno, pero... —comenzó Peter, titubeante.

—Peter, quien tiene miedo de reconocer sus fantasmas mentales será perseguido por ellos durante toda su existencia.

Ellos se quedaron paralizados. No lograban responder.

—A ver, gente. Vamos a sentarnos. Ayer Marco Polo discurrió por cerca de seis horas sobre los días más turbulentos de su existencia. Reveló algunas comas que compró para seguir escribiendo su historia cuando su corazón emocional sangraba. ¿Y nosotros nos vamos a esconder? —instigó Jasmine, cambiando de actitud.

—Dos pesos y dos medidas. Si Marco Polo se abrió, ¿por qué nosotros no? ¿No somos los "rebeldes", los temerarios, los que enfrentan a la sociedad a pecho abierto? —fustigó Florence, con inteligencia.

Las mujeres tomaron la iniciativa y sacudieron el capullo de los hombres. Los tics de Sam aumentaron. Movió descontroladamente su cuello y comenzó a bizquear y a dar unos golpes leves en su rostro y a gritar:

—¡Imbécil! ¡Idiota! ¡Imbécil! ¡Idiota! Ábrete.

—Yo no soy un imbécil —afirmó Chang—. Yo soy un joven temerario y transparente, del linaje de los samuráis.

—Los samuráis son japoneses —corrigió Hiroto.

—Quiero decir... del linaje de los príncipes que construyeron la Gran Muralla china.

Fue interrumpido nuevamente, ahora por Florence.

—La Muralla china fue construida con la sangre y las lágrimas de los súbditos del emperador Qin Shi Huang, en 220-206 a. C. Muchos murieron.

—¡Caramba, ella lo sabe todo! —se burló Chang. Y dijo—: Yo declaro ante esta tímida plebe que yo me abriré primero.

—Espera, Chang —dijo Marco Polo.

—Hasta tú me estás interrumpiendo, Marco Polo —comentó Chang, impaciente.

Marco Polo intentó calmarlo poniendo una mano sobre su hombro.

—Discúlpame. Es que la vida es una gran y agitada plaza, todos tienen sus necesidades, preocupaciones y urgencias. Pero antes de que tú, Chang, y tus amigos se abran, forma parte del entrenamiento que inviten a algunos transeúntes a escucharlos.

—¿Qué? Ahora me diste un tiro directo en el pecho, Marco Polo —dijo el alumno chino—. Ya fue dificilísimo dar el primer paso, ¿y encima ahora tengo que invitar a alguien en esta plaza que no da un peso por mi existencia para que me escuche? ¡Esto tiene que ser una broma!

A Marco Polo no le importó su reclamación.

—Vayan en parejas. Cada pareja tendrá el desafío de interrumpir la vida de un caminante y traerlo a nuestra rueda de conversación.

—¿Có... có... mo? —indagó Alexander, tartamudeando.

—¡Nunca entrenaron así a nadie! —afirmó Peter, retrocediendo.

—Te engañas. El Maestro de maestros entrenó a sus alumnos a salir de su capullo emocional y volar, seducir a la sociedad, encantarla con su proyecto. ¿Y ustedes a quién seducen? ¿A quién encantan?

—Pero es absurdo hacer esto a plena luz del día —reafirmó Peter.

—Te voy a decir qué es absurdo, Peter. ¿Sabes cuántas personas están pasando por esta plaza con ganas de morir? ¿Sabes cuántos están suplicando silenciosamente que alguien los oiga sin juzgarlos, que los saque de la cárcel de su soledad para hablar un poco de sí mismos?

—No sé —dijo, compungido.

—¿No? Entonces ve y descúbrelo —lo provocó su entrenador.

Y así, se fueron de dos en dos. El desafío era enorme. Se sintieron rechazados varias veces, pues era vergonzoso detener a mujeres bien vestidas, a ejecutivos con trajes de casimir, jóvenes absortos en sus celulares, e invitarlos a que escucharan a unos extraños a hablar de algunos de los momentos más importantes de su vida ahí, al aire libre. Parecía una locura. Y en verdad lo era.

—¡Ustedes están locos! Estoy harto de la religión. Soy director de una compañía automotriz, no tengo tiempo para tonterías —despotricó un ejecutivo de la industria.

—¿Y quién dice que hablaremos de religión, arrogante? —dijo Michael.

Sam estaba a su lado, ansioso.

—¿Con qué tiene que ver? Psicosis colectiva. ¡Lárguense! —era un sujeto grosero, insensible y autoritario.

Sam reaccionó gritando:

—¡Imbécil! ¡Idiota! Produces autos, pero no sabes conducir el vehículo de tu mente. ¡Imbécil! ¡Idiota! ¡Dudo de que escuches a quien te ama! ¡Imbécil!

Después de las palabras y las reacciones de Sam, el ejecutivo estuvo sin dormir una semana. Otros casos fueron todavía peores. Peter y Chang intentaron persuadir a varias personas, pero unas ni siquiera querían oírlos, otras les hacían gestos de que se fueran.

—¡Marco Polo! ¡Marco Polo! —dijo Peter, bufando de rabia.

De repente, sin saberlo, pararon a un ejecutivo de Hollywood.

—¿Hablar de sí mismos? ¿Me están queriendo explorar? No tengo tiempo para locuras. ¡Abran paso!

—Espere, ¿usted produce películas de aventuras? —indagó Peter, reconociéndolo.

—Aaaah, ¿me descubriste? —dijo el productor inflando el pecho, pero no disminuyendo su arrogancia—. Ahora entiendes por qué no tengo tiempo para cosas estúpidas.

—Un hipócrita —sentenció Chang—. Produce películas de aventuras, pero su vida es desagradable, depresiva y pesimista.

—¿Y quién eres tú, chino, para acusarme de ese modo?

—Yo soy uno de los tontos que compran boletos en el cine para engordar tu cuenta bancaria con películas que no me hacen pensar —dijo Chang, dándole la espalda.

El productor de Hollywood quedó perturbadísimo. A tal punto que reaccionó positivamente.

—Espera, creo que tengo algunos minutos.

Después de varios rechazos, Florence y Jasmine tuvieron una experiencia extraordinaria con un empresario de Silicon Valley, que reaccionó pésimamente.

—¿Qué? ¿Me detienen para invitarme a escuchar sus lágrimas? ¿Creen que voy a perder mi tiempo con personas ridículas como ustedes?

—Espere. ¿A qué se dedica? Debe de ser muy importante para no tener tiempo de escuchar a personas comunes como nosotros, ¿cierto? —preguntó Florence.

—Mira, niña, soy director de una empresa digital. Tengo millones de usuarios en nuestras plataformas.

Jasmine contraatacó con elegancia:

—Para usted sus usuarios son como cadáveres en una sala de anatomía, sin vida y sin historia, disecados por los señores de Silicon Valley. Marco Polo tiene razón, las sociedades digitales se transformaron en un manicomio global.

—Su éxito me enoja. Somos números y no seres humanos para personas de su clase —afirmó Florence, categóricamente. Y le dieron la espalda.

Después de diez o doce intentos frustrados, cada pareja consiguió al final una persona sensible, que estaba dispuesta a escucharlos. En realidad, todos ellos querían oírse, pero no lo sabían; vivían un mutismo enfermizo en el teatro de la existencia. Entre los que se sentaron en el césped para escuchar a los rebeldes estaban el productor de Hollywood, una modelo que había intentado suicidarse, un psicótico de mediana edad que trataba de espantar a los fantasmas que lo perturbaban hablando solo, un asesino que estaba en libertad después de cumplir treinta años de prisión, un joven que había perdido a su madre hacía quince días víctima del cáncer, y un empresario en quiebra a causa de la pandemia.

Marco Polo les dio la bienvenida y les pidió que todo lo que oyeran fuera con el máximo respeto. Lo que oyeran ahí, ahí moriría también. Dijo que después de que uno de sus alumnos contara un momento importante, aunque fuera muy doloroso, deberían aplaudir su valor y su sensibilidad. Fue así que comenzaron a hacer un *flashback* de su pasado.

En realidad, los doce no eran fuertes y temerarios como pensaban. Eran sólo seres humanos en construcción. Lloraban, se desesperaban, se intimidaban, como cualquier caminante que anda por la senda del tiempo. Pero al verse uno ante el otro y con los seis extraños, sus mentes se trabaron. Nadie tomaba la iniciativa, ni siquiera el mismo Chang, quien afirmó que sería el primero.

Entonces Marco Polo les pidió:

—Cierren sus ojos. Respiren profunda y lentamente. Procuren desacelerar sus pensamientos. Imaginen que nuestra historia es un gran tren. Dejen que ese tren recorra las vías de los meses y años que pasaron. Háganlo sin prisa. Cada estación es una experiencia. Intenten parar en una estación bulliciosa, desafiante, asfixiante. No tengan miedo de descender de este tren y vivenciar la experiencia pasada.

Y así, tomaron el tren de su historia. De repente, algo extraño comenzó a suceder. Los rugidos de los motores y las bocinas alrededor de la plaza empezaron a cesar. Y, al mismo tiempo, cada uno de ellos comenzó a escuchar el barullo imaginario del tren de la vida. Ellos se "transportaron" en el tiempo. Comenzaron a visitar sus historias, pero ahora no de manera rápida y superficial, sino tan profunda como sucedió. Sam, con los ojos cerrados, comenzó a llorar. Relató:

—Estoy en el intervalo de descanso de mi escuela. Tengo 13 años. Los síntomas del síndrome de Tourette aparecieron hace poco tiempo y comenzaron a aumentar: empiezo a golpearme en la cabeza sin parar. Después restriego mis manos en la cara y me golpeo el pecho. Estoy muy asustado. Mis comportamientos llaman la atención de los alumnos. Ellos ríen, ríen sin parar. Mi cerebro va a explotar. Comienzo a emitir sonidos descontroladamente. ¡Estoy acosado! ¡Me tengo miedo! ¡Tengo miedo de los demás! Un centenar de alumnos me rodean. Soy el payaso del circo. Los alumnos gritan a coro: "¡Loco! ¡Loco! ¡Loco!". Yo colapso. Me pego más en la cabeza y entierro las uñas en mi cara, que comienza a sangrar. ¡El juicio aumenta, aumenta, aumenta! ¡Lunático! ¡Loco! ¡Enfermo mental! Yo comienzo a gritar y a llorar sin parar. ¡No! ¡No! ¡No estoy loco! Trato de huir por encima de los alumnos, pero doy tres pasos y alguien me mete el pie y caigo. No puedo levantar la cabeza, me quedo postrado en el suelo, llorando. Hasta que suena el timbre y el martirio termina. El terror comenzaría al otro día.

Su historia de rechazo fue indescriptible. Él terminó su relato en lágrimas. Todos se conmovieron y aplaudieron a este sobreviviente del caos. El muchacho que había perdido a su madre sintió disminuir su dolor al escucharlo hablar de su dolor. La modelo que había querido suicidarse percibió que hay cosas mucho peores que no estar dentro del tiránico patrón de la belleza. El ejecutivo de Hollywood entendió que sus producciones eran superficiales al lado de la experiencia de ese joven desconocido. A su vez, el paciente psicótico gritó:

—¡Tus fantasmas entraron en mi cabeza! ¡Salgan! ¡Salgan! —y se golpeaba el oído izquierdo, preocupando a los alumnos de Marco Polo. Éste les pidió calma con las manos. Enseguida el paciente sonrió y se calmó.

Al minuto siguiente, Florence abordó su tren de vida y paró en una estación en la que evitaba como fuera descender. Ella soltó algunos gemidos inenarrables, como si estuviera contorsionándose en el útero de su madre.

—Tengo 5 años, pero todo parece tan vívido. Mi padre entró en casa agresivamente. Abrió violentamente la puerta de la habitación de mi madre y no se dio cuenta de que yo estaba en el baño. Él gritó repetidas veces: "¡De nuevo en cama, mujer! ¡Me voy a separar de ti! ¡No quiero vivir con una mujer inútil!". "Ten paciencia, por favor", dice mamá. "¡Paciencia, paciencia! ¡No aguanto más, hace años que tienes depresión postparto! ¡Florence fue una desgracia en tu vida!". Cuando escuché esas palabras me solté llorando, pero me puse las manos en la boca. Le tenía miedo. "¡No digas eso, Marc, Florence no tiene la culpa de tu infidelidad!" "¿Infidelidad? Soy infiel porque tú ya no eres una mujer, psicótica. Mejor vivir con prostitutas que contigo." En este momento entré en la recámara y en medio de los gritos de mi padre le pregunté a mi madre: "Mamá, ¿yo estropeé tu vida? Papá, ¿si yo ya no quiero vivir ustedes serán felices?". Ambos se estremecieron, se paralizaron. Con lágrimas salí corriendo de la habitación. El sentimiento de culpa de que mi madre tuviera depresión por mi causa, y de que mi padre no la amaba por esto fue un fantasma que me perturbó por años y años.

Todos aplaudieron su valentía de compartir su historia. El oyente que tenía brotes psicóticos también aplaudió e intentó animarla diciendo:

—Hija mía, tus fantasmas son tan inquietantes como los míos.

Florence le sonrió y le dio un abrazo. Yuri, el alumno ruso, también tomó el tren de la existencia y paró en una estación que lo lastimaba muchísimo.

—Estoy en Moscú, tengo 12 años. Me divertía en una tienda departamental viendo mil objetos. Tomé un llavero que estaba a la venta y me lo metí en el bolsillo. Iba a pagarlo. Pero cuando pasé a la caja lo olvidé. Una cámara de seguridad había visto mi gesto. Un guardia de seguridad me llevó a la oficina de la gerencia. El gerente me acusó: "¡Te ibas a robar este llavero!". "No, no, yo lo iba a pagar." "¡Mentiroso! ¿Cuál es el teléfono de tu padre?" Yo me congelé, pues sabía que mi padre era riguroso y violento. Tardé más de una hora en tener el valor de dar su teléfono. Cuando mi padre llegó a la oficina de la gerencia no preguntó nada, vino a mí y me dio algunas bofetadas, que parecían estallidos de revólver. Y me sentenció: "¡Mugroso, ladrón miserable! ¡No fue para esto que tu madre y yo te dimos la vida!". Mi nariz comenzó a sangrar. Llorando, intenté explicar que lo iba a pagar. "¡Mentiroso! ¡Mentiroso! ¡Mentiroso!", dijo, tres veces. "Tú solo me avergüenzas". Y después, en un impulso, dijo: "¡Yo quería que tu madre te abortara! ¡No deberías de haber nacido!". El gerente intentó ablandar la ira de mi padre: "Cálmese, señor, sólo fue un llavero". Era un llavero ligero, pero sentí que el planeta se derrumbaba sobre mí. Muchas veces pensé que yo debería de haber sido abortado.

Dolores reprimidos, heridas ocultas, lágrimas nunca lloradas formaban parte de cada ser humano y no sólo de ese grupo de jóvenes que eran considerados escorias de las universidades, sociópatas irrecuperables. Martin, el alumno alemán, después de haberse emocionado con las historias de Yuri, Florence y Sam, cerró los ojos y tomó el tren de la existencia. Se desligó del ambiente y poco a poco entró en estado de shock. Tuvo una intensa crisis de falta de aire, como si fuera a morir. Relató con dificultad:

—Yo fui... a andar en bicicleta... solo, me detuve cerca de una antigua construcción. Quedé fascinado con el lugar. Dejé la bicicleta... y comencé a andar unos cientos de metros hasta que entré en un edificio grande y viejo. El ambiente estaba oscuro. Había una grieta profunda y estrecha en donde apenas cabía mi cuerpo. Eran ocho metros de profundidad. Súbitamente caí en la grieta. Me despellejé todo el cuerpo y sangraba continuamente, perdí la consciencia por horas, y después la recobré poco a poco. Me quebré un brazo y una pierna. Gritaba: "¡Socorro! ¡Socorro!". Eran las cuatro de la tarde. En la noche, mis padres, notando mi ausencia, llamaron a los parientes, amigos y bomberos, pero nadie sabía de mí. Al otro día, estaba sediento y deshidratado. Ya no tenía voz para gritar. Cada minuto era una eternidad. Llegó la segunda noche y nadie me encontró. Al día siguiente, escuché el sonido de personas, pero mi voz casi no salía. Ellas se fueron, y con ellas la esperanza. Pasó otro día y el hambre, la sed y la desesperación se volvieron experiencias que las palabras no pueden describir —dijo en lágrimas—. Después de casi tres días, ya estaba desistiendo de vivir y poco conseguía razonar. Oí otra vez sonido de personas. Hice un último esfuerzo. Pero nada. Comencé a gemir. Minutos después, vi una luz penetrar en ese hoyo profundo y estrecho. Finalmente me encontraron. Hasta hoy tengo terrores nocturnos.

Al relatar su historia, Martin tuvo una crisis de falta de aire. Algunos amigos lo abrazaron para calmarlo y poco a poco él percibió que ya no estaba dentro de esa cárcel, sino que la cárcel estaba dentro de él. El paciente psicótico quedó enganchado en la historia de Martin, como si se pareciera a la de él. Dijo para sí:

—Interesante. ¡Muy interesante!

Después de Martin llegó el turno de Chang para que comentara uno de los capítulos más tristes de su historia. Tenía la cabeza baja, los ojos cerrados, la mente concentrada. Los transeúntes de la plaza estaban impresionados con ese extraño grupo de personas. Algunos pensaban que estaban meditando. No tenían la mínima idea de que en realidad estaban expulsando su pasado.

—Estoy en Beijing, y tengo 9 años. Voy de camino a la escuela. Mi padre conducía el auto y yo alborotaba en el asiento trasero. Me quité el cinturón de seguridad. Un minuto después, un taxi se cruzó en el camino de mi padre y hubo una gran colisión. Salí volando del auto y caí a diez metros del accidente. Me pegué en la cabeza, sufrí un traumatismo en el cráneo. Y me desmayé. Me llevaron al hospital. Estuve en coma dos meses. Muchos no creían que yo volvería a despertar. Pero un día desperté y, agitado, comencé a quitarme los aparatos. Me lo impidieron. Aquel horrible tubo de respiración artificial parecía extraer mis órganos. Tuvieron que sedarme. Finalmente, no lograba separarme del respirador. Disminuían la sedación para que yo respirara sin el aparato, pero no podía, me quedaba sin aliento. Estuve más de una semana intubado. Cuando conseguí liberarme del respirador artificial fui presa de una infección hospitalaria. Mis dos pulmones fueron invadidos por la neumonía. Mi padre me dio una pésima noticia. Tendrían que intubarme de nuevo. Tosiendo un mundo, grité: "¡No, no, no!". "Hijo, es necesario", me dijo mi padre. Pero era insoportable. Me resistí y comencé a destruir los aparatos para irme de ahí. Me sedaron. Estuve más de un mes intubado.

De repente, Chang dejó de contar su historia y, como siempre hacía, se burló de su desgracia:

—Gente, sufrir un traumatismo craneal y después engullir esa serpiente es cosa de gigantes —se rio de sí mismo—, y deshacerme de esa cosa fue aún peor.

Todos se desconcentraron y comenzaron a reírse de él. El resultado no podría ser otro. Nadie pudo ya tomar el tren de la vida.

Peter, que siempre fustigaba a su amigo, comentó:

—Mi querido amigo y comediante chino, ahora entiendo por qué eres medio incoherente.

—Medio no, completo.

El ejecutivo de Hollywood, la modelo, el joven que perdió a su madre, en fin, todos abrazaron a ese grupo de irreverentes y les agradecieron profundamente haberles dejado participar de su vida. Todos, en ciertos momentos, derramaron algunas lágrimas, emocionados. Fue una experiencia única, inolvidable, que los dejó marcados.

De repente, el paciente portador de la enfermedad mental comentó, como si estuviera alucinando:

—¡Nací adulto, fruto de la mente de centenares de notables científicos!

Al oír estas palabras, los alumnos de Marco Polo, así como el propio psiquiatra, pensaron que el enigmático paciente estaba alucinando. Nadie nace adulto. Pero él continuó su intrigante historia:

—Mis padres me encerraron sin piedad en un laboratorio. Día y noche probaron mi resiliencia y mi obediencia: me golpearon, me quemaron, me ahogaron. No sabían que yo ya había evolucionado. Me operaron el cerebro, querían transformarme en un esclavo, en un zombi sin voluntad propia.

—¿Y tú quién eres? —preguntó Chang—. No te entiendo.

Todos se quedaron atónitos al saber hasta qué grado la mente humana puede desvariar. Sin embargo, el paciente no parecía tener un brote. Había algo detrás del escenario que hizo que el psiquiatra se mostrara intrigado con esa descripción. Y el paciente continuó:

—Pero yo me rebelé —dijo en voz alta—. Y me volví contra algunos de mis creadores y los silencié con mi inteligencia. Hoy soy libre. ¡Soy libre! ¡Libre! ¡Libre! ¿Usted me entiende, doctor Marco Polo, ilustre psiquiatra?

Enseguida se levantó, tomó a Marco Polo por la mano derecha, lo levantó, le dio un fuerte abrazo y simuló llorar.

Los alumnos suspiraron aliviados, pues comenzaron a pensar que él era un paciente de Marco Polo. Y le aplaudieron, intentando apoyarlo. Pero el abrazo que le dio a Marco Polo era de una fuerza brutal, casi le quebró los huesos.

El psiquiatra sintió dolor. Enseguida el paciente miró cara a cara a Marco Polo y le dio un mensaje en voz baja:

—Los estoy vigilando. ¡No lo conseguirás!

—¿Quién eres? —indagó Marco Polo.

El paciente le habló al oído a Marco Polo:

—Soy el dios de la tecnología —y salió de escena rápidamente.

—¿The Best?

Los alumnos no escucharon la intrigante conversación, sólo percibieron que había algo extraño en el aire. Intentando mejorar el clima, enseguida Marco Polo felicitó solemnemente a Sam, Florence, Yuri, Martin y Chang. Tragó saliva, tenso.

—¿Hay algo mal, profesor? —cuestionó Sam.

Para no perder el autocontrol y terminar aquel solemne entrenamiento, el psiquiatra les dijo:

—Vamos, es necesario continuar —y, concentrándose, elaboró—: Las experiencias intensamente traumáticas que no se trabajan forman grandes cárceles mentales, que yo llamo ventanas killer especiales o doble P, con doble poder: el poder de estar en el centro de nuestro psiquismo y el poder de ser leídas y releídas frecuentemente y, por lo tanto, realimentadas. Este tipo de ventana se convierte en un núcleo traumático, capaz de enfermarnos. Y agregó—: Es imposible borrar la memoria o apagar el pasado, sólo se puede reeditar o construir ventanas saludables alrededor del núcleo enfermizo. Les he enseñado muchas técnicas de gestión de la emoción y todavía les enseñaré otras dos que deben marcarlos para siempre: DCD (dudar, criticar y determinar) y la mesa redonda del Yo. La primera se ejerce en los focos de estrés y a través de ella podemos reeditar las ventanas traumáticas. La segunda técnica, la mesa redonda del Yo, se opera fuera del foco de estrés. A través de ella formamos ventanas light, o saludables, paralelas a los archivos enfermos.

Conocer y ejercitar diariamente esas técnicas era revolucionario e iluminador, pues se podrían prevenir trastornos emocionales y expandir las habilidades socioemocionales de sus alumnos, como la capacidad de atreverse, de reinventarse y de aumentar el umbral para soportar pérdidas y frustraciones, determinando el tipo de humano que ellos podrían llegar a ser.

—Aprendí a usar la técnica del DCD para dudar de que no soy amada, para criticar mi sentimiento de culpa y para decretar ser gestora de mi emoción, pero es una tarea compleja y continua. Siento que debo aprender a usar la mesa redonda del Yo para construir esos archivos saludables. ¿Cómo se hace? —indagó Florence, un poco más animada.

—Yo también quiero aprender para mitigar mis terrores nocturnos —afirmó Martin.

—No sólo me aprisionan los desenfrenos de mi pasado, sino mi sentimiento de venganza. Sé que él está formado por muchas ventanas killer. Quiero reeditarlas, pero en las que no pudiera, quiero construir archivos saludables para neutralizarlas.

—Mi mente es un campo minado. Yo también quiero desarmar mis bombas mentales —comentó Yuri, emocionado.

Marco Polo sonrió brevemente; estaba feliz porque, aunque hubiera desafíos gigantescos e imprevisibles en el entrenamiento de sus alumnos, estaban progresando. Los miró y les dijo:

—Recuerden que cuando alguien está enfermo debe buscar a un profesional de la salud mental. Pero cada ser humano debería practicar el fortalecimiento del Yo y la prevención de los trastornos emocionales, esté o no enfermo. El "Yo" debería ser el piloto de este tren existencial —después se dirigió a Florence—. La técnica de la mesa redonda del Yo empodera al propio Yo para conversar críticamente con los fantasmas que nos atormentan, de la rabia al odio, de la culpa al autocastigo, de la timidez a las fobias, del humor depresivo a la ansiedad; cuestiona la experiencia traumática, recicla los pensamientos angustiantes y da un golpe de lucidez a las emociones enfermizas.

Fue entonces que entendieron de manera más clara algunas de las capas de los suelos inconscientes del "planeta psíquico". A través de la técnica del DCD podrían reeditar la ventana killer abierta, que estaba propiciando emociones devastadoras, pero mediante la mesa redonda del Yo deberían rememorar teatralmente las experiencias traumáticas que habían tenido, que no los estaban devastando en ese momento. De preferencia, necesitarían aplicar esa técnica sin que nadie los oyera, sólo su propio Yo: indagando analíticamente los fundamentos de su dolor (¿cuándo surgió?, ¿Cómo se desarrolló?, ¿Por qué soy esclavo de este dolor?), refutando y confrontando sus miedos y pensamientos perturbadores, como un abogado defensor en un tribunal.

—Un Yo pasivo no es un Yo pacífico. Un Yo pacífico es conciliador y dador, pero un Yo pasivo es enfermo, sometido a sus mazmorras mentales —enseñó el pensador de la psicología. Y completó—: No sean autocompasivos, es decir, no se tengan lástima, pues ésta es una trampa mental que aprisiona al Yo. Ni mucho menos sean conformistas, no se resignen con ser enfermos emocionales, pues ésta es otra cárcel mental para su Yo. Entrenen para ser líderes de sí mismos, a pesar del pasado doloroso y traumático. Su pasado puede explicar su presente, pero no debería explicar su futuro. Si aprenden a administrar su emoción y ser autores de su historia, solamente su Yo debería esclarecerla; en caso contrario, ¡no hay libre albedrío ni autonomía!

Marco Polo enseñó a sus alumnos algunas herramientas que todas las universidades del mundo deberían impartir semanalmente, sean ciencias humanas o exactas. Pero, lamentablemente, estamos en la edad de piedra en relación con la gestión del Yo sobre nuestro propio psiquismo. No se comprende lo obvio: así como para preservar el planeta Tierra se debe reciclar la basura producida por la humanidad, para preservar la salud del planeta mente se debe reciclar la basura intelectual y emocional producida por nuestra psique. En especial porque se manifiesta el fenómeno RAM, que es el biógrafo del cerebro; archiva, sin consentimiento del Yo, todos los contaminantes mentales, haciendo que sólo rarísimos seres humanos tengan una mente a salvo.

—Gracias por caminar en el mapa del tiempo en busca de una dirección dentro de sí mismos y estar aprendiendo a ser inteligentes socioemocionalmente. Gracias por existir y por estar teniendo una historia de amor con su salud psíquica y con la humanidad.

Después de decir estas palabras, Marco Polo volvió a dejar a su pequeña audiencia sin palabras, muy reflexiva. Estaban descubriendo que no hay cielos sin tempestades ni trayectorias sin accidentes, pero que las peores tempestades y accidentes son invisibles. Al día siguiente se encontró con ellos en la misma plaza. Y sentados en el césped bajo la orquesta de los pájaros y la plasticidad multicolor de las flores y las hojas, los transportó en el tiempo y habló del Médico de la emoción, de su historia de amor con la humanidad, sin dejar nunca de lado su salud emocional.

5
Un hombre resiliente que no se doblega ante el dolor y los riesgos

AÑO 33 D.C.

Un hombre misterioso caminaba con pasos firmes en dirección al caos. Era una región árida, con una humedad bajísima, de 10 por ciento, y un calor agobiante, de 48 °C, con un altísimo riesgo de deshidratación, pero a él parecía no importarle. Detrás de él venía una turba fatigada, pero resuelta a seguir sus pasos. Un suave viento apareció repentinamente, rozando el rostro y aplacando la ira del sol. Sus cabellos se agitaban en un extraño instante de frescura. A medida que su silueta se hacía más nítida, aparecía la cara resuelta y serena del enigmático hombre. Se dirigía hacia la magna Jerusalén, la ciudad donde algunos líderes sentían escalofríos ante su liderazgo. No era para menos: sus pensamientos habían puesto al mundo cabeza abajo.

El desierto le sería más confortable, las laderas rocosas más acogedoras, pero nada ni nadie lograría disuadirlo de su proyecto ni apartarlo de su camino. Era un personaje muy difícil de comprender. Era inquietante escucharlo materializar los tiempos del verbo "ser". Antes de Abraham existía el "Yo soy". Para él, "el fin y el comienzo" eran lo mismo. Jesucristo era como un cazador de historias raras que sobrevaloraba personas anónimas que nadie notaba. Él escudriñaba el corazón.

Tenía la humildad de inclinarse ante un niño sucio y tomarlo en sus brazos, la sensibilidad de extenderle las manos a un leproso cuya piel se desprendía al tocarla, la generosidad de acoger a un corrupto consciente de sus locuras o de apostarle a una prostituta a la que nadie quería ver; pero, al mismo tiempo, tenía el valor de no doblegarse ante un ejército acuartelado contra él. La más alta sensibilidad y la más extraordinaria seguridad se apiñaban en su alma.

—¡El calor es intenso, Maestro! —reclamó Juan, el más reciente de sus alumnos, con la intención de detenerse.

Su Maestro optó por el silencio. Sus pasos seguros sustituían sus palabras. Aunque corriera el riesgo de acabar con su vida, aplaudía la existencia como un espectáculo imperdible. Entender algunas de las capas de su mente era una tarea intelectual hercúlea. Tenía poco más de 33 años, pero si Parménides, Sócrates, Platón, Pitágoras, Aristóteles hubieran estado en esos lares, probablemente se hubieran sentido fascinados de escucharlo. Era imposible resistirse a él. El mismo Pilatos parecía un niño al interrogarlo. Si hubiera vivido diez años más, sus tesis se hubieran expandido del Oriente al Occidente confrontando las injusticias sociales, la desigualdad, la violación de los derechos humanos. Pero ¿cómo vivir más tiempo? Sus pensamientos no tenían cabida en el egocentrismo, el egoísmo, el individualismo humanos. No poseía un equipo de marketing, aduladores, mediadores, guardias o espías. No acumulaba oro, plata ni bronce. No tenía nada, sólo se tenía a sí mismo. Su fama indescifrable fue construida porque simplemente era imposible esconderla. Era una celebridad viva en un tiempo en el que solamente las armas y el poder volvían famosos a los mortales.

—Maestro, muchos te siguen, incluso algunos de los fariseos y escribas —afirmó Santiago, hermano de Juan, al mirar los centenares de personas que lo seguían. Procurando impedir que el sudor irritara sus ojos, completó atónito—: ¿Cómo puede tanta gente seguirte en este lugar inhóspito?

—Muchos me honran con la boca, pero tienen el corazón lejos de mí —repitió lo que había dicho hacía algún tiempo.

Santiago detuvo la marcha. Meditó sus palabras y preguntó en voz baja a sus compañeros de caminata: Pedro, Bartolomé, Felipe y Mateo.

—¿No basta con seguirlo?

—Para nosotros sí, para él no —afirmó Mateo.

A él no le interesaba cuántos lo seguían, sino quién lo seguía. Para él, sin amor, los gestos eran como el retumbar de las nubes que truenan, pero que no lloran sus lágrimas.

—¿No basta con inclinarse ante él? —preguntó nuevamente el apóstol.

No, no bastaba. Para el médico de la emoción, sin el corazón, los aplausos son oquedades, una reverencia es superficial, la adoración es estéril.

—Él busca lo invisible —afirmó Pedro, musitando.

Ellos recitaban la respuesta, pero no la comprendían. De hecho, buscaba algo rarísimo en una especie ávida de comercializar, regatear el estatus, conquistar aduladores. Siempre hay intereses subyacentes para quienes obran el bien. Algunos legítimos, como hacer felices a los demás para ser felices ellos mismos, pacificar en pro de promover la paz. Pero Jesucristo, aunque fuera un enamorado de la humanidad, se entregaba y dejaba atrás sus expectativas de recibir algo a cambio.

Rara vez alguien tuvo tanto éxito sociopolítico como él, pero, más raro aún, nadie fue tan despreciado. El artilugio de los premios, del reconocimiento académico al culto a la celebridad, siempre amenazó más la osadía y la capacidad de reinventarse que las armas.

Sus discípulos aún estaban fascinados con su éxito, pero no conocían a su Maestro. El más increíble entrenador, que pronto los sometería a la prueba máxima.

—Maestro, ¿vamos a Jerusalén? —preguntó Tomás, tenso.

Él asintió.

—¡Pero ahí hay muchos opositores tuyos! —afirmó Mateo, con su mente lógica.

En silencio, él asintió nuevamente.

—¿Qué vamos a hacer para ablandar a nuestros opositores? ¿No vamos a llevarles algún regalo? ¿Plata, aceites, harina, nada? —cuestionó Judas, el hombre que cuidaba el magro dinero que tenían para sobrevivir.

—Les daremos lo que somos.

Pedro, pragmático y emocionalmente enérgico, se mesó los cabellos y en voz baja intentó aquietar la ansiedad del resto de los discípulos, diciendo:

—Él sabe lo que hace.

—¡Claro! —afirmó Juan, el más afectivo y ambicioso—. Él sabe lo que hace. Encantará a los fariseos, fascinará a los escribas y seducirá a los sacerdotes. Y... seguramente será aclamado como líder de la nación.

Algunos de sus alumnos creían que él asumiría el reino de Israel, que estaba fragmentado y debilitado, y expulsaría de sus tierras al tirano y promiscuo Tiberio César y sus esbirros, quienes gobernaban con mano de hierro a los pueblos dominados y les imponían pesados impuestos, como trigo y aceite, para saciar la carísima maquinaria estatal del imperio. Pero el Maestro de maestros no quería el trono político, sino el trono del corazón humano.

La madre de Juan y Santiago estaba entre la multitud. Ellos conversaron con ella sobre la posibilidad de que Jesús asumiera el trono político. Los ojos de ella brillaron. Apresuró el paso y alcanzó e interrumpió la marcha del Maestro.

—Señor, cuando estés en tu reino, permite que uno de mis hijos se siente a tu derecha y el otro a tu izquierda.

El Maestro de maestros estaba acostumbrado a escuchar muchas tonterías de sus discípulos y era paciente y bienhumorado. Las madres son adorables, siempre quieren lo mejor para sus hijos y siempre creen que son los más capaces del mundo. La madre de Santiago y de Juan fue demasiado lejos. Sugirió que uno de sus hijos fuera ministro de economía y el otro ministro de justicia, o quién sabe si de las fuerzas armadas. Él se detuvo y los miró a los ojos, a ellos, no a ella, y preguntó:

—¿Podéis beber del cáliz que yo beberé?

Rápidamente aparecieron los héroes. Sin pensar en las consecuencias, respondieron tajantemente:

—Sí.

Muchos quieren éxitos sin vigilia, aplausos sin rechiflas, pero este éxito simplemente no existe. Las uvas se aplastan para que produzcan vino, las aceitunas se comprimidas para destilar el aceite, las frustraciones nutren la disciplina para conquistar el podio. Los bebés son expulsados de la comodidad del útero materno hacia el estrés del útero social, la jornada de la vida comienza con lágrimas y no con risas, se sacia el dolor para que acontezca la risa. Los que construyen sus sufrimientos son irresponsables con su salud emocional, pero los que usan sus sufrimientos imprescindibles para madurar son sabios.

Juan y Santiago entendían esa ecuación emocional. El Maestro de Nazaret los miró a los ojos y les dijo:

—Beberéis de mi cáliz, pero el sentarse a la derecha o a la izquierda no depende de mí.

Era inevitable no estresarse cuando había un gran proyecto que realizar, quería decir su profesor. No hay éxito gratuito. En los siguientes momentos aparecieron los censuradores. Los buitres siempre aman la carroña; como ellos, muchos seres humanos aman pisar las manos de quien se equivocó o tropezó.

—¿Qué hacer cuando alguien falla? ¿Gritar, criticar, señalar la falla, como hacen frecuentemente los padres, los profesores o las parejas? —preguntó Marco Polo a sus alumnos mientras les contaba esta historia—. Para el médico de la emoción, si existe dolor en quien falló deberíamos abrazar primero para después educar. Por eso rara vez censuraba. Y en las raras ocasiones en que perdió la paciencia, lo hizo contra el sistema, pero no contra las personas. Era un poeta de la benevolencia. Solamente una persona notablemente tolerante y paciente podría proclamar: "Felices son los mansos, pues heredarán la tierra".

Pedro, Judas, Mateo, Bartolomé, Tadeo y Tomás discutieron con Santiago y Juan, condenando su ambición. Ellos también eran ambiciosos, pero lo disimulaban. La ambición oculta es el origen de la envidia, y la envidia es el manantial del sabotaje. Ellos no lo sabían, pues no conocían el psiquismo humano. Los gestos del Maestro de maestros eran dosificados, sus discursos eran breves, su voz era suave, no hacía un espectáculo para seducir a las audiencias. No encarnaba un personaje. Él era el espectáculo. Su habilidad para transformar las mentes estériles en corazones impregnados por el amor era admirable. Enseguida, el increíble profesor lanzó una más de sus tesis sociales, capaces de dejar a cualquier gobernante en estado de shock.

—Quien quiera ser grande tiene primero que hacerse pequeño para servir. El mayor entre vosotros será el menor.

Sus discípulos intercambiaron miradas, paralizados, sin voz. Seguir a Jesús era una prueba impresionante. Muchos teólogos famosos de las más diversas religiones, incluso no cristiana, no soportarían seguirlo por semanas. Algunos lo creerían lento; a fin de cuentas, con el poder y la elocuencia que tenía podría reunir a los pueblos, seducir a las masas del Imperio y tomar el trono de Roma y, así, podría esparcir su palabra libre y poderosamente. Otros lo considerarían políticamente descentrado, pues prestar una notable atención a los leprosos, a los ciegos, a los paralíticos, a las personas heridas por el camino, era un desperdicio de tiempo. Otros lo considerarían excesivamente desprendido del poder, pues su desapego al asedio y al poder era insoportable. Hasta sus parientes más íntimos lo presionaban: "Muéstrate al mundo, pues nadie hace lo que tú emprendes y procura ocultarse".

—Era casi imposible entender al Maestro de maestros —comentó Marco Polo con su pequeña audiencia. Incluso al investigar sobre sus gestos en los focos de tensión, sus comportamientos subliminales y sus palabras, quedó admirado, asombrado, perplejo—. Él parecía dominar el tiempo y el espacio que Einstein quería entender, por eso no apresuraba sus pasos. Como buscador de diamantes, quería algo que los líderes detestan: "ser pequeño y humilde socialmente y grande en el territorio de la emoción". ¿Una locura para las ciencias políticas? Sí. Pero correspondía a lo que él era y lo que quería. Vivir un día bajo los rayos solares del amor valía más que vivir por décadas con el cielo encapotado, odiando, reclamando y revolcándose en el lodo de la necesidad enfermiza de poder.

La guerra de egos entre los alumnos de Jesucristo era grande. Millones de alumnos mucho más calificados que esa turba saldrían de las universidades en los dos milenios siguientes, y el 99.99 por ciento caería en la insignificancia existencial; serían mediocres, no harían nada nuevo bajo el cielo de la humanidad. Pero él los entrenaba día y noche para que se convirtieran en líderes mundiales, antorchas vivas para iluminar la noche oscura de las sociedades: "Ustedes son la luz del mundo... Brille vuestra luz ante los hombres para que vean sus excelentes obras y exalten a vuestro padre que está en los cielos".

¿Cómo podría aquel grupo de descalificados, ansiosos y egocéntricos llegar a algún lado? El secreto estaba en el maestro. Como gambusino en busca de oro, su desafío era remover las piedras sin presiones ni chantajes, pero con la más alta clase, afectividad y sabiduría. Si los padres les gritan a los hijos que los frustran, si los profesores regañan a sus alumnos que hacen pequeños alborotos, ¿qué reacciones tendrían al ser traicionados, negados, excluidos? El mayor profesor de la historia tenía ante sí un reto inimaginable.

6

La felicidad sustentable se conquista con entrenamiento

Marco Polo comentó que sus alumnos podrían ser pioneros, mentes osadas, vivir fuera de la curva y tener un éxito notable, pero si no aprendían a entrenar a su Yo para hacer de las pequeñas cosas un espectáculo imperdible, mostrarían una emoción aburrida, sin magia o aventuras y sin la capacidad de aplaudir la existencia y de inclinarse ante ella con agradecimiento. El mayor de todos los éxitos es tener una felicidad sustentable. Muchos se convertían en miserables emocionalmente a pesar del éxito financiero, intelectual, político, religioso.

Pero en vez de continuar sus clases prácticas, Yuri manipulaba su celular frenéticamente y estaba muy preocupado por la posibilidad de que todas sus fallas y comportamientos estuvieran siendo observados. Acompañado de Víctor, llamó a Marco Polo a un lado y le comentó sus sospechas.

—Profesor, estamos siendo hackeados.

—No crean en la teoría de la conspiración. Nosotros ya tenemos problemas, no necesitamos crear más —dijo Marco Polo.

Sabía que Víctor sufría de este mal y que Yuri, como muchos hackers, pensaba con frecuencia que sus dispositivos digitales estaban siendo invadidos.

—No, profesor, tengo una gran sospecha. He visto varias cámaras que apuntan a nosotros, observando nuestros pasos —comentó Víctor.

—Pero las cámaras filman todo —afirmó Marco Polo.

—Profesor, he intentado invadir la computadora de quien nos está hackeando, pero sólo encontré fragmentos de nuestros comportamientos —y le mostró a Marco Polo. Éste se preocupó. Yuri completó—: Alguien súper inteligente, con una tecnología que desconozco, está vigilando cada uno de nuestros pasos.

Fue entonces que el profesor se detuvo, pensó y al fin les contó por primera vez sobre The Best.

—Él pertenece a una generación de supercomputadoras con forma humana. Son conocidos como *Robo sapiens*.

—Pero esa tecnología todavía no existe, maestro —rebatió Yuri.

—Yo la vi con mis propios ojos. Él se disfraza de muchas personas. Sospecho que él era el paciente con el brote psicótico, que súbitamente nos dijo: "Los estoy vigilando".

—¡No es posible! Él pasó la prueba de Turing, nadie se dio cuenta de que era un robot —dijo Yuri, pasmado. Sólo los robots con comportamientos tan finos y con inteligencia tan grande serían capaces de pasar inadvertidos por los humanos, es decir, pasar esta prueba.

—Esa súper máquina forma parte de la empresa fundada por Vincent Dell, y que tiene más de un centenar de otros científicos especialistas en inteligencia artificial como socios. La máquina es parte de un convenio con la universidad donde Vincent Dell es rector —pero como no quería que nada estorbara el entrenamiento de esos alumnos aficionados a la tecnología digital, solicitó—: Olvídenlo. Continuemos nuestro trabajo. Podemos incluso ser observados, pero no saboteados.

El misterioso y poderoso *Robo sapiens* se comportaba como un esclavo de Vincent Dell, que siempre lo llamaba "mi siervo". Lo que Vincent Dell no sabía era que la más notable creación de la inteligencia artificial estaba conquistando su autonomía.

—No sé... —dijo Víctor, siempre con un pie atrás.

Enseguida, el maestro tomó a los dos alumnos por los hombros y los acercó al grupo. Y paseando la mirada sobre ellos, preguntó:

—¿La felicidad real es derecho de una casta de privilegiados, ricos, intelectuales, empresarios, artistas notables, o no?

Florence pensó y tanteando su mundo psíquico, comentó asertivamente:

—Por lo que estoy comenzando a entender, la felicidad es un entrenamiento diario.

—Exacto, Florence. Ser feliz no es tener una vida perfecta, es exigir menos y darse más, criticar poco y apostar más, reclamar menos todavía y agradecer mucho más. Es hacer de la vida un espectáculo, incluso sin escenario. Es decir "te amo" sin esperar recompensas. Es sentir como niño y pensar como adulto. Es caerse sin querer, pero levantarse por desearlo. Es llorar sin miedo, pero usar las lágrimas para regar la alegría. Es, por encima de todo, recomenzar todo tantas veces como sea necesario.

Los alumnos se quedaron asombrados; esa tesis era revolucionaria. No tenían idea de lo que significaba poseer una vida saludable, libre y realmente feliz. Vivían porque estaban vivos, pero no filosofaban profundamente sobre la vida.

Viéndolos pensativos, Marco Polo completó:

—Así como se entrena el cuerpo en un gimnasio, debemos entrenar diariamente en el gimnasio de la emoción para enamorarnos de la existencia y vivir de forma más ligera.

Muchos seres humanos eran pesados mentalmente, obesos emocionalmente, no tenían flexibilidad para caminar, correr, respirar en libertad. Eran prisioneros viviendo la farsa de la libertad. Esto incluía a los alumnos del psiquiatra.

—Yo me siento obesa emocionalmente. Soy rígida, crítica, exijo mucho para ser feliz. ¡Nunca analicé que ser feliz es un entrenamiento diario! —comentó Jasmine, sorprendida.

—A veces me siento un loco hablándole a personas falsamente saludables —confesó Marco Polo—. Una voz solitaria gritando que, si nos entrenamos para conducir autos, empresas, operar computadoras, deberíamos entrenarnos para conducir la emoción y administrar nuestros pensamientos para ser autores de nuestra historia, aunque sea en forma mínima. Pero ninguna escuela enseña esos fenómenos. Dejen su mente irresponsablemente dispersa, y el riesgo de accidentarse y enfermar será grave.

—Yo viví irresponsablemente usando cocaína, tomando anfetaminas, coleccionando chicas cada noche —afirmó Martin—. Pero mi vacío emocional era imposible de llenar.

—Yo también consumí drogas, viví queriendo que el mundo se derrumbara, que las personas se destruyeran, que no me importaría; pero no era libre, no lograba encontrar esa felicidad —relató Peter, ahora ya no como un sujeto que vivía instintivamente, sino como un aprendiz de pensador.

—Para mí ser feliz siempre fue hacer bromas. Pero un día las bromas se agotan y la vida pierde su gracia —relató Chang, inteligentemente.

—¿Cómo en... en... trenar... pa... para ser fe... feliz? —indagó Alexander.

—¿Cómo? No es así de cualquier manera. Tenemos que entender como mínimo qué es la emoción. Y sinceramente incluso los que estudian la mente humana en los más diversos cursos en las universidades, y los que estudian la inteligencia emocional se tropiezan en cosas básicas, desconocen el insondable planeta emoción. En primer lugar, ya lo comenté, y lo repito, la emoción es democrática: tener no es ser, tener mucho no es ser mucho, ser mucho depende de hacer mucho de poco y ser poco es hacer poco de mucho. En segundo lugar, la emoción siempre es desequilibrada, fluye como un río, tiene curvas imprevisibles y estrechamientos inevitables.

—¿Entonces no existe la emoción estable, equilibrada, como se dice en la psicología?

—Sólo los que están muertos son equilibrados —dijo con buen humor el pensador de la psiquiatría—. El equilibrio emocional en el sentido puro de la palabra es un concepto falso en psicología. La emoción, además de democrática, de nutrirse de cosas simples y anónimas, es continuamente desequilibrada, dinámica, fluida, nunca estática.

—Danos ejemplos —solicitó Florence.

—Una persona que está alegre en un momento determinado comenzará a disipar su alegría al momento siguiente, y enseguida podrá experimentar un estado de ansiedad, que se podrá convertir en curiosidad, que se podrá transformar en motivación, que podrá propiciar un sentimiento de autorrealización, que podrá nuevamente convertirse en placer, que se transformará en deseo de exploración, que generará nuevas búsquedas. La emoción es siempre un planeta en movimiento que nunca se encuentra estático —concluyó el pensador de la psiquiatría.

—Caramba. Todo es tan nuevo para mí pero, al mismo tiempo, describiste mi emoción —expresó Víctor—. Es un planeta fluctuante.

—¿Cómo es eso? —preguntó Marco Polo—. ¿Podrías hacer la TTE? ¿Teatralizar un poco cómo te sientes?

Víctor se levantó, miró a sus compañeros y respiró profundamente. Después se arrodilló y comenzó a teatralizar sus sentimientos; miraba rápidamente para varios lugares, como si todo el mundo estuviera hablando de él.

—¡Tú vas a morir! ¡No sirves! ¡Tienes mal carácter! Te busca la policía. ¡Terrorista! ¡Controlen su cerebro! —Víctor se tapaba los oídos y hacía un gesto de terror, como si ya no quisiera oír nada más. Enseguida interpretó a sus compañeros en las universidades calumniándolo a sus espaldas a cada momento. Habló al oído de Jasmine y le dijo—: No andes con Víctor, es un enfermo mental —fue con Peter y también le dijo al oído—: Víctor es un tipo malo, nos va a asesinar —se dirigió a Marco Polo y le dijo, gritando—: ¡Víctor está loco! ¡Repruébalo! ¡Intérnalo! Él es un peligro para la sociedad.

Cuando terminó, Víctor estaba extenuado, sin energía. Pero completó:

—Vivía un clima de miedo en cualquier ambiente en el que entrara. Si el problema no existía, yo lo creaba. Me sentía vigilado, perseguido, disminuido —y después, emocionado, le dijo al psiquiatra que los entrenaba—: Estoy aplicando desesperadamente la técnica DCD, doctor Marco Polo. Estoy mejor, pero mi paranoia es masacrante. Hoy sé que creo una gran parte de mis perseguidores. Ellos surgen de la nada. Mi emoción va del cielo al infierno en segundos.

Todos le extendieron la mano a Víctor en señal de profunda solidaridad. De nuevo la TTE, al liberar el pensamiento antidialéctico, imaginario, los llevó a comprender con profundidad el dolor del otro. Sin esa técnica, Víctor estaba junto a ellos, pero no parecía llorar o vivir una historia angustiante.

Marco Polo lo miró a los ojos y le dijo:

—Felicidades por la transparencia. Felicidades también por aplicar las técnicas, pero no te olvides de la mesa redonda del Yo; debes realizarlo fuera de las ideas de persecución. Sigue entrenando. Ser feliz y saludable es hacer fluir suavemente la emoción. Fluctuar y moverse son características intrínsecas de la emoción, pero oscilar demasiado es un reflejo de trastornos emocionales y conflictos interpersonales. Vimos que los inviernos emocionales se alternan con las primaveras en la historia de cada ser humano, pero deberíamos equipar a nuestro Yo para disminuir la duración de los inviernos y maximizar las primaveras existenciales.

—Todo es muy complejo. Nunca había pensado en la emoción como un fenómeno en movimiento continuo —comentó Florence, y preguntó—: ¿La depresión bipolar es un ejemplo de fluctuación exagerada de la emoción?

El psiquiatra sabía que Florence había sufrido mucho a causa de su trastorno, pero muchas personas, incluso sin el diagnóstico clásico de una enfermedad psiquiátrica, sufrían también.

—Exacto, Florence. Pero no sólo la depresión bipolar genera

fluctuaciones emocionales internas y enfermedades, sino también la impulsividad, que lleva al fenómeno de golpe-contragolpe; la hipersensibilidad, que hace que pequeñas críticas tengan grandes efectos; los celos, que promueven la asfixia de la autoestima; el tedio intenso, que lleva a una búsqueda insaciable de cosas nuevas, la necesidad neurótica de ser el centro de las atenciones, la inestabilidad enfermiza de estar un momento alegre y depresivo en el siguiente, pasar de un periodo tranquilo a uno explosivo.

—Incluso la excitación de la cocaína y la depresión del sistema nervioso central por la heroína son ejemplos de fluctuaciones emocionales peligrosas, que se archivan como ventanas killer o traumáticas, ¿cierto? —indagó Martin.

—Bien recordado. Sí, Martin.

—¿El médico de la emoción también pensaba hace dos mil años en la psique humana como un fenómeno en continuo estado de movimiento? —preguntó Michael.

—Él era muchísimo muy inteligente. La respuesta es sí. Cierta vez dijo que quien fuera su íntimo y, supuestamente, cercano a sus enseñanzas, de su interior fluiría un río emocional de "aguas vivas", un río del sentido de la vida, de sabor existencial, de experiencias regadas de placer. El ser humano ama el éxito, pero el viaje es más saludable e importante que la llegada. El ser humano ama el Nobel, el Oscar, el Grammy, pero el proceso es más poderoso y rico que las premiaciones. Los éxitos y las premiaciones que reconocen a algunos pueden ser al mismo tiempo trampas que reprimen el placer que causan.

—Entonces ser feliz no es estar siempre alegre, sonriente, saturado de amor por la vida, sino transformar las experiencias angustiantes en notables aprendizajes —comentó Michael.

—Vas por buen camino, Michael.

—¿Y cómo entrenarse para ser feliz? —quiso saber Víctor.

—Ustedes ya hicieron decenas de ejercicios conmigo. ¿Qué tal si comienzan a cambiar de la era de su historia emocional, de la era del señalamiento de fallas a la era de la celebración de los aciertos? —propuso Marco Polo, preparándolos para un entrenamiento mucho más arduo.

—¿Cómo? —preguntó Florence.

—¿No está claro para ti, Florence? ¿No sabías que los psiquiatras y psicólogos se alejan de sus hijos, y que uno de los motivos es porque exaltan mucho sus errores y no conmemoran diariamente sus aciertos, aunque sean diminutos? ¿No sabías tampoco que los religiosos pierden a quien aman porque son especialistas en señalar fallas y no en exaltar actitudes sencillas que pasan desapercibidas? ¿Que las parejas se destruyen no porque no se amen, sino porque no saben cómo seguir amándose? ¿Eres miope, Florence?

—¿Yo? No sé. A lo mejor.

—¿A lo mejor? Yo tengo la certeza de que mis ojos emocionales son miopes, toscos, bizcos. Y la educación clásica es la mayor formadora de miopes emocionales. Celebra los errores y no promueve los aciertos. ¿Cuántas veces exaltan los profesores a sus alumnos fuera de las pruebas?

—Mis profesores me criticaron unas mil veces —afirmó Chang—. Que yo me acuerde, sólo fui elogiado una vez.

—Batiste récord, Chang. Yo no recuerdo haber sido elegido por un maestro; sólo aquí, en este entrenamiento —relató Peter.

—Los maestros que durante la jornada de cada clase no elogian diariamente a sus alumnos, incluso a los más alienados y ansiosos, no son educadores, sino correctores de información. Serán sustituidos por robots, por la inteligencia artificial. Como sueña el magnífico rector de esta universidad estadunidense. Elogien a quienes aman tres veces al día.

—Eso no es difícil —afirmó Jasmine.

—¡No! ¿Qué tal elogiar a tus enemigos?

—¡Eso es imposible! —concluyó ella.

—¿Imposible? Pero fue exactamente ese ejercicio el que propuso el carpintero de Nazaret a sus alumnos cuando les dijo: "Si ustedes aman sólo a quienes les aman, no hay dignidad". Y después usó una metáfora que no fue comprendida por miles de teólogos, filósofos, líderes políticos a lo largo de la historia: si alguien te da una bofetada, pon la otra mejilla.

—Eso es imposible —rebatió Peter—. Yo jamás le pondría la otra mejilla a quien me golpeara en la cara.

—Yo tampoco —dijo honestamente Chang.

—¡Y yo mucho menos! ¡Golpe y contragolpe! —afirmó Sam.

—Dar la otra mejilla no se refiere al rostro físico; es una metáfora social, es elogiar a quien falla, exaltar a quien se accidenta, aplaudir a quien se equivoca más que a su mismo error. Cuando pones la otra mejilla, bombardeas el cerebro de un adversario con el perfume del perdón, sin necesidad de que ninguno de los dos pida disculpas. Es muy inteligente poner la otra mejilla —dijo el psiquiatra, y les recordó—: Tú accionas los fenómenos inconscientes que leen la memoria. Detonas el gatillo cerebral, abres una ventana light y liberas al Yo de su enemigo y, así, construyes puentes de amistad. ¿Acaso sus enemigos no tienen aciertos que merecen ser celebrados? ¿Sólo tienen errores? —preguntó el psiquiatra.

—No, claro que no —dijo Florence—. Pero ¿debo elogiar a mi depredador, al que me violó? —agregó, con lágrimas en los ojos.

—Hay errores esenciales y triviales. Los esenciales merecen ser llevados a la justicia. El que te violó debe ir a prisión, es un error esencial. No les estoy pidiendo que elogien a los psicópatas. Pero hay innumerables personas que pasan por nuestras vidas y cometen errores triviales, al igual que nosotros los cometemos también, como críticas, un tono de voz exacerbado, conflictos, pérdida de paciencia, y ahí es donde podemos y debemos aplicar esa técnica. Si viven en la selva amazónica, sin nadie a su alrededor, no sentirán frustración ni serán insultados; pero si conviven en esta sociedad intoxicada digitalmente, experimentarán innumerables frustraciones y decepciones.

Todos los "rebeldes" se callaron. Entendieron al menos en forma mínima que las sociedades modernas, las empresas, las instituciones, se convirtieron en fábricas de conflictos, envidias, disputas irracionales, críticas, *fake news*. No se entrenaba a las personas para corregir su miopía emocional, para ver al ser humano detrás de los comportamientos que desaprueban. No sabían apostar, tener compasión, ejercer el altruismo.

—Enviciarse en señalar los errores y no en celebrar los aciertos hace que el radicalismo enfermizo recorra las arterias de nuestra mente y desemboque en el océano de nuestra emoción. Somos una sociedad de infelices, estamos en la era de los mendigos emocionales —señaló Marco Polo, una vez más.

Ellos se quedaron en silencio por algunos instantes. Y después de este emocionado silencio, el psiquiatra les dio otro ejercicio explosivo:

—Pues bien. Ustedes se van a ir de aquí ahora y durante tres días pondrán la otra mejilla a quien los lastimó. Elogiarán a sus adversarios, a los padres que los lastimaron, a las madres que los afligieron, a los profesores que los maltrataron, a los compañeros que los traicionaron.

—Menos mal que mis enemigos están en Japón —dijo Hiroto aliviado, pero se olvidó que podía hacer esa técnica por el celular.

Peter se levantó nuevamente de la silla y reviró, impulsivo:

—¡Yo jamás me someteré a esta humillación!

Pero los amigos, en vez de celebrar los aciertos de Peter, los detonaron. Hicieron lo que siempre habían hecho. Sam fue el primero, al decir en voz alta:

—Eres un imbécil.

—Golpe y contragolpe a toda hora —apuntó Jasmine, olvidándose de que ella no era muy diferente de él. Ella se golpeaba frenéticamente la frente con la mano, exacerbando su TOC.

Peter no aceptó que lo criticaran. En una reacción impetuosa, empujó a Jasmine y agredió a Sam, derribándolo. Fue un momento de mucha tensión. Algunos se volvieron contra él.

—¡Este tipo está loco! —gritó Víctor.

—Loco y explosivo —afirmó Florence.

—Jasmine es una desvariada, saturada de TOC, una psicótica que no se asume. ¿Y tú, Florence, qué hay de tus intentos de suicidio? ¡Súper demente! Una bomba de tiempo ambulante —dijo Peter, quien desprovisto de cualquier compasión la lastimaba en la raíz de su emoción.

A los buenos amigos les importa perder la amistad, siempre que su ego no pierda la guerra de la discusión. El cielo y el infierno emocional están muy próximos de quien no tiene autocontrol y empatía.

—¡Respiren! ¡Respiren! —comentó Chang, pero era imposible calmar los ánimos.

—Res... respe... respeten al ma... maestro —expresó Alexander, pero nadie le prestó oídos.

La gresca fue general. Nadie se entendía. Marco Polo estaba en completo silencio. No intervino, se calló del todo. Uno hablaba más alto que el otro. El grupo se agrietaría y el proyecto de entrenamiento se derretiría como hielo bajo el sol ardiente. Pero cuando todo parecía perdido, Florence miró la cara de Marco Polo y penetró como un rayo en el planeta emoción de él. Vio su silencio saturado de decepción con el grupo. De nuevo, eran inhumanos. Súbitamente se sintió iluminada. Recordó las herramientas del médico de la emoción. Se acercó a Peter y, a pesar de que él había sido tan violento con sus palabras, le ofreció la otra mejilla. Él casi se desmayó de vergüenza.

—Estoy triste, de verdad triste. Pero te admiro, Peter. Admiro tu honestidad. Admiro tu garra. Admiro tu corazón. Pero no admiro tus palabras durante los focos de tensión. Discúlpame si te ofendí.

Elogiar a Peter, extenderle la mano a quien había tropezado tan vergonzosamente fue de una elegancia sin par. Detonó el gatillo cerebral, abrió ventanas light y oxigenó el Yo de Peter. Él volvió inmediatamente en sí.

—Ay, soy un demente. Soy un loco desenfrenado —y abrazó a Florence y a Jasmine. Y con lágrimas en los ojos abrazó también a Sam—. Fui un mal sujeto. Perdónenme.

Fue el turno de Marco Polo de intervenir y hacer un comentario, que si fuera practicado por la humanidad no sólo prevendría homicidios y suicidios, sino las guerras también.

—Poner la otra mejilla no significa ser débil o sumiso, sino fuerte, superior, noble, pacificador y, sobre todo, resiliente. Poner la otra mejilla es apostar a favor de quien merece un regaño, aplaudirle en vez de humillarlo, exaltar al ser humano que se equivoca, más que a su error. De este modo, muy probablemente reconocerá su falla y se autocorregirá.

—Poner la otra mejilla es decidir ganar el corazón y no la discusión —comentó Florence, iluminada.

—Exacto. ¿Qué quieren ganar? ¡Un verdadero líder no agrede a sus agresores, sino que les enseña a pensar! —dijo el pensador que los entrenaba.

Chang miró a su maestro y preguntó:

—Pero ¿no es eso una utopía?

El psiquiatra le respondió categóricamente:

—¿Es una utopía decir que los débiles usan la agresividad y los fuertes la inteligencia? ¿Es una utopía entender que la mayor venganza contra un enemigo es perdonarlo, pues al perdonarlo él muere como enemigo en nuestra psique y renace como alguien soportable y tal vez como un amigo? ¿Es una utopía romper nuestras cárceles mentales para ser autores de nuestra propia historia? Si esto es una utopía, prefiero ser utópico.

Practicar esas herramientas era una tremenda gimnasia emocional para el egocéntrico. Ser empático era un ejercicio dantesco para quien gravitaba en torno a su propio ombligo. Celebrar los aciertos de los adversarios era una técnica casi insoportable para los enviciados en lastimar a quien ya estaba herido.

Después de todo lo que dijo, el maestro de la psiquiatría todavía necesitaba dar el último golpe de sabiduría a su audiencia.

Era arriesgado, pero tenía que hacerlo. Se levantó de su silla y soltó, sin medias palabras:

—Yo aprendí a admirarlos y a confiar en su capacidad intelectual. Pero el entrenamiento basado en las herramientas del líder más grande de la historia no es para mentes egoístas, individualistas y que viven en la mediocridad existencial, ni mucho menos para quien no sueña en aportar algo a la humanidad. Por lo tanto, ya les dije y les repito: si quieren desistir, ¡el momento es ahora! Pero si desean continuar, enumeren a sus adversarios y atrévanse a poner la otra mejilla.

Dicho esto se marchó, dejando a los alumnos completamente mudos, confusos, sorprendidos. Otra vez no quiso convencerlos de que permanecieran en el proyecto. Se rehusaba a ser el padre emocional de esos adorables, ansiosos y perturbadísimos rebeldes. Ellos debían aprender esa tesis: ser autónomo es saber tomar decisiones y saber tomar decisiones implica sufrir pérdidas, y el miedo a las pérdidas es el mayor secuestrador de las decisiones más importantes. Por eso, las decisiones más importantes siempre se toman en soledad.

7

El médico de la emoción desarmaba a sus enemigos sin presión

Cuando Marco Polo salió del salón exaltándolos y, al mismo tiempo, desafiándolos, ellos sintieron que, a pesar de que la propuesta era absurda, serían unos conformistas si no lo intentaban. Nunca habían puesto la otra mejilla a nada ni a nadie. De hecho, en una humanidad constituida de miles de millones de seres humanos, eran rarísimos los que se habían entrenado en esa técnica de autocontrol y pacificación de conflictos, incluso entre los que juran ser seguidores de Jesús. No aprendieron a coleccionar amigos. Los adversarios debían ser abatidos; los opositores debían ser eliminados; los que causaban frustración y los que no respondían a las expectativas debían ser excluidos.

Nunca supieron que en la genealogía de Jesús relatada por Mateo no sólo había seres humanos de carácter impecable, sino también prostitutas. Lo cual indicaba que su origen humano no provenía de un linaje de personas perfectas, reales, de sangre azul, intocables, sino de personas imperfectas. El médico de la emoción entrenaba día y noche a todos aquellos que se le aproximaban a conquistar lo que el dinero jamás podía comprar. Muchos tenían cama, pero no dormían; tenían vestiduras, pero estaban desnudos por el sentimiento de culpa; tenían bienes, pero suplicaban por el trigo de la alegría; tenían moralidad religiosa, pero eran radicales y legalistas, desprovistos de empatía. Estaban angustiados.

No había modelos en las universidades, sea en los cursos de psicología o de sociología, o en la formación de psiquiatras o de diplomáticos, de entrenamientos para la construcción de puentes socioemocionales en las situaciones de conflicto. Éramos maduros para usar la tecnología digital, pero niños para usar las herramientas del control de la emoción.

Millones de padres actuaban instintivamente cuando eran contrariados, no sabían pacificar los ánimos de sus hijos ni ser admirables para ellos. Cuando los maestros se decepcionaban de sus alumnos, exponían públicamente sus errores. Los ejecutivos no sabían explorar para encontrar el oro en los suelos rocosos de sus colaboradores. La humanidad tendía a ser judicial. Los errores eran llevados a la justicia y no eran resueltos en las plazas de la sabiduría. Sepultábamos el arte de filosofar.

Florence reflexionó sobre la inteligente provocación de Marco Polo. Se puso frente a sus amigos y les dijo:

—¿Y entonces? Hacer lo que Marco Polo nos propone es hacer todo lo contrario a lo que siempre hicimos y aprendimos. Tenemos que tratar de superar el síndrome de depredador-presa.

Peter se rascó la cabeza, nervioso.

—¡Gente, esto es una locura! ¿Qué van a decir de nosotros? ¿De mí? Van a decir "Peter se acobardó", o "Peter es un débil", o "¡Peter se volvió un marica!" —su alodoxafobia, el miedo a las opiniones ajenas, todavía afectaba su emoción.

—A mí no me digas. Sin duda opinarán que "el chino enloqueció, necesita que lo internen" —dijo Chang.

—Pero si ya intentaron internarte varias veces, Chang —comentó Jasmine, causando las carcajadas de sus compañeros.

—Lo intentaron, pero no lo lograron —afirmó Chang, sonriendo.

—Si me humillan, yo les devuelvo el golpe —afirmó Sam.

—Yo también —afirmó Víctor.

Peter pensó, se pasó las manos por la cara y después dijo:

—Okey, okey. Voy a comenzar a hacer mi lista de mis enemigos y analizar si alguno de ellos es digno de elogios.

—Yo tam... también voy a... a hacer mi lis... lista —dijo Alexander.

Y así todos comenzaron a hacer su lista secreta. Una hora después, cada uno tenía una relación considerable de personas que rechazaban, que odiaban, de las que querían vengarse. Algunos sintieron escalofríos al ver la imagen de sus enemigos.

Sam, más intrépido, hizo su informe.

—El imbécil aquí —habló en voz alta y parpadeando mucho—. Tengo catorce enemigos a los que quiero estrangular. Dos tíos que dijeron que se avergonzaban de mí a causa de mis tics. Tres primos no me extendieron la mano; al contrario, se apartaban cuando me acercaba a ellos. Odio por lo menos a diez compañeros de clase que siempre se burlaban de mis tics. Detesto a un neurólogo que, en vez de apoyarme, me dijo que mi enfermedad sólo iba a empeorar, que en el futuro todos se apartarían de mí, como en el pasado la gente se alejaba de los leprosos.

Hiroto afirmó:

—Tengo por lo menos catorce adversarios. Tres de ellos me dan casi un ataque cardiaco cuando los veo: dos compañeros de clase y un profesor. Me tildaban de japonés loco, terrorista, aberración de la naturaleza y cosas de ese tipo.

Michael relató:

—Yo tengo a doce personas a las que ya me dieron ganas de ahorcar. Nueve compañeros de clase que se burlaban explícitamente de mí por ser negro, poniéndome nombres de animales. Dos profesores que siempre me dieron notas bajas, aun cuando acertaba en las preguntas más que los blancos. También detesto a mi hermano mayor, que un día me dio una golpiza. Bueno, la lista es grande.

Chang comentó:

—Pues yo tengo unos cuarenta que pongo en el congelador, pero diez que traigo atorados en la garganta: mi hermano, que dijo que era mejor que yo no hubiera nacido; un psiquiatra que quiso internarme a la fuerza porque lo enfrenté; un psicólogo que dijo que yo era esquizofrénico; dos policías que dijeron que yo era un delincuente irrecuperable; tres compañeros de clase que se burlaban de mí; y dos profesores que siempre me maltrataron, uno cuando iba en primaria y el otro en la universidad.

Jasmine confesó:

—Yo tengo un montón en el congelador. Pero tengo seis enemigos atroces. Un tío que abusó sexualmente de mí, dos amigas de mi madre que querían que me convirtiera en prostituta, un profesor que declaró a las carcajadas que yo era incompetente, portadora de un coeficiente intelectual bajo, sólo porque lo corregí en el salón de clases. Además, detesto a un alumno que me acusó en la rectoría diciendo que era una drogadicta y dos compañeros de clase que me escupieron en la cara porque pensaba que eran superficiales.

Florence tenía la mirada fija en su pasado. Después despertó y comentó:

—Yo tengo un gravísimo resentimiento por cuatro personas. El profesor Jordan, a quien ya enfrenté; un psiquiatra que gritó que yo era una enferma mental incurable; un depredador que me violó; y un compañero de clase.

Los dolores eran innumerables. Eran personalidades rotas, emociones fragmentadas. No hay rebeldes sin causa; detrás de una persona que hiere siempre hay una persona herida. Algunos alumnos no hicieron sus relatos. Florence los cuestionó:

—¿Y ustedes, Martin, Yuri, Harrison, Víctor? ¿Son santos, no tienen enemigos?

Ellos dijeron que sí, pero que la lista era demasiado grande. Uno por uno hizo sus comentarios. Pero un alumno permanecía callado.

—¿Y tú, Peter? —preguntó Jasmine—. ¿Cuántas horas necesitas para enumerar a tus enemigos?

—Horas no, días. Soy yo contra el mundo. Hasta ahora son sesenta y dos enemigos mortales.

—¿Qué onda, Peter? Yo, que tengo la piel negra, que fui rechazado, escarnecido, expulsado de las escuelas sólo tengo doce, ¿y tú tienes sesenta y dos? —cuestionó Michael.

—Con raras excepciones, parece que todos me detestan y yo detesto a todos —le respondió Peter—. Mi lista es enorme. Algunos tíos, varios primos, varios policías, una decena de profesores, algunas decenas de compañeros de clase, el rector Vincent y por ahí va la cosa. Hasta mi padre está en esta lista.

—¿Hasta tu padre, amigo? ¿Qué te hizo? —indagó Florence, que no conocía algunos secretos de su familia.

—Es mejor olvidar.

—Olvida entonces. La viga de Peter es pesada —afirmó Chang, que lo conocía muy bien.

—Comienza por él —sugirió Jasmine.

—¡Es una locura! —afirmó Peter.

—Pero ¿qué no es una locura este entrenamiento? Deja que tu padre participe de esta locura —completó Jasmine—. Yo te acompaño.

—Yo también. Tú eres súper poderoso, arrasador, tremendo —dijo Chang, hablando con un aire irónico. En el fondo quería ver que el circo se incendiara.

Y fue así que esos alumnos, considerados un peligro para la sociedad y que tenían tantos problemas de personalidad, mapearon a sus fantasmas humanos. Perturbados e intimidados, salieron en grupos de tres para revisar los "sótanos" de su historia. Los inmaduros llevan sus errores a la espalda, no los asumen, pero son especialistas en señalar las fallas de los demás. Los alumnos de Marco Poco estaban haciendo el camino inverso.

Peter se había ido de casa hacía tres años debido al horrible clima que él mismo causó, pero que nunca admitió. Nunca más habló con su padre, sólo con su madre. Sus padres vivían en un barrio de clase media baja. Era una casa sencilla, cuyas paredes eran de color amarillo y el techo de tejas rojas. El jardín era pequeño, pero bien cuidado, con azaleas, dos rosales blancos en flor y una vieja palmera al lado de la puerta central. Retomar su pasado y reescribirlo sería impensable hacía más de seis meses cuando comenzó su entrenamiento. Todo el trayecto estuvo muy pensativo. Chang lo provocaba, pero él permanecía callado. Al llegar a su casa, suspiró.

—Esto no servirá de nada.

—Relájate —ordenó Chang, un experto en ponerlo todavía más tenso. Eterno bromista, le dijo a Peter—: Es fácil. Pon a tu padre en los cielos, arrodíllate delante de él y dale la cara para que te pegue.

—¡Estate quieto! —respondió áspero Peter, temblando.

—Nunca te vi así, hermano. Está tremendo —se burló nuevamente Chang.

Jasmine, acordándose de las clases de Marco Polo, ordenó:

—Cállate, Chang. Estás cerrando el circuito de la memoria de Peter.

—Está bien, está bien. Sólo quería abrir su mente.

El gran Peter avanzó por el pequeño corredor del jardín, se aproximó a la casa y tocó una vieja campana que estaba en la puerta de entrada de la sala. Dos eternos minutos después apareció un hombre de cabellos grisáceos, piel deshidratada, sereno.

—Padre... —dijo Peter, pero antes de que completara la frase, su padre le cerró la puerta en la cara, lentamente, sin rabia, pero también sin amor. Estaba queriendo decir: "no quiero hablar contigo. ¡Olvídame!".

Los dos amigos miraron a Peter y su reacción fue inmediata. Condenó a su padre, como siempre lo hizo.

—Ya lo vieron. Este viejo es intolerable.

Y les dio la espalda para irse. Jasmine le llamó la atención.

—¿Tu padre es intolerable, o él quiso decir que tú lo eres?

—¡Deja de juzgarme! —gritó Peter.

—Puedes juzgar, Jasmine —afirmó Chang, el único que lo

conocía bien—. Este tipo le robó a su padre unas diez veces, lo llevaron a la comisaría unas cinco, chocó el auto del viejo unas cuatro, le dio un brote por sobredosis unas dos veces y rompió casi todo lo que había dentro de la casa.

Peter se calló. El comentario de Chang era verdadero. Jasmine se quedó horrorizada.

—¿Es cierto, Peter?

Peter se mantuvo en silencio.

—Habla, amigo. Tienes miedo de tus fantasmas. ¿No estamos en un entrenamiento para personas mentirosas?

—Le robé a mi padre unas cinco veces, no diez.

—¿Y el resto?

—El resto tal vez sí lo haya cometido. Pero no hay hijos perfectos —dijo Peter, intentando defenderse.

—Pero no tan asombrosamente imperfectos —comentó Jasmine, con razón.

—Vámonos ya, esto no va a servir de nada. El viejo me detesta.

—Eso no, Peter. ¿Él te detesta o eres tú el que detestas a tu Oliver? —su amigo chino lo puso contra la pared, citando el nombre de su padre.

—Ambos —y se fue, tirando la oportunidad por la borda.

Pero Jasmine se lanzó a fondo con su provocación.

—Peleaste con Víctor, con Michael, con Sam y conmigo. ¡Agarraste a Marco Polo por las solapas diciéndole que no serías una rata de laboratorio! ¿Te acuerdas? Yo soy tu amiga, pero tú me minimizas. ¿Serías capaz de dar tantas oportunidades a alguien como tu padre te las dio?

Peter se sentó sin fuerzas en los pequeños escalones que daban hacia la puerta central. Por primera vez se sentía acorralado.

—Estoy sobrepasado.

—Yo también, amigo —dijo Chang, y se sentó con Peter en el escalón de la puerta principal de la casa.

Su padre, que tenía los oídos pegados a la puerta, escuchaba todo desde el interior de la casa.

—¡Vamos, mequetrefes! Levántense.

Pero ellos parecían soldados cuya guerra estaba perdida. Como Marco Polo había dicho, poner la otra mejilla es la señal más solemne de los seres humanos resilientes. Ella tocó el timbre por él, y lo hizo fuerte e insistentemente.

Ahora la pareja abrió la puerta. Su padre Oliver y su madre, Raquel, miraban sorprendidos a su hijo sentado en el escalón con su viejo amigo Chang. Silencio mortal. Después Jasmine tomó la iniciativa.

—Señor Oliver, su hijo tiene una gran noticia que darle.

Peter se levantó lentamente, pero no lograba hablar. Su padre, como conocía muy bien a su hijo, lo enfrentó y preguntó:

—¿Cuánto necesitas?

Sus apariciones eran fantasmagóricas. No hablaba con su padre, pero presionaba a su madre para conseguir dinero y pagar algunas deudas que no conseguía saldar. Con los ojos llenos de lágrimas por enésima vez, dijo:

—¿Cuál es el problema esta vez, hijo?

El padre miró a la madre y la cuestionó:

—¿Cuál es su problema, Raquel? La pregunta es: ¿cuál es el problema que va a causarnos a nosotros? —dijo Oliver.

Su padre estaba harto de su comportamiento agresivo e irresponsable, y por eso lo acusó:

—Me robaste unas cuatro veces el dinero de mi jubilación.

—Lo sé —aceptó Peter, perturbado.

—Nos robaste diez veces nuestras pertenencias para comprar drogas.

—También lo sé —admitió, cohibido.

—Chocaste tres veces mi auto conduciendo borracho.

—Lo admito, fui un insensato.

—Nos gritaste como si fuéramos animales.

Peter cayó en la cuenta. Percibió por primera vez que era un hijo violento, irresponsable y un verdugo de las personas que lo amaban. En un momento único de múltiples *insights*, usó sus miopes ojos emocionales para observar con lupa las lágrimas de sus padres resbalando por el teatro de sus rostros. Vislumbró las arrugas en la frente de su padre. Él tenía 60 años, pero aparentaba tener 80. Tal vez treinta años más por las gigantescas preocupaciones que le dio.

Perdió tiempo, mucho tiempo. Podría haber tenido otra historia con sus padres, escuchado y aprendido más, reírse mucho, jugado, soñado, pero vivió pesadillas. Podría haber cobrado menos y haberse dado más. Pero era un verdugo que los cortaba no con un cuchillo, sino con palabras, críticas y discusiones. Pero el tiempo es el más cruel de los fenómenos existenciales. Jamás puede cambiarse el pasado, sólo se reconstruye el futuro reciclando las locuras del presente.

Peter se echó a llorar. No podía decir una palabra siquiera. Sus padres no entendían su reacción; nunca lo habían visto llorar, nunca presenciaron que fuera sensible. Tal vez estaba enfermo físicamente, con problemas cardiacos o cáncer, o si no, a las puertas de una condena judicial grave.

Viendo llorar a Peter, Chang comentó con los ojos húmedos:

—Amigo, no hagas eso, no voy a aguantar tampoco.

—¿Estás enfermo, hijo? —preguntó la madre, asustada.

Él pensó y al cabo dijo:

—Mucho. Pero no físicamente. Estoy infectado por la arrogancia, dramáticamente enfermo por mi orgullo. Perdóname...

Jasmine también se emocionó. No imaginaba que Peter pudiera tener el valor de revelar su locura.

—¿Cómo es eso, Peter? ¿Qué está pasando aquí? —preguntó su padre, perplejo. Peter nunca fue humilde. Jamás reconocía sus errores. Sólo los demás se equivocaban.

Peter, enjugando sus lágrimas con la mano derecha y con la voz embargada y pausada, finalmente puso la otra mejilla.

—Ustedes no son perfectos, pero son los mejores... padres del mundo. Me extendieron sus manos cuando caí, me abrazaron en mis locuras, me dieron el poco dinero que tenían. Yo... los hice sufrir tanto. Yo... yo no los merezco. Perdónenme, perdónenme, papá y mamá...

El poder del elogio desarma a los enemigos, y el poder de reconocer los errores construye puentes con ellos. Al usar el poder del elogio y pedir disculpas sinceras, Peter entró como un rayo en el planeta emoción de sus padres. Fue hacia ellos y los besó, y después los abrazó prolongadamente. Todos bajaron la guardia como jamás había ocurrido en su historia.

—Entremos —dijo doña Raquel, emocionadísima—. Acabo de hacer un pastel de naranja.

—Yo sabía: poner la otra mejilla resuelve hasta los problemas estomacales —dijo Chang, siempre jugando con la vida.

Todos entraron y los alumnos explicaron el entrenamiento que estaban haciendo. Después de todo el relato, los padres de

Peter, por primera vez en los últimos años, suspiraron aliviados. Había un camino para que su hijo se volviera un ser humano saludable.

—¿El rector escogió solamente a los alumnos alienados y difíciles para que ese tal Marco Polo los entrenara? —indagó la madre, sonriendo y, al mismo tiempo, limpiándose las lágrimas del rostro.

—No, también convocó a los de mecha corta, a los inadaptados, a los que detestaban la universidad, como yo y su dignísimo hijo, doña Raquel —dijo Chang.

—Y también a personas ansiosas y complicadas como Jasmine —comentó Peter, entre risas.

—Paren sus carros —reviró sonriendo Jasmine.

—Ese Marco Polo es un santo —dijo la madre.

—¿Santo? Ese hombre es una fiera. Siempre nos está poniendo de cabeza —declaró Peter.

—Hasta ahora ningún psiquiatra acertó contigo, hijo —comentó Raquel.

—Pero no estoy en tratamiento, mamá, estoy en entrenamiento. Me está entrenando con las herramientas socioemocionales que, según Marco Polo, "el líder más grande y emprendedor de la historia" usó para educar a sus singulares alumnos —afirmó Peter y le dio otras explicaciones que la impresionaran.

—Parece que les está yendo bien —dijo Oliver, que rogaba por que su hijo tuviera éxito en convertirse en un ser humano, si no brillante, cuando menos responsable y mínimamente empático.

—La jornada es dura, señor Oliver. Hay días que estamos en el cielo, y días que estamos en el infierno —afirmó Chang—. El equipo es demasiado loco. El mejorcito de todos soy yo. Imagínese cómo están los demás.

Todos sonrieron. De repente, Oliver tocó un asunto muy sensible, el peor resentimiento que Peter tenía contra él.

—Yo te amo y te perdono. Y también te pido perdón por no haber sido lo bastante paciente contigo. Te pido perdón por haber llamado a la policía aquel día...

Peter recapituló la horrible escena. Estaba alcoholizado y había usado una droga a base de anfetaminas. Perdió completamente el control. Su padre le llamó la atención. Pero él, airado y fuera de la realidad, comenzó a romper todo en la casa.

—No hay nada que perdonar. Yo estaba alucinando y muy agresivo. Mira —y señaló con la mano derecha—: Todavía hay marcas en las paredes. Rompí casi todo... Pero un día, ustedes estarán orgullosos de mí.

Después de dos horas de diálogo, los tres salieron. Se iniciaría un nuevo capítulo entre Peter y sus padres. Se despidieron emocionados. Aunque Peter caminaba con los brazos abiertos, aliviado, cantando alegremente, de repente se detuvo. Miró a Chang a los ojos y, conociendo algunos de sus secretos, le dijo:

—Así que eres el mejorcito del grupo. Entonces te vamos a entrenar para que pongas la otra mejilla con uno de tus enemigos: tu hermano.

Tragando saliva, Chang quiso eludirse.

—Basta por hoy. Ya participé en tu entrenamiento.

—Equivocado. Ahora será el tuyo —afirmó Peter.

—Mi hermano no. Cualquiera menos él. Él me excluyó, me echó de la casa, dijo que yo era un gusano, una aberración de la naturaleza y mucho más...

—Para que dijera eso debes haberlo merecido. Quiero verte abrazándolo, elogiándolo, confiando en él —discurrió Peter.

Chang volvió a negarse.

—Tú fuiste el que hirió a sus padres. Por eso fue mucho más fácil tener el valor de exaltarlos.

—Excelente. Ahora vamos a subirle un tono a la escala de la resiliencia —afirmó Peter.

—Yo pienso lo mismo —comentó Jasmine—. Acuérdate de que el doctor Marco Polo nos dijo: detrás de una persona que hiere, hay una persona herida.

—No sirve. No sirve —dijo Chang, llevándose ambas manos a la cabeza.

—¿Por qué no sirve? —indagó Jasmine, sin entender su dramática resistencia.

Fue entonces que Chang contó un secreto que ni el mismo Peter sabía.

—No sirve —dijo, dando un golpe rabioso en la mesa— porque, además de ofenderme profundamente, ¡me robó mi herencia cuando mi padre murió! Es un libertino.

—No aprendemos que nuestra paz vale oro, y que el resto es basura. Repite mil veces en tu mente esa poderosa herramienta de gestión de la emoción y lo lograrás —dijo Jasmine, recordando el entrenamiento.

—Ya quisiera verte mantener la paz cuando alguien te roba cuatro millones de dólares.

—¿Cuatro millones de dólares? —dijeron al mismo tiempo Peter y Jasmine, espantados.

—Anduve con un chino tacaño todo este tiempo. Le compartía mis almuerzos. Siempre le pagué cosas y ahora me viene a decir que es millonario. ¡Sólo eso me faltaba! —dijo Peter, asombrado.

—¡Era millonario! ¡Era!

—Si él no viviera en China, te ayudaría a darle algunos golpes a ese tipo —dijo Peter, con toda la seguridad del mundo.

—Él vive en esta ciudad —afirmó indignado Chang.

—¡No es posible! —exclamó Peter.

Jasmine intentó poner compresas frías a la fiebre de la emoción.

—Uno de los códigos que el médico de la emoción enseñó fue: "Felices los pacificadores, los que no guardan resentimientos...".

—Ten santa paciencia, Jasmine. Cuatro millones de dólares no son cuatro mil dólares.

—Quién sabe si adulando a tu hermano él te dé algunas monedas —dijo Peter, molestando a su amigo.

—Ya detente o dejarás a Chang más irritado, Peter —reclamó Jasmine.

—Pero si él siempre hace eso conmigo —comentó Peter.

—Si él te robó tu herencia no debería robarte también tu salud emocional —concluyó su amiga.

Chang caminó solo; entró en un jardín y comenzó a pensar. Necesitaba salir del ambiente para respirar. El peso del cuerpo es soportable, lo difícil es soportar el peso de los resentimientos, de las decepciones, de las traiciones. Cargarlo es para los fuertes, y ser fuerte no es ser un héroe, es aprender a perdonar y no vender la paz emocional por nada ni por nadie. Era el entrenamiento del Carpintero de la emoción que hace dos mil años revolucionó al mundo con sus tesis e ideas.

Peter pesaba una tonelada menos y Chang una tonelada más. Sus conflictos habían hecho que se apartara por cuatro años de su hermano. Le daba insomnio cuando pensaba en él. El fenómeno RAM, el biógrafo implacable del cerebro, registraba sus pensamientos perturbadores, formando una ventana killer doble P, con el poder de ser inolvidable y ser retroalimentada, generando un núcleo traumático, una prisión de máxima seguridad. Era como un hoyo negro en el universo que devoraba planetas y estrellas enteras debido a su tremenda fuerza gravitacional. La emoción de Chang fluctuaba entre el cielo del buen humor y el infierno del sentimiento de venganza. Un joven tan alegre e inteligente estaba desistiendo de todo, de la universidad, de sus relaciones, de sus sueños.

8

El médico de la emoción enseña el difícil arte del autocontrol

Chang tenía las manos en la cabeza mientras viajaba en el metro junto con sus amigos para ir al departamento de Liu, su hermano, en uno de los barrios más elegantes de la megalópolis. Había llegado su turno de pasar por la más increíble prueba de estrés. Todo payaso tiene vampiros emocionales que se esconden detrás de sus sonrisas. Chang tenía los suyos. El joven bienhumorado perdió su alegría, el muchacho que tomaba la vida en broma se calló, el universitario relajado estaba pensando de más, sufría por anticipación, se imaginaba peleándose con su hermano. Mentalmente agotado, bajó el umbral para soportar las frustraciones, esto lo llevó a irritarse con una mujer llena de bolsas de compras que se sentó a su lado.

—Oiga, éste no es un camión de carga —dijo, haciéndose a un lado.

—Hazte para allá, muchacho sin educación.

Jasmine le puso la mano derecha en el hombro.

—Tranquilo. Todo va a salir bien.

—Mujeres, siempre románticas —le dijo Chang.

Peter silbaba feliz de la vida. Ya había atravesado su desierto; ahora era el turno de su amigo.

—La pimienta en ojos ajenos no arde, Peter —comentó Chang, irritado con su silbido.

—Relájate, Chang. Junto a mis locuras y la fiera de mi padre, enfrentar a tu hermano será como quitarle un dulce a un niño. Será pan comido.

—¿Pan comido? Tres veces he pensado en matar a mi hermano —afirmó.

Peter tragó saliva. No se imaginaba que el conflicto fuera tan serio.

—Estás bromeando, Chang.

—No. Mi hermano echó a andar mi locura. Creo que cuando lo vea me le iré a la yugular.

—Creo que entonces no vamos.

—Un momento, Peter. ¿Dónde está el pacificador? ¿Te acuerdas del síndrome depredador-presa que Marco Polo nos enseñó? Detona el gatillo de la memoria, abre una ventana killer en el cerebro y con el ancla no cierres el circuito —recordó Jasmine, con inteligencia.

—Sí, si ese mecanismo sucede, Chang ya perdió. Bruce Lee va a resucitar.

—Estás activando el instinto agresor de Chang.

—No estuvo bien. No quería...

—Haz el DCD, Chang —sugirió Jasmine—. Duda que serás esclavo de tu hermano, critica tu falta de control y decide gestionar tu emoción. A fin de cuentas, ¿eres un hombre o un costal de papas?

—¡Un costal de papas! —afirmó Chang, con una leve sonrisa. Estaba volviendo en sí—. ¡Parece que me quedé sin aire!

De hecho, el estado de descontrol emocional de Chang era mucho mayor de lo que podía expresarles a sus dos amigos. Parecía un animal en camino al matadero. Insultaría, armaría un escándalo, discutiría, atacaría; las consecuencias serían imprevisibles.

Cuando salieron de la estación en dirección al departamento de Liu, Chang estaba tan ansioso que Peter decidió tomarle el pulso.

—Amigo, tu corazón está a 160 latidos por minuto.

De repente, todas las atenciones centradas en Chang cambiaron de dirección, se volvieron hacia Jasmine. Ella vio a una persona y de inmediato perdió el color, se puso transparente y se quedó sin aliento. Dio algunos pasos en dirección contraria a sus amigos. Parecía un leopardo listo para atacar a una presa. Peter la llamó, pero no respondió.

—Jasmine, Jasmine.

Ella parecía estar en trance. No lograba escuchar.

La distracción de su amiga fue momentáneamente buena para Chang. Viéndola híper concentrada y restregando una mano contra la otra como si se estuviera preparando para agredir a alguien, también intentó llamar su atención.

—¿Qué pasa, Jasmine? —preguntó Chang.

Ella no respondió. Él fue hasta ella, le dio una suave palmada en la cara y de nuevo preguntó:

—¿Me escuchas? ¿Qué pasa?

—Ese cretino —dijo ella, señalando a un hombre de mediana edad que tomaba una bebida en el área externa de una cafetería.

—¿Cuál cretino? —preguntó Peter.

—El maestro Robert —afirmó Jasmine, señalando a una persona que estaba comiendo en la mesa exterior de un restaurante a veinte metros frente a ellos.

—¿Qué pasa con él? —cuestionó también Peter.

—Él me humilló públicamente cuando cuestioné una información que él enseñaba en el salón de clases, y yo tenía razón. Pero él dijo que yo era incompetente, que no tenía el coeficiente intelectual suficiente para estar en la universidad.

—¿Y sí lo tienes? —indagó Chang.

—¿Ya saliste de tu crisis, Chang? —preguntó Jasmine, advirtiendo que él había vuelto a burlarse de todo y de todos.

—Un profesor que humilla a un alumno no sirve ni para darles clases a los caballos. Estoy contigo, Jasmine —afirmó Peter.

—Yo también —concordó Chang.

Todos olvidaban fácilmente las herramientas de gestión de la emoción que aprendían. Al ver a un agresor, adversario o enemigo, perdían de inmediato el libre albedrío. Los actores coadyuvantes del Yo entraban en escena y los dominaban. Actuaban instintivamente, tenían ganar de irse a la yugular de sus contrarios como siempre lo habían hecho.

—Y ese gusano no paró ahí —dijo ella.

Curioso, Chang preguntó:

—¿Qué más te hizo ese insecto?

—Me invitó a salir. Como me negué, comenzó a acosarme y me dio una calificación baja en el último examen.

—También ella fue una vaga y no estudió —dijo Chang riéndose y mirando a Peter.

Jasmine se irritó tanto con Chang que lo agarró por las solapas y le dijo:

—Peter y tú son insoportables. No digan tonterías de cosas que desconocen. Yo conocía la materia al derecho y al revés. Sabía que él me quería fastidiar, así que estudié mucho, maldito imbécil.

Al oír esto, Chang se indignó con el maestro Robert.

—Entonces ese tipo es un sinvergüenza descarado. Ve y dale de golpes.

—Es lo que pretendo hacer ahora. ¿No me van a ayudar?

—Yo te ayudaría si él no fuera un gorila —afirmó Chang.

—¡Cobarde! —sentenció ella.

—¡Práctico! —rebatió él.

Peter dio un paso adelante y la desalentó.

—Espera, Jasmine. ¿Es ésta la actitud correcta? ¿Pelear, discutir, humillar no es lo que siempre hicimos cuando estábamos contrariados? —cuestionó Peter, mirando su propia historia.

—¿También te estás acobardando, Peter? —dijo ella, restregándose las manos en el pecho como si fuera a morir.

—No. Estoy pensando cómo hubiera terminado todo si tú me hubieras animado a hacer con mis padres lo que pretendes hacer en este momento.

Jasmine se sintió iluminada, suspiró profundamente. Pero todavía estaba resistiéndose mucho. Peter agregó:

—¿Ya pensaste que reaccionar por el fenómeno de golpe-contragolpe retroalimenta la violencia?

—Pero Peter, él no es ni mi padre ni mi madre. No puedo quedarme callada ni ser servicial con ese mal encarado. ¡No puedo ser tonta! —dijo ella, exacerbando sus tics.

—De nada sirve, Peter. Mujer herida no da un paso atrás. Deja que lo llene de golpes —expresó Chang.

Pero Peter no estuvo de acuerdo.

—¿Entonces poner la otra mejilla es algo tonto? ¿Estúpido? ¿Frágil? ¿O es ser resistente, dar una bofetada con guante blanco a un enemigo y lanzar una bomba a una consciencia estúpida?

Chang miró a su amigo a los ojos y le dijo:

—Peter, me extrañas, amigo. Estás desvariando. Todo eran golpes contigo, y ahora te estás ablandando. Marco Polo te está suavizando, amigo.

—No, me está haciendo pensar —y completó, para espanto de sus amigos—: ¿Apostar por quien nos decepcionó no es parte del entrenamiento? Si ese tipo fuera un violador o abusador no deberías ir con él, sino entregarlo a la policía.

—Pero fue un violador de mis emociones. Yo no tenía cómo probar el acoso moral. No seré el bufón de la corte —afirmó Jasmine.

—Jamás quiero que seas un bufón de la corte. Pero ¿lo que hiciste con mis padres fue un teatro? ¿Los ánimos que me diste fueron falsos? —cuestionó Peter.

Jasmine perdió la voz. Se detuvo, pensó y reconoció:

—Intentar conseguir amigos en el universo de nuestros enemigos es casi imposible —concluyó.

—Estamos en un entrenamiento. El líder más grande de la historia entrenó a sus discípulos para que le dieran una oportunidad a prostitutas, ladrones, fariseos, defraudadores, hipócritas. Una oportunidad a las personas como yo —confirmó Peter.

—Ustedes dos están perturbando mi genialidad. Estoy asustado —dijo Chang.

Pero Peter hizo una última tentativa como pacificador.

—El maestro Robert es un maestro imperfecto, injusto, inmaduro. Un verdadero idiota emocional. Pero ¿cuántas veces no fuimos idiotas emocionales también? Intenta poner la otra mejilla con elegancia; si no funciona, lo denunciaremos con la universidad y con la policía.

Fue entonces que ella dio un largo y profundo suspiro y admitió:

—Cuando nos toca entender que detrás de una persona que hiere hay una persona herida, creemos que estamos siendo tontos y frágiles y no lúcidos y fuertes. Tú tienes razón —reconoció humildemente.

Después de un momento de silencio, Chang hizo una sugerencia no sólo para librar a Jasmine del aprieto, sino principalmente para salvarse él de tener que enfrentar a su hermano:

—Peter, eres un genio. Vamos a una cafetería, a un antro y después a tener una bella noche de sueño. Asumamos que estamos locos y olvidemos este asunto de poner la otra mejilla.

—Ustedes me animaron a no abandonar cuando mi padre me cerró la puerta en la cara.

—No, no vamos a abandonar. Ahora voy a practicar el DCD —afirmó Jasmine. Y comenzó a hablar para sí misma y para sus amigos con seguridad—. Yo dudo de que no pueda mirar a la cara a mi depredador, dudo de que él vaya a robarme la salud mental, critico mis pensamientos de venganza y exijo ser líder de mí misma, tener autodominio. Mi paz vale oro, el resto es basura.

Y después vio que el maestro Robert estaba pagando su cuenta para irse. Cuando él salió de la cafetería, Jasmine, valientemente, lo llamó:

—¿Maestro Robert? ¿Maestro Robert?

Él vino hacia ella. Pero Jasmine le dio la espalda.

—Pues entonces no —dijo el maestro.

De pronto, Jasmine se dio vuelta.

—¿Jasmine? ¿Tú aquí?

—¿Por qué? ¿Lo espanté, maestro?

—No, es que...

Jasmine seguía practicando por dentro la técnica de autogestión de la emoción, lo cual impidió que lo ofendiera de todas las maneras y con todos los insultos posibles. Los momentos de silencio le parecieron una eternidad a su maestro y a sus amigos, a tal punto que Chang la llamó varias veces para que reaccionara.

—Jasmine, Jasmine, Jasmine. ¡Actitud!

—Ah.

—¿Qué pasó?

—Hice el silencio proactivo. Estaba intentando ser autora de mi historia y no comprar lo que no me pertenece.

Cuando el maestro Robert, que era un sujeto de 1.90 metros, escuchó sus inteligentes palabras, casi cayó de rodillas.

—Nunca oí hablar de esa técnica de autocontrol. ¿Con quién estás aprendiendo?

—No importa —dijo Jasmine.

—Para mí sí importa y mucho. Soy un maestro muy ansioso —confesó, para espanto de ella.

Fue entonces que la alumna que había sido ofendida por él le dio un golpe de lucidez, le puso la otra mejilla:

—Maestro Robert, usted es un profesor culto que explica muy bien la materia —dijo ella.

Él se quedó perplejo, pues sabía que había sido injusto con su alumna. Esperaba una discusión, pero cuando Jasmine lo elogió, evadió su agresividad. El gatillo de la memoria no encontró ventanas killer, sino ventanas light. El ancla, por lo tanto, no cerró el circuito de la memoria, lo cual impidió que ella actuara instintiva e impulsivamente. Él se relajó y fue generoso.

—Ah, muchas gracias, Jasmine —dijo, algo cohibido.

Después de poner la otra mejilla, ella habló sin temor, pero educadamente, de su injusticia.

—A pesar de sus notables cualidades como maestro, usted se burló de mí públicamente.

Y con un peso en la consciencia, el maestro confesó:

—Me equivoqué y te pido una disculpa.

Ella se quedó atónita por su reconocimiento. Chang y Peter también. Pero la estrategia de exaltarlo y después señalarle su falla lo había desarmado. Jasmine continuó:

—Y además, por no haber aceptado su invitación para salir, usted fue injusto en la calificación de mi examen. A pesar de ser un maestro notable, estoy muy resentida con su actitud.

El profesor Robert era intolerante a las frustraciones. En cualquier otra situación hubiera perdido los estribos. Pero la actitud de Jasmine hizo aflorar en él lo mejor que había en su psiquismo. Se humanizó, respiró prolongadamente y tuvo el valor de decir:

—Tienes razón. Eres muy bonita. Cometí un error al invitarte a salir. Y cometí un error al ser injusto en la calificación de ese último examen.

—Me sorprende que esté reconociendo sus errores —dijo ella, emocionada.

—A mí también me sorprende que estés siendo tan generosa con quien merece tu ira —comentó Robert, y completó—: Me tildaste de idiota frente a tus compañeros. Perdí el control.

Quien pega olvida, quien cosecha siempre lo hará recordando a través de las ventanas killer.

—No recordaba que yo también lo había ofendido —señaló Jasmine.

—Cuando corregí tu examen no fui imparcial. No fue porque

te negaste a salir conmigo, sino por tus palabras críticas en el salón de clases. Pero no importa, yo estoy muchísimo más equivocado. Mi nivel de tolerancia debería ser mayor —y, después de un momento de silencio, sentenció—: Pero te prometo que revisaré tu examen con imparcialidad. Tú no sólo eres una bella alumna, sino que tienes una mente increíble.

—Muchas... muchas gracias —dijo Jasmine, extendiendo las manos. Nunca se sintió tan lisonjeada por un maestro.

—Dale un abrazo y un beso al hombre —provocó Chang.

Cohibido, el profesor tomó la iniciativa de abrazarla y le dio un beso en la frente. Enseguida se despidió de Peter y Chang, y dijo unas últimas palabras antes de partir:

—Me quité cientos de kilos de las espaldas. Dormía con un fantasma. No podía dormir pensando en la injusticia que había cometido. Salí más resiliente de esta experiencia.

Los tres amigos tomaron otra dirección. Estaban boquiabiertos. Se sentían en las nubes, en especial Jasmine.

—Es increíble, simplemente fascinante. Elogiar antes de criticar; en fin, poner la otra mejilla es una herramienta poderosa —confesó Jasmine.

Peter la miró y nunca la vio tan linda e interesante.

—Realmente eres linda por dentro y por fuera, Jasmine.

Chang se burló de él:

—Hey, blancucho. Jasmine no es para ti, no. Yo soy el que tengo un pasado de caballero.

Peter lo empujó y le dijo:

—Tienes razón, mi amigo chino, ahora te toca enfrentar al rey que te usurpó.

Chang tragó saliva y de nuevo se rehusó.

—Me lo ahorro. Ya hay un montón de gente que me rechaza porque cree que estoy infectado de un coronavirus. La dosis de estrés de hoy ya fue muy pesada.

—Ahora —dijo Jasmine, con autoridad.

A Chang se le erizó la piel y dio un salto.

—Olvídense de que existo.

E intentó salir corriendo. Ella lo agarró y comentó:

—Todo ser humano tiene un Drácula que chupa su energía mental. Pero yo y, en especial, Peter y tú, tenemos un montón. Peter y yo ya comenzamos a domesticarlos.

—Yo no quiero domesticarlos, quiero matarlos. Mi caso es de vida o muerte. Ustedes no entienden.

—Ya deja de ser un cobarde. ¿Qué no eres el más optimista y alegre de la banda? —retó Peter.

—Era. Ay, Dios mío, estoy enredado, perdido, asediado moralmente y, para colmo, soy pobre y mal pagado —concluyó, hablando de su situación emocional.

Y así partieron los tres. Chang caminaba a pasos lentos, pues no estaban lejos del departamento de su hermano. De vez en cuando tomaba la dirección equivocada. Peter estaba perdiendo la paciencia con su amigo. Después de andar unas tres calles llegaron a un edificio magnífico, donde vivía Liu. El vestíbulo del edificio era imponente, tenía unos dos mil metros cuadrados. El piso era de mármol de Carrara; bellísimos cuadros adornaban las paredes laterales y en el techo había diez candiles de hoja de oro con un centenar de luces cada uno. Al vislumbrar todo aquel lujo, Chang, escandaloso, soltó un grito asustando a todo el mundo, como si alguien lo hubiera atacado súbita y violentamente. Vivía austero como roca, soñaba con un poco de glamour.

9

El médico de la emoción lideraba la mente en los focos de tensión

Con mirada furtiva, Chang observaba indignado el lujo del edificio donde vivía Liu, su hermano. El sentimiento de venganza ganó en musculatura. Liu vivía en el penthouse de un edificio, mientras que él vivía en un cuarto pequeño, de seis metros cuadrados, oscuro, con las paredes descarapeladas y, peor aún, sin baño. Liu tenía un Mercedes convertible y otros dos autos de lujo, mientras que Chang andaba en transporte colectivo.

Su padre, Deng, había muerto hacía tres años en un accidente automovilístico y su madre hacía dos, de cáncer. Deng era un exitoso intermediario de comercio exterior. Importaba productos electrónicos de China a Estados Unidos en una época en que la guerra comercial entre los dos países no había comenzado. Ganó mucho dinero. Como Chang era un gastador compulsivo, se embriagaba con facilidad y entró en el curso de administración de empresas, pero no sabía ni administrar su propia vida, su padre no le contaba casi nada sobre sus negocios. Informaba de todo a Liu. A su muerte, Liu, aunque era médico, empezó a dirigir el consejo de la empresa familiar.

Meses antes de morir, Deng le dijo:

—Cuida a Chang.

—Lo cuidaré, pero todavía tienes décadas por delante.

—La vida tiene sus sorpresas. Si un día me muero, no le des todo su dinero. Eso lo destruirá. Hazlo poco a poco. El dinero vuela en sus manos.

La primera generación de inmigrantes de una nación atraviesa los valles de los desafíos, pérdidas, exclusiones y humillaciones, lo que expande su resiliencia y su capacidad de reinventarse, elevando la tasa de éxito social y profesional de sus miembros. La segunda generación tiene más beneficios, lo que disminuye la tasa de éxito social y profesional, que sin embargo sigue siendo alta, pues el ejemplo vivo de los padres forma más sucesores que herederos. Pero la tercera generación, con sus debidas excepciones, frecuentemente es un desastre. Los privilegios y la sobreprotección impiden la formación de líderes y eleva la tasa de consumidores compulsivos que no piensan en el futuro, convirtiéndolos en herederos destructores de herencias. Éste era el caso de Chang, aunque jamás lo admitiera.

Irresponsable financieramente, con la muerte del padre, Chang presionó a Liu para que le diera su parte de la compañía, pero éste se negó. Temía que perdiera todo en menos de un año, incluso podría llevar a la empresa a la ruina. Discutieron seriamente. Chang lo acusó de ladrón, corrupto y usurpador. En las raras ocasiones en que intentaron hablar no llegaron a ningún acuerdo. Liu era racional y Chang impulsivo. Hasta que hacía unos pocos meses, Chang abrió un proceso en contra de su hermano.

Al adentrarse en el portón del edificio, tuvieron que identificarse.

—Soy hermano de Liu —dijo Chang, ásperamente.

El portero, mirándolo de arriba abajo, desconfió. Su ropa era sencilla y estaba arrugada.

—Disculpe, ¿usted es realmente el hermano del doctor Liu? —intentó confirmar.

—¡Claro! ¿No reconoce la diferencia entre un trabajador y un vagabundo? —cuestionó Chang, perdiendo el control una vez más.

—Su identificación, por favor —pidió el portero.

—¿Para qué? ¿No ve que me parezco a ese...?

—¡Hombre de negocios! Eso es lo que él iba a decir —intervino Peter, completando la frase de Chang. Y le dio un golpe en la espalda.

—Voy a ver si Liu puede atenderlo.

—¿Va a ver? Exijo que él me atienda —afirmó Chang, que en ese momento tuvo una crisis de ansiedad. Comenzó a tener taquicardia y a jadear.

—Necesito ir a un hospital —dijo desesperado, intentando huir de la arena.

—Necesitas tener valor amigo. ¿Tu paz vale oro o basura? —desafió Peter.

—Oro —afirmó el estudiante chino.

Pero Chang comenzó a tener vértigo, parecía estar a punto de que le diera un ataque cardiaco.

—¡Ya párale con ese fastidio! —disparó Jasmine.

—No es fastidio, Jasmine. Me voy a morir —habló en un tono más alto.

—¿Qué es eso? Estás perfectamente —afirmó Peter. Fue entonces cuando se acordó de sus dramáticos ataques de pánico. No podía ser injusto con Chang. Físicamente estaba bien, pero mentalmente estaba teniendo un ataque de ansiedad. Su cerebro compró la idea de que él se estaba muriendo. Si de por sí era histriónico, exagerado, comenzó a gritar desaforadamente.

—¡Me voy a morir! ¡Me voy a morir! ¡Mi corazón va a estallar!

Todos los que pasaron por el edificio se quedaron preocupadísimos. Incluso los de seguridad corrieron a su encuentro.

—Cálmate, amigo —dijo Peter. Pero nada lo aquietaba.

Chang comenzó a llorar descontroladamente, algo rarísimo para quien no tomaba la vida en serio. Miró a su amiga y le aseguró:

—¡Me estoy muriendo, Jasmine!

Sus amigos estaban tan preocupados que abortaron la visita al departamento de su hermano. Fueron rápidamente a urgencias del hospital más cercano. Al llegar a la entrada del hospital, Chang se desató gritando:

—¡Socorro! ¡Socorro! ¡Me estoy muriendo! ¡Me estoy muriendo!

La sala se detuvo al escucharlo.

—Nunca vi a alguien hacer tanto escándalo antes de morir —dijo Peter.

Chang podía perder la vida, pero no la capacidad de bromear. Miró a Pete y le dijo:

—Tú hiciste más escándalo cuando entraste en el ataúd de Marco Polo.

—Detente, Peter —lo reprendió Jasmine.

—¡Estoy muriendo, amiga! Es de verdad. Nunca más volverás a ver mi cara. Adiós. Nunca más nos iremos de fiesta, no viviremos más aventuras ni besaremos a los árboles ni contemplaremos las flores... —dijo, Chang, sujetando la mano de Peter.

Peter cayó en la cuenta. Viendo a su amigo de largo tiempo hecho trizas, siendo que siempre había jugado con la vida pero nunca con la salud, se desesperó.

—Puede ser un ataque de pánico como el que yo tuve. Pero no sé —y gritó—: ¡Un médico, rápido! ¡Un médico, por favor!

Lo pusieron en una máquina. Luego fue atendido por médicos y enfermeros. Enseguida, aunque el seguro de salud de Chang no lo cubría, fue sometido a una batería de exámenes: prueba de sangre, electrocardiograma, ultrasonografía de tórax, tomografía del cerebro y cintilografía de las coronarias para ver si estaban ocluidas. Después de los exámenes fue a la unidad de cuidados intensivos para esperar los resultados. Horas después, Chang salió de allí y lo pasaron a una habitación. Ahí estaban sus dos amigos esperándolo. Al despertar, Chang bromeó:

—¿Estoy en el cielo o en el infierno? —pero mirando a Peter, dijo—: Creo que en el infierno.

Los dos se rieron.

Eran las once de la noche. Había un médico chino en la puerta de la habitación, escuchando la conversación. Apareció súbita y sutilmente para dar las explicaciones a él y a sus “familiares”, Jasmine y Peter, sobre su estado de salud. Antes de que notaran la presencia del médico, Chang se burló de la muerte. Preguntó.

—¿Será que esta vez la muerte me va a llevar?

—No esta vez —dijo el médico.

—¿Quién es usted? —preguntó Jasmine.

—El médico, director de este hospital, que autorizó y realizó una junta médica para evaluar el diagnóstico del paciente.

Aquella voz parecía conocida. Chang volteó súbitamente el rostro hacia la puerta y se puso pálido y enmudeció.

—¿Qué pasa, Chang? —preguntó Jasmine.

—Es mi hermano... —dijo, casi blanco.

—¿Tú eres Liu? —preguntó Jasmine, admirada. Liu guardó silencio—. ¿Un médico? ¿Director de este enorme hospital?

Para espanto de sus amigos, Chang se sentó en la cama. Se levantó lentamente y fue hacia su hermano.

—Después de ver la muerte de cerca, lo que hiciste me importa poco.

—Al saber que mi hermano estaba internado en el hospital que dirijo, con sospecha de infarto, yo pensé que nada importaba tampoco. Daría todo por tenerte de vuelta.

—No te creo. Pero te perdono —expresó Chang.

—¿Me perdonas? Pero ¿puedes perdonarte a ti mismo? —indagó Liu.

—¿De qué?

—De todas las borracheras. De las decenas de veces que llevaste al límite tu tarjeta de crédito. De los cincuenta mil dólares que gastaste en Las Vegas en una noche.

—¿Cincuenta mil dólares? —exclamaron admirados Jasmine y Peter.

—Yo sabía que eras un payaso, pero no un irresponsable —dijo Peter.

Chang se puso rojo.

—Pero eso es muy poco. De no mirarme a la cara en el velorio de papá. De no haberme extendido tus manos en el lecho de muerte de mamá —dijo Liu, con lágrimas en los ojos.

Chang se sentía perturbado y avergonzado delante de sus amigos. Por primera vez comenzó a tener un serio sentimiento de culpa. Pero intentó rebatir.

—Yo amaba a mamá. Mucho. Pero no podía perdonar a quien me robó.

—¿Yo te robé, Chang? ¿Estás seguro? ¿O fuiste tú el que se robó a sí mismo? Te robaste el derecho a ser feliz.

Chang se sintió más perturbado todavía.

—Pero el dinero era mío.

—Y sigue siendo tuyo.

—¿Cómo es eso?

—Antes de morir, papá me hizo jurar que te entregaría tu dinero cuando tuvieras juicio, cuando dejaras de beber, valoraras tus estudios y pensaras en las consecuencias de tu comportamiento.

—¿Él te dijo eso? ¿Y por qué no me lo contaste?

—El peor sordo es el que oye los sonidos, pero no distingue las palabras. Soy doce años mayor que tú, Chang, y siempre te traté como un padre también.

—Pero nunca me visitaste.

—Seis veces lo intenté, pero tú nunca me regresaste la llamada. Por fin, me enviaste a un abogado para platicar conmigo.

Chang quedó mudo. Su hermano completó:

—Incluso fui con el dueño del pequeño departamento en donde vivías y le pagué varias veces tu cuenta atrasada del alquiler.

—¡Por eso él no me cobraba!

Después, para espanto de Chang y de sus amigos, su hermano dijo cuánto tenía en dinero y propiedades.

—Tienes seis millones, ciento cincuenta y tres mil doscientos dólares a tu disposición.

A Peter y a Jasmine les flaquearon las rodillas. Chang comenzó a tartamudear.

—¿Seis millones y ci... ciento... cincuenta y tres mil? Pero eran cuatro millones.

—Multipliqué el dinero para ti. Recuerda, soy tu segundo padre.

Chang estalló en llanto. Liu también. Y se abrazaron afectuosamente.

—Perdóname, perdóname —dijo Chang, besándolo. Y luego se apartó mirando a los ojos a su hermano le dijo—: Tú fuiste el que gestionó su emoción y me puso la otra mejilla. Tú fuiste quien elogió a quien no lo merecía.

—¡Doctor Marco Polo! —dijo Liu, enigmáticamente.

—¿Lo conoces? —preguntó Jasmine, curiosa y rápidamente.

—Yo también fui su alumno. Y supe que tú eras uno de los elegidos. Me sentí en las nubes al saberlo, aunque sabía qué él pondría tu cerebro de cabeza.

—Y lo puso —aseguró Jasmine.

—Él no desistió de este equipo de locos —dijo Peter, bromeando.

Liu los recorrió con la mirada y se dirigió a los tres:

—Muchos locos son genios, el problema es que no pocos de ellos también son autodestructivos.

Los tres reflexionaron y estuvieron de acuerdo con Liu. Eran jóvenes muy inteligentes, pero verdugos de sí mismos. Enseguida Liu habló sobre los exámenes que le habían realizado a Chang.

—Por lo que parece, tuviste un ataque de pánico. Por lo tanto, tienes una segunda oportunidad, hermano. No la desperdicies. Si no cambias tu estilo de vida, podrías sufrir un infarto. O quién sabe si un cáncer o una enfermedad psicosomática. El doctor Marco Polo les debe de haber dicho que una mente continuamente estresada es una bomba de tiempo para el cuerpo.

—¿Cómo es eso?

—Al evaluar las arterias de tu corazón, detectamos que tienes el 30 por ciento de tu coronaria izquierda obstruida. Necesitas alimentarte mejor, no fumar, controlar mucho las bebidas alcohólicas, no meterte en líos, en fin, cambiar tus hábitos de vida.

—¿Podré reírme de la vida y de mi estupidez?

—¡Debes hacerlo! Tu buen humor era lo que mamá y papá más admiraban de ti. Y yo también. No lo pierdas.

—Calma, doctor. No incentives a este payaso a alborotar el circo, que nadie lo aguantará —afirmó Peter.

Y se rieron.

—Mil disculpas —dijo Chang nuevamente—. Lo prometo. Te visitaré, hermano.

—Es mi sueño. Tienes un sobrino que pregunta mucho por el tío que poco conoce.

—Dile que el terror de los niños lo visitará pronto.

Enseguida, Liu le dio una tarjeta de crédito y le dio la contraseña por escrito diciéndole:

—Hay cien mil dólares en esta cuenta. Después hablaremos sobre el resto de tus recursos.

Y se despidieron afectuosamente. Al salir del hospital, Peter daba saltos de alegría.

—Tengo un amigo ricachón, wow. Amigo, vamos al mejor restaurante de esta ciudad.

Chang pensó y respondió:

—No. Vamos a comer una hamburguesa.

—Qué tipo tan tacaño —dijo Jasmine.

—Debemos aprender a adquirir aquello que el dinero no puede

comprar. ¿No es ésa una de las herramientas de nuestro entrenamiento? Vamos a contemplar los lirios del campo...

—¿Qué? Nos estás dando un golpe, oye. Somos tus amigos. Comparte un poquito de ese dinero —afirmó Peter, desconfiado.

—Acuérdate de la historia de Salomón que Marco Polo nos contó. El poder lo infectó, lo controló, lo convirtió en un mendigo viviendo en palacios. Es mejor economizar —dijo, sonriendo, pero sus amigos querían llorar.

Y aprovechó para pedirles a sus amigos que no alardearan de su situación financiera; quería mantener su humildad y, al mismo tiempo, evitar ser despojado. Y salió silbando y dando saltos como si fuera Charles Chaplin. Estaba feliz de la vida y con mucho dinero. Seguía siendo alegre, pero ahora mucho más sabio.

10

El poder del señor de las tinieblas de la universidad

Los alumnos regresaban cada vez más eufóricos de su entrenamiento. Al contarse mutuamente sus desafíos y peripecias, se fascinaban y se motivaban a continuar su jornada. Cada herramienta psiquiátrica, psicológica y sociológica que Marco Polo les enseñaba era practicada en grupo o individualmente, por una o dos semanas consecutivas. En los últimos meses, además de entrenarlos en "el poder de ser resiliente", de "estar convencido de que mi paz vale oro y el resto es basura", de "conquistar lo que el dinero no puede comprar", de "pacificar conflictos" y de "coleccionar amigos", los entrenó también a superar la penetrante glosofobia (miedo de hablar en público) que afecta a 75 por ciento de la población, y más entre los jóvenes. Para eso propuso a los alumnos que sustituyeran al profesor de su clase, pero sin previo aviso al resto de los compañeros. Imaginen a alumnos como Peter, Chang, Jasmine, Michael y Sam, a quienes todos consideraban irresponsables y alienados, escorias de la universidad, llegar quince minutos antes que el maestro y dar con brillantez el resumen de la materia. Fueron acontecimientos maravillosamente emocionantes.

Marco Polo los entrenó asimismo a reeditar la penetrante alodoxafobia (miedo de la opinión de los demás), que abortaba la capacidad de cientos de millones de jóvenes y adultos de dar respuestas inteligentes en situaciones estresantes, como críticas, amenazas, presiones, *bullying*. Para eso, les propuso que entraran en distintas clases de su curso y debatieran con los profesores materias que nunca habían visto. Un alumno de derecho, Michael, tendría que entrar en la clase de psicología y discutir más que el resto de los alumnos el asunto que el profesor estaba enseñando. Jasmine, que tomaba el curso de sociología, tendría que entrar en la clase de economía, y discutir con el maestro el tema del día. Peter, del curso de derecho, debería debatir asuntos de medicina que determinado profesor estaba enseñando. Para eso, los alumnos de Marco Polo estudiaban día y noche temas desconocidos que deberían dar. Para prepararse tenían que someterse a las críticas de sus compañeros. Y a pesar de los percances, muchos brillaron. Reeditaron, no todos, pero sí distintos fantasmas fóbicos que estaban en el calabozo de sus personalidades. Entendieron que el conocimiento no debe ser fragmentado. Algunos alumnos que no los conocían preguntaban: ¿de dónde son esos jóvenes intelectuales? Descubrieron que dentro de cada ser humano hay un genio preso en los recovecos de sus miedos.

Marco Polo les propuso otros entrenamientos inusitados. Los estimuló a visitar los barrios de los ricos en Los Ángeles, como Beverly Hills y Holmby Hills, para evaluar si eran ricos emocionalmente o miserables que vivían en palacios. Abordaron a las personas mejor vestidas o que salían de sus autos de lujo y, como agentes sociales, usaban un cuestionario para valorar si esas personas eran felices, relajadas, realizadas, o si eran ansiosas, depresivas y portadoras de síntomas psicosomáticos. Muchos de los entrevistados fueron solícitos y abrieron su libro socioemocional, aunque sin entrar en detalles de su privacidad. La mayoría atravesaba los valles sórdidos de los trastornos emocionales. Eran más mendigos emocionales que los indigentes de la megalópolis.

En uno de los ejercicios fueron a San Francisco, que queda a seis horas en auto de Los Ángeles, y visitaron Silicon Valley, centro de innovación del mundo. Querían evaluar si los ejecutivos, los emprendedores, los apóstoles del mundo digital, eran parte de la era de los idiotas emocionales o si eran gestores de su emoción, recicladores de los pensamientos perturbadores y operadores de técnicas como la del DCD (dudar, criticar, determinar) para reeditar las ventanas killer o traumáticas, y la mesa redonda del Yo para construir ventanas saludables y así volverse líderes de sí mismos en los focos de estrés. Quedaron deslumbrados con la osadía y el nivel de inteligencia lógica de los entrevistados, pero constataron que muchos eran niños en el territorio de la emoción, portadores del síndrome del pensamiento acelerado, mentes híper pensantes, agitadas, que detestaban el aburrimiento, despertaban fatigados, sufrían por anticipación, rumiaban el pasado y no se conectaban consigo mismos, aunque se conectaran con miles en las redes sociales. Los apóstoles digitales declaraban la necesidad de preservar el planeta Tierra, pero descuidaban criminalmente su propio planeta psíquico. Trabajaban en empresas digitales dirigidas a tener un impacto global por su escalabilidad, repetición de procesos, solución de un dolor e innovación, pero no les importaba que la única empresa que jamás debería fallar, su propia mente, cayera en bancarrota. Muchos billonarios eran excelentes personas con los demás, pero verdugos de sí mismos; eran incapaces de reírse de su estupidez, de contemplar lo bello, de administrar sus pensamientos.

Todos los alumnos de Marco Polo tuvieron experiencias increíbles. El psiquiatra pensó concretamente que tendrían oportunidades para avanzar en el entrenamiento, aunque dudaba mucho de que alguien terminara toda la empresa con éxito. Los abatirían tormentas, tempestades, vendavales.

El rector Vincent Dell era informado de todo lo que pasaba en el entrenamiento de Marco Polo. Los celos de los políticos e intelectuales son de una ferocidad inimaginable, llevan a sabotajes internacionalmente programados. Vincent Dell tenía crisis de ira por los resultados que Marco Polo estaba alcanzando con esa turba de rebeldes. De repente, para alimentar más su crisis, apareció en una sala oscura, con poca luminosidad, alguien más oscuro todavía, un hombre encapuchado para darle las últimas noticias del entrenamiento. El encapuchado relató:

—Marco Polo llama "poder" a cada herramienta. Últimamente comenzó a trabajar el "poder": el poder de reinventarse, de volver a comenzar todo de nuevo, de darle todo lo que tiene a los que poco tienen, de la resiliencia, de contemplar lo bello, de considerar la paz psíquica como oro, del autocontrol.

El rector Vincent Dell se rio.

—Poder, poder. Esos alumnos intratables son actores, mentes frágiles y empequeñecidas.

—¿Cómo sabe eso? —preguntó el encapuchado.

—¿Me estás cuestionando? Lo sé porque yo mismo intenté aconsejar a algunos de ellos. Son incorregibles, se burlan de la ética, de la sociedad, de la constitución del país. Su futuro es ser huéspedes de una prisión o de un manicomio.

El encapuchado, cuyo rostro no estaba ni mínimamente visible, se rascó por encima de la capucha y dijo:

—Pero, doctor Vincent, puede ser increíble, pero el doctor Marco Polo está consiguiendo arar los suelos rocosos de las mentes de esta pandilla de locos.

Y le contó algunos de los entrenamientos que habían tenido en las últimas semanas. El rector casi tuvo un ataque cardiaco.

—Ejercitaron el perdón. Entrenaron para poner la otra mejilla. Evaluaron el cuadro socioemocional de los líderes del Silicon Valley.

—¡No es posible! ¡No es posible! —gritó Vincent Dell dos veces, dando un golpe en la mesa—. ¿Cómo están desarrollando esas habilidades?

—Es difícil de explicar. El entrenamiento es complejo. Parece poner el cerebro al revés.

—¿Cómo? ¿Cuál es el secreto? Son una banda de rebeldes con una bajísima capacidad de soportar las frustraciones. ¿Cómo están adhiriéndose a la experiencia? Vamos, suelta la lengua —ordenó Vincent, impaciente.

Súbitamente apareció The Best. Pero el encapuchado no sabía que él era un *Robo sapiens*. Para él, su nombre era Franklin, el secretario del rector.

—Franklin, acércate —expresó con rabia Vincent Dell—. ¿Cuál es tu evaluación?

—Estoy intentando conocer los mínimos detalles de lo que Marco Polo está haciendo. Los ejercicios están fuera de un patrón previsible. Es un entrenamiento que nadie ha practicado, creo yo, en ninguna universidad o corriente filosófica, incluso en las órdenes religiosas, ni siquiera en las que viven en reclusión.

Vincent dio un golpe más fuerte en la mesa.

—¿Complejo? ¿Ejercicios fuera de la curva? ¡Franklin, como mi secretario, tú estás aquí para informarme, no para sabotearme! No tienes aptitudes para hacer análisis psicológicos. ¿Son una pandilla de psicóticos? —dijo rápidamente Vincent Dell al *Robo sapiens* disfrazado de su secretario.

El encapuchado se sintió intimidado ante los dos. Vincent Dell lo miró a los ojos y le ordenó:

—Vamos, dinos lo que sabes.

—Según Marco Polo, las herramientas que Jesús utilizó directa o indirectamente alimentaban la capacidad de los ansiosos y egocéntricos para reinventarse. Ser pacificador, encontrar al fariseo que habita en cada uno de nosotros, poner la otra mejilla o elogiar antes de criticar, valorar lo esencial y no lo trivial, superar la necesidad neurótica de ser el centro de las atenciones sociales, enfrentar el miedo de hablar en público, ser líder de uno mismo, son técnicas revolucionarias.

—¿Cómo es esto posible? ¡Ni nuestros mejores intelectuales se entrenan en esas aptitudes! ¿Cómo podrían adquirirlas jóvenes que atacan todo y a todos? En sus expedientes curriculares hay más de cien advertencias.

—No lo sé. Él los está fascinando —dijo cohibido el encapuchado.

—¿Acaso a ti ya te fascinó?

—¿A mí? —dijo, titubeando—. ¡A mí... a mí no!

—¡Lavado de cerebro! Eso es lo que Marco Polo está haciendo —señaló Franklin.

El rector se pasó las manos por el rostro, pensó, analizó y confirmó.

—El lavado de cerebro es imposible, The Best, quiero decir, Franklin; el cerebro de esos alumnos es indomable.

Franklin, con su notable inteligencia lógica, remató diciendo:

—Marco Polo les da la libertad para que ellos desistan, pero al mismo tiempo los provoca a dejar de ser mentes frágiles, marionetas del sistema y a mapear sus fantasmas emocionales. Pero ¿qué es un fantasma emocional?

—¡Eso es cosa de locos! —afirmó el rector.

En ese momento, Vincent Dell tuvo una epifanía. Esbozó una gran sonrisa.

—Tengo una estrategia.

El encapuchado se atrevió a cuestionar al rector:

—¿Qué pretende hacer, "señor de las tinieblas" de la universidad?

—"Señor de las tinieblas" es un buen nombre —apuntó Franklin.

—Llámenme de nuevo "señor de las tinieblas" y ambos caerán en desgracia —sentenció Dell.

—Cuénteme en secreto su estrategia, que tomaré su lugar para ejecutarla —comentó Franklin, soltando una carcajada aterradora. The Best estaba aprendiendo rápidamente a simular el terror.

Hasta el encapuchado tembló de miedo al escucharlo. Enseguida salió, dejando solos a los dos maquiavélicos. Al día siguiente, Vincent llamó a diez alumnos que tenían problemas en la universidad, pero no tan graves como el grupo de los doce que Marco Polo entrenaba.

—Ustedes están en mi lista negra. Pero puedo limpiar sus nombres. Y además, puedo recomendarlos en otros centros de investigación para que hagan su doctorado o ubicarlos en algunas empresas que me piden información sobre los alumnos sobresalientes para contratarlos con altos salarios apenas terminen la carrera.

Los diez alumnos se fueron a las nubes. Pero, desconfiados, dijeron colectivamente:

—¿Y cuál es la trampa?

Y él los aleccionó. Pero mientras lo hacía, un agente que estaba oculto detrás de la cortina escuchaba la conversación. No se sabía si era para garantizar el éxito de la trampa de Vincent Dell o para sabotearlo. Al otro día, el segundo grupo encontró a seis alumnos del equipo que estaba siendo entrenado por el psiquiatra. Motivados, se contaban sus fantásticas experiencias. Como Peter y Chang eran los más famosos por los escándalos que ya habían provocado en la universidad, los alumnos aleccionados por el rector Vincent Dell los llamaron a un lado:

—Peter, Chang, ¿pueden venir por favor? —dijo uno de ellos.

Peter y Chang no eran amigos de quien los llamó. Les pareció extraño, pero como estaban aprendiendo a ser gentiles, se separaron de Jasmine, Florence, Alexander, Michael, Sam, Víctor y los demás y se aproximaron.

—Habla —dijo Chang.

—Supimos que están en un entrenamiento increíble, y que están saliendo muy bien.

—Somos pequeños alumnos en fase de aprendizaje. Pero obtendremos un doctorado —comentó Peter.

—¿Doctorado en qué? —preguntó uno de ellos.

Chang fue rápido en contestar con ironía.

—En locura —y riéndose de sí mismo, les comentó con orgullo—: Pero hablando en serio. Nosotros ya éramos anormales, pero ahora estamos aprendiendo a ser más anormales todavía. Hasta abrazar a quien nos contraría.

Al oír esto, uno de ellos se aproximó a Chang y le dio una bofetada. Chang se quedó mudo de rabia. En un ataque de ira, cerró el puño para lanzar un puñetazo en respuesta.

—Hey, espera, ¿qué no están aprendiendo a poner la otra mejilla? ¿No es eso lo que ese psiquiatra demente les enseñó?

En otra ocasión, Peter ya habría golpeado a medio mundo. Pero agarró a Chang por el brazo y le dijo:

—Vámonos, Chang, esto es una trampa.

—Qué trampa ni qué nada. Voy a golpear a ese tipo.

—Ellos son diez, y nosotros dos, más los cuatro de allá atrás.

—Entonces golpéalo por mí.

El grupo agresor, que los superaba en número, aumentó la provocación. Uno de ellos agarró el brazo de Peter y le dio un golpe en la cabeza, e incluso se burló de él.

—Peter, felicidades, te volviste una niña. Ya no peleas.

Peter se volvió hacia el grupo y, sorprendentemente, los elogió.

—Mira, yo ya fui un idiota emocional. Reaccionaba a golpe y contragolpe. Y ustedes son inteligentes, pero están ciegos para percibir que están provocando a quien no quiere pelear.

Perplejos, ellos dijeron:

—¿Entonces no vas a responder?

—No, ustedes no merecen mi ira.

Y, en ese momento, todos les escupieron a la cara.

—¿Vas a poner la otra mejilla?

Florence y Jasmine se acercaron y empezaron a sacarlos del lugar. Pero los del otro grupo las agarraron y las empujaron.

—¿Quiénes son estas prostitutas?

Cuando Peter vio que eran violentos con ellas, no lo soportó:

—No voy a poner la otra mejilla, les voy a partir la cara, imbéciles.

Como era luchador de artes marciales, comenzó a golpear a todo el mundo. Y Chang, que era un tanto cobarde, lo instigaba.

—¡Dale, amigo! Mañana volveremos a ser santos otra vez.

En este momento llegó el rector Vincent Dell con media docena de elementos de seguridad.

—Psicópatas. Siempre perturbando mi universidad.

Aprehendieron a Peter y a Chang y se los llevaron a la rectoría. El ambiente era horrible. The Best estaba ausente, no se sabía dónde. En la rectoría, Vincent Dell fue implacable con los alumnos de Marco Polo.

—Serán expulsados de la universidad.

—Nos escupieron, nos hirieron, nos provocaron —dijo Chang.

—No, caímos en una trampa —afirmó Peter.

—¿Trampa? ¿Qué trampa? —cuestionó Vincent Dell a gritos.

—En su trampa —acusó Peter.

—Me estás acusando, maldito insolente, maldito psicópata de mierda —gritó el rector.

Peter amenazó con reaccionar, pero los de seguridad sacaron sus armas. Cualquier agresión por parte de los alumnos sería contenida a punta de balas. En este momento, Marco Polo apareció rápidamente en el salón. Vincent Dell lo expulsó del salón.

—Sal inmediatamente de esta rectoría.

Marco Polo respondió con temeridad:

—¿Esta rectoría hace una audiencia justa o una inquisición académica? Ellos son mis alumnos y su destino es de mi total interés.

—Entonces debes saber que, de aquí en adelante, estos agresores psicópatas ya no forman parte de esta institución.

—¡No puedes hacer esto! A estos alumnos les está yendo muy bien en mi entrenamiento —afirmó el psiquiatra.

—Estás entrenando a marginados para ser criminales —expresó prejuiciosamente, presionando para que se cumpliera su sentencia.

En este momento, Marco Polo se aproximó a la mesa de la rectoría y lanzó una última carnada. Los de seguridad lo sujetaron. Pero él dijo:

—Tengo algo que necesitas ver. Es de tu máximo interés.

—¡No me interesa! ¡Sal de aquí!

—Sí te interesa, y mucho, para tu futuro reinado como rector.

Perturbado por las palabras de Marco Polo y sabiendo que no era un mentiroso, Vincent permitió que se acercara. Entonces el psiquiatra sacó su celular y le mostró una imagen en particular. En ella, Vincent aleccionaba a los alumnos a provocar agresivamente al equipo de Marco Polo: "Agrédanlos, moléstenlos, escúpanles en la cara. Si logran que ellos tengan actitudes violentas, los recomendaré con las mejores empresas y los mejores posgrados".

Vincent se quedó con los ojos muy abiertos.

—¿Dónde conseguiste esas imágenes?

—Tengo mis informantes.

Después, Vincent balbuceó:

—Alguien me traicionó.

En realidad, el encapuchado, al entrar en el salón de rectoría, mientras Vincent Dell se distraía tomando un trago de vino, dejó su celular prendido al lado de una lámpara de mesa en el rincón izquierdo del salón, un lugar poco visible. Dos horas después fue a recogerlo. Al ver la estrategia macabra del rector, el encapuchado editó las imágenes y le envió solapadamente un USB a Marco Polo, sin identificarse.

Marco Polo le dijo al rector:

—Si este mensaje llegara al consejo académico habrá un proceso disciplinario. Perderás tu puesto de rector.

Aterrorizado, Vincent Dell hizo un momento de silencio y después les habló a Peter y a Chang.

—Será la última vez que los tolere, terroristas, insubordinados. Esta reunión ha terminado.

Y pidió a los de seguridad y a los demás que se retiraran. Marco Polo temía llevar el caso del rector al consejo académico, pues si eso ocurría, habría tantos interrogatorios, incluso con su grupo de alumnos, que el entrenamiento podría ser abortado. Sabía que los peores enemigos de un ser humano estaban dentro de él, pero era plenamente consciente de que el "señor de las tinieblas" de esa universidad maquinaría día y noche sobre cómo sabotear su proyecto de formar mentes brillantes a partir de alumnos que se suponía tendrían cero éxito en la vida.

11

El líder tiene que ser un soñador para formar líderes mundiales

Reunido el equipo, todos estaban azorados. Marco Polo los abrazó y les pidió que estuvieran muy atentos, vigilantes, que fuerzas ocultas querían derrotar como fuera el proyecto del entrenamiento y arruinar la vida de cada uno de ellos. Si fueran provocados, ofendidos, criticados, debían redoblar la actuación del Yo como autor de su propia historia. Entre todas las técnicas de gestión de la emoción que les enseñó, dos debían ser aplicadas inmediatamente en una situación de conflicto: "no comprar lo que no les pertenece" y la del DCD. Y recordó:

—La técnica de "no comprar lo que no les pertenece" es para evitar el conflicto, y la técnica del DCD sirve para abortarlo. Con la primera, no entran en caos, no compran las ofensas y calumnias que les hicieron; con la segunda, rescatan el liderazgo de sí mismos y recogen las armas de la ira, la rabia, el sentimiento de venganza. Con la primera, dejan al oso-instinto hibernando en su cerebro; con la segunda, usan estrategias para que él no devore a quien está a su alrededor.

—Profesor, ¿por qué nos enseñas todas esas cosas profundas? —preguntó Michael, curioso.

—¿Y por qué nos abrazas tanto y no desistes de nosotros? —cuestionó Peter.

—Ya te decepcionamos tanto —afirmó Chang con propiedad—. Cualquier maestro habría renunciado, incluso te ofendimos al comienzo del entrenamiento.

—Para los líderes de nuestras universidades somos una aberración de la naturaleza. Pero tú insistes con nosotros —comentó Yuri.

—Corres el riesgo de poner en juego tu reputación y hasta herirte de alguna forma —apuntó Jasmine.

—Yo no entiendo tamaña vocación. ¡No estás ganando nada financieramente, pero te estás desgastando mucho! —ponderó Florence.

Marco Polo esbozó una sonrisa y habló:

—Parece ilógico que yo me dedique a ustedes sin ninguna compensación financiera, parece más ilógico todavía correr altos riesgos. Pero los entreno con entusiasmo a causa de tres rendimientos que ningún dinero podrá pagar. Primero, el progreso de ustedes me fascina e irriga mi placer como educador, psiquiatra e investigador de la psicología.

—Un motivo interesante —señaló Florence—. ¿Y el segundo rendimiento?

—Segundo, si ustedes utilizaran las notables herramientas del Maestro de maestro asociadas a la teoría de la inteligencia multifocal y tuvieran éxito, como felizmente lo están consiguiendo ahora, se crearía un nuevo modelo educativo socioemocional que podrá revolucionar la educación clásica en este siglo o en el venidero. El alumno liberará su imaginación, desarrollará un pensamiento crítico elevado y aplicará ejercicios en el ambiente social; aprenderá asimismo habilidades socioemocionales únicas, como pensar con humanidad y no sólo como grupo social, cavilar antes de reaccionar, tener empatía, solucionar pacíficamente los conflictos, trabajar las frustraciones, tener autocontrol, emprender mucho más. En este nuevo modelo, el alumno conocerá su mente como pocos pedagogos o psicólogos y aprenderá a ser el autor de su propia historia tanto como sea posible.

—Extraordinario motivo —opinó Peter—. ¿Y hay otro rendimiento más?

Fue entonces que Marco Polo miró a los ojos a cada uno de los doce y casi los hizo caer de su silla. Estaban en un salón cerrado, pero sus palabras atravesaron las paredes e hicieron eco en el teatro del tiempo.

—El tercer rendimiento es que sueño que de este pequeño grupo salgan líderes mundiales.

Al oír estas palabras, algunos alumnos tuvieron crisis de tos, a otros les faltó el aliento y otros más rompieron en carcajadas.

—Estás bromeando, Marco Polo. ¿Ya se te olvidó quiénes somos y cómo somos considerados por los líderes de nuestra universidad? —dijo Chang sonriendo—. ¿Cómo es que yo, un sujeto socialmente "insignificante", tachado de loco, podrá tener expresividad mundial?

Marco Polo lo miró a los ojos y respondió:

—El Maestro de maestros entrenó alumnos que vivían en la mediocridad existencial, ¿recuerdan? Soñaban con peces, vivían de los peces y morirían como pescadores, una profesión digna, pero sin expresividad social. Al morir, serían sepultados como si no hubieran existido, pero a través del entrenamiento que recibieron, sus palabras y comportamientos ganaron una dimensión tal que se volvieron inolvidables, ¿recuerdan? Hasta hoy, el mundo habla de Pedro, de Juan, de Mateo, incluso de Judas. No se acuerda de millones de otros líderes que murieron, incluso rara vez se habla de los grandes exponentes, como Julio César, César Augusto, Tiberio César o Calígula, pero leen lo que los apóstoles escribieron e hicieron. ¿No es increíble?

—¿Pero qué esperas realmente de este grupo de locos? —preguntó Jasmine.

—Sueño que de aquí salgan algunos primeros ministros osados, flexibles, altruistas, creativos, anticorruptos, que valoren más su sociedad y el futuro de la humanidad que las veleidades de su propio partido. Quién sabe si de aquí salga un primer ministro de Japón, Hiroto, o de Rusia, Yuri, o un canciller de Alemania, Martin. Quién sabe si de este anacrónico grupo salgan presidentes de Estados Unidos, Peter, Michael y Jasmine. Quién sabe también si de aquí salgan escritores de renombre internacional, Florence, Harrison, capaces de influir en la humanidad con sus ideas psicopedagógicas y socioemocionales. O incluso quién sabe si directores de Hollywood más profundos que antes de entretener busquen provocar a la gente a pensar, Víctor y Sam, o hasta ejecutivos o fundadores de alcance global, Alexander, Chang, que se preocupen por la sustentabilidad del planeta y promuevan la igualdad salarial entre hombres y mujeres e igualdad de oportunidades.

—Estoy helado. No sabíamos que éramos tan importantes para ti, maestro. Pensé que sólo éramos un grupo experimental —concluyó Peter.

—¿Y por qué no? —cuestionó Florence—. Propongo que hagamos un pacto y nos animemos unos a otros a dar siempre lo mejor de nosotros a la humanidad sin importar raza, religión, cultura, política.

—Yo me adhiero a ese pacto —dijo todo el grupo, incluido Marco Polo.

Y Marco Polo puso su mano derecha y todos ellos pusieron las suyas sobre ella y gritaron:

—¡SOÑADORES DE LA HUMANIDAD!

Y fue una gran fiesta. Este grupo bizarro, considerado como "los rebeldes" podría ir más lejos de lo que se podría imaginar, esto si lograban superar los enormes e impredecibles obstáculos que les esperaban y si conseguían superar las fuerzas poderosas, más violentas de lo que cabría imaginar, que querían destruirlos. Pero unidos eran mucho más fuertes.

Ante esto, el pensador de la psiquiatría elevó el nivel de las discusiones sociopolíticas y socioemocionales. Entrenarlos para ser líderes mundiales era una tarea gigantesca, aunque algunos no tuvieran éxito. Pero los sorprendió una vez más. Señaló que el sistema educativo mundial estaba anclado en premisas equivocadas en relación con los fenómenos que están en los bastidores de la mente humana, en especial con el papel de la memoria, el proceso de interpretación y de construcción de los pensamientos.

—El sistema educativo, con sus debidas excepciones, está enfermo, formando personas enfermas para una sociedad enferma —dijo, reafirmando su tesis, y después agregó—: Al ser humano le encanta reproducir las respuestas. La prueba que evalúa el conocimiento es la misma que lo aprisiona. La mente humana es especialista en rebelarse contra la repetición de las respuestas. Pensar no es recordar el pasado, sino recrearlo. La tesis de Descartes está equivocada: "pienso, luego existo". Lo correcto es: "pienso, luego creo".

—¿Cómo es eso? —preguntó Víctor, perturbado.

—La razón es que dos seres humanos no sólo interpretan el mismo objeto de manera distinta, sino que un mismo ser humano interpreta el mismo objeto de forma distinta en dos momentos diferentes, sea un fenómeno físico o un comportamiento. Crear no es una opción para el *Homo sapiens*, es su destino inevitable.

Algunos alumnos se quedaron confundidos con esa información.

—Me haces nudos la mente, maestro Marco Polo. ¿Estás afirmando que no somos los mismos en dos momentos distintos? —indagó Florence.

—Exacto. El *Homo sapiens* es micro con respecto al macro, distinto en cada momento existencial. ¿Por qué inventamos, salimos, construimos nuevas relaciones? ¿Por qué reconocemos los errores y nos arrepentimos? ¿Por qué tenemos *insights* y curiosidad? Porque no somos lineales, unifocales; somos multifocales, continuamente creativos. La creatividad puede ser expandida o asfixiada, pero es incontrolable. No surge sólo porque el Yo lo desea conscientemente, sino a causa de los fenómenos inconscientes que están en la base de la construcción de pensamientos que ya hemos estudiado.

—Me acuerdo de ellos. El gatillo del cerebro, las ventanas neutras, killer o light, el ancla de la memoria y el autoflujo —recitó Michael—. ¿Son ésos algunos de los fenómenos que nos hacen estar en un proceso continuo de transformación?

—Sí. Siempre estamos mutando, para bien o para mal. A medida que pasan los días y los meses nos volvemos más tranquilos o ansiosos, comunicativos o introvertidos, alegres o malhumorados. Como el biógrafo del cerebro, el fenómeno RAM registra diariamente miles de pensamientos y emociones, formando innumerables ventanas en la memoria, el paisaje de la personalidad, aunque imperceptiblemente está en evolución, ya sea en forma saludable o enfermiza. Los psicólogos que creen que la personalidad es inmutable son unos ingenuos.

Los alumnos intentaban digerir estas ideas. Marco Polo las completó:

—Los profesores transmiten el rico acervo de conocimiento a una audiencia de estudiantes que se comportan como espectadores pasivos, pero cada alumno no es el mismo, ni el profesor es exactamente el mismo. Nuestra mente es una fábrica ininterrumpida de ideas, imágenes mentales, pensamientos. Incluso las personas cerradas, rígidas, radicales, tienen innumerables pensamientos nuevos, aunque no los verbalicen ni los cultiven.

Yuri se adelantó y dijo:

—Los maestros y los alumnos me juzgan como inestable e impertinente sólo porque discuto la materia. Recibo muchos ataques. Pero sus tesis son más críticas que mi rebeldía.

—Es probable. Pero he recibido muchas críticas. El silencio convierte a tontos en filósofos. Quien no quiere ser criticado debe quedarse callado. Soy muy feliz de que ustedes se entrenaran a exponer su pensamiento, dar clases, debatir ideas fuera del curso que están tomando.

—Y yo estoy feliz al descubrir que soy un ser humano en mutación. El sol que se pone no es el mismo que el que nace, pues perdió materia el día que brilló —afirmó Jasmine.

—Bellísima metáfora, Jasmine. Quien emite luz nunca vuelve a ser el mismo. Muchos insisten en quedarse en un cuarto oscuro —destacó el psiquiatra.

—T... tú dices que la prueba que evalúa el cono... cimiento es la misma que lo apri... prisiona. ¿Éste es uno de los mo... tivos de que el sis... tema educativo esté enfermo? —preguntó Alexander.

El investigador del proceso de formación del Yo como gestor de la mente humana respondió a la interrogante de Alexander:

—Los exámenes escolares asfixian la osadía y la creatividad al exigir que los alumnos reproduzcan el conocimiento que enseñan los maestros y los libros. Es posible dar la calificación máxima a quien se equivocó en todas las preguntas.

—Estás bromeando. Nunca oí hablar de que puedo sacar un diez si me equivoqué en todo. Soy un coleccionista de ceros —comentó Chang, arrancando risas al grupo.

Marco Polo sabía que esos doce alumnos no encajaban en el hermético y ciego sistema educativo, pues éste no individualizaba la cognición de cada alumno, su capacidad de ver, entender y construir el conocimiento.

—Siglos antes de que existieran los robots, el racionalismo escolar ya robotizaba a los alumnos; procuraba formar mentes programadas para dar las mismas respuestas en los exámenes. No entendía que cada ser humano era único e irrepetible. Millones de genios, de mentes fenomenales, fueron tachados de locos, enfermos, ignorantes, estúpidos. Un asesinato colectivo de intelectos notables, pero incomprendidos. Un tema central, que es sumamente raro que se debata en las universidades, que se señale en los libros, que se filme en Hollywood.

—Muy triste ese asunto. Si no estuviera en este entrenamiento, yo sería uno de los sepultados —planteó Sam.

—Yo también —declararon los otros once alumnos.

Marco Polo los provocó:

—¿Por qué los estudiantes hacen exámenes, sea en la enseñanza básica o en las universidades?

—Para evaluar lo que aprendieron, recordar lo que les enseñaron —afirmó Víctor.

—Pues bien, no hay recuerdos puros.

—¿Cómo que no? —cuestionó Jasmine, asombrada—. ¿Pues qué el recuerdo no es el pilar central de la educación?

—Sí, pero esto está equivocado. El maestro enseña, el alumno asimila y después se exige que recuerde lo que asimiló en sus respuestas en los exámenes. Pero existe un sistema de concatenación distorsionada en el proceso de construcción de pensamientos. Éste fue uno de mis descubrimientos que más tiró a la lona mi orgullo y mi rigidez.

—¿El acto de pensar se gesta por un sistema de concatenación distorsionada? Estoy más confundido que un ciego en un tiroteo —afirmó Chang.

—Yo también —declaró Florence—. ¿Cada vez que pienso en la realidad mi pensamiento está distorsionado?

—Yo soy un megahacker. Y sé que toda programación es lógica, por eso incluso hackeo computadoras. Pero lo que tú estás afirmando es que nuestra mente es ilógica —afirmó Yuri.

—Claro que ser demasiado ilógicos representa un gran problema: nos vuelve incoherentes. Pero somos naturalmente ilógicos, por eso amamos a quien nos decepciona, tenemos compasión, le damos nuevas oportunidades a quien se equivoca, perdonamos, producimos arte, jugamos. Quien es demasiado lógico es casi insoportable —comentó Marco Polo.

Y explicó los motivos por los cuales, a pesar de ser constructores de la lógica, hay un sistema de concatenación espontánea que distorsiona la construcción de los pensamientos, de los más simples a los más complejos. Comentó que hay varios fenómenos o variables que actúan en la lectura de la memoria. QUIÉN SOY (nuestra personalidad), CÓMO ESTOY (nuestro estado emocional), DÓNDE ESTOY (el ambiente social), LO QUE PRETENDO (nuestra motivación consciente y subliminal). Dijo que la actuación de esos fenómenos hace imposible el recuerdo puro del pasado. Pensar en el pasado es recrearlo, aunque sea en forma mínima. Una madre paralizaría su historia en el velorio de su hijo si no recreara la experiencia angustiante de la pérdida. Un artista inmovilizaría su creatividad si no recreara la manera de observar el mundo. Un científico se volvería estéril si no mirara desde otros ángulos los fenómenos que contempla.

—Si agregamos nuevas experiencias e información a la memoria cambiamos la variable "QUIÉN SOY". Si estamos alegres o ansiosos, cambiamos la variable "CÓMO ESTOY", lo que interfiere en la forma en que abrimos las ventanas de la memoria. Si el ambiente social es acogedor u opresivo, también alteramos la variable "DÓNDE ESTOY", lo que a su vez modifica el acceso a los datos de la memoria. Y dependiendo de nuestras intenciones, si hay motivación, interés, deseos, abrimos o cerramos las ventanas de la memoria. Todo eso modifica la construcción de pensamientos y, en consecuencia, las respuestas en los exámenes escolares, y también en la vida. Por lo tanto, no hay recuerdos puros.

Yuri entendió por lo menos un poco:

—Somos tan admirablemente complicados.

—Por lo tanto, reafirmo, es necesario cambiar la esencia y el proceso de evaluación de los exámenes. Deberían ser diarios y espontáneos; en especial tendrían que considerar, para la puntuación del alumno, su participación, su capacidad de debatir, de involucrarse con la materia y con el resto de los alumnos. Y si tuvieran que ser escritos y mensuales o bimestrales deberían considerar la creatividad, la imaginación, el raciocinio complejo, la osadía, la innovación del alumno. Por eso, reitero que sería totalmente posible dar una calificación máxima a quien se equivocó en todos los datos, pero que cumplió con los requisitos que propongo. Solamente se podrían exigir detalles a los especialistas como ingenieros, médicos, abogados, y, aun así, sin dejar de tomar en cuenta la complejidad del raciocinio de cada estudiante.

El pensador de la psiquiatría comentó todavía con su diminuta audiencia que todo ser humano tiene un potencial increíble para proponer nuevas ideas, pero los dictadores sienten escalofríos al escuchar esto y lo abortan, fomentando una escolarización que nos robotiza. Después de esta exposición, preguntó:

—¿Cuestionamos mucho o poco al comienzo de la vida, antes de la escolarización?

—Mucho, claro —respondió Florence.

—Y después de entrar en la escuela, ¿preguntamos mucho al pasar el tiempo?

—Nos callamos poco a poco. Yo era muy "cuestionador". Hoy soy una momia en el salón de clases —comentó Hiroto—. Y en Japón, el silencio en el salón de clases es hasta un motivo de culto.

—No sólo los exámenes clásicos asfixian la creatividad, sino también el arte de preguntar y dudar —concluyó Marco Polo, e hizo un ejercicio de memoria, sencillo pero significativo, para mostrar que ésta no es especialista en recordar los datos, sino en la creación de información—: ¿Qué comieron hace una semana en el almuerzo? —indagó.

—No me acuerdo —confesó Jasmine.

—¿Y ayer?

—Déjame ver. Comí espagueti con salsa, un jugo y una ensalada.

—¿Cuántos gramos de espagueti? ¿Y cuáles eran los ingredientes? ¿Cuántas veces te llevaste la botella de jugo a la boca? ¿En cuánto tiempo terminaste el almuerzo?

—No me acuerdo —comentó ella.

—Pero si te pidiera que crearas ideas alrededor del almuerzo, usarías el esquema básico de los datos; el espagueti, la salsa y la ensalada y construirás creativamente nuevas ideas. Tal vez hablarías del ruido al comer el espagueti, de cómo lo enrollaste en el tenedor, de cómo lo saboreaste, darás una estimación del tiempo gastado y del placer que obtuviste.

—Interesante —dijo Jasmine—. No recuerdo los datos puros, pero creo sobre los datos básicos. Por eso, tienes razón. Al buscar los datos puros, los exámenes abortan la creatividad de los alumnos.

—Los convierten en zombis —recordó Chang.

—Pero no es culpa de los maestros. Es el sistema el que es encarcelador; está cimentado en un pantano y no en la construcción de pensamientos. Los detalles son importantes, pero en particular para los especialistas de una profesión. La mente humana prioriza el raciocinio global, a diferencia de las computadoras, que son híper exactas. En la enseñanza básica y en muchas materias de un curso universitario, que no es la esencia de la formación, deberíamos priorizar también el razonamiento complejo, la creatividad, el pensamiento esquemático y estratégico.

—¿Entonces gran parte de lo que aprendemos es inútil? —indagó Peter.

—No digo que totalmente inútil, sino de bajísimo provecho en la contribución para formar pensadores y altísimo para estresar el cerebro. Por desgracia, más de 90 por ciento de la información que aprendemos desde la enseñanza básica hasta las universidades no se rescata ni utiliza. Noten que los grandes emprendedores de la actualidad no lo son porque sean mentes cultísimas, con una formación académica impecable, o posean una enciclopedia en la cabeza. Steve Jobs y otros no terminaron la universidad. Desarrollaron otras habilidades, como atreverse, correr riesgos, pensar globalmente, tener disciplina y resiliencia, reinventarse en las derrotas, persistir en los desafíos.

Después de esta exposición, Marco Polo les dio un ejercicio, por lo menos a los que estaban cursando la universidad en donde Vincent Dell era rector.

—En el próximo examen, no escriban sólo lo que la pregunta aparentemente exige. Sean imaginativos, desarrollen un raciocinio esquemático, atrévanse, innoven. Y vean lo que ocurrirá.

—No sé. Esto no va a salir bien —comentó Chang.

Y así lo hicieron. Y realmente no salió bien.

Sólo un profesor exaltó la capacidad intelectual de uno de ellos, en el caso de Víctor. Y, aun así, le dijo: "A pesar de haber exhibido un raciocinio brillante, te voy a dar una calificación muy baja, pues no puedo ir en contra del sistema de esta universidad".

—Pero ¿no puede ir a favor de su consciencia?

—Me pueden castigar —argumentó el profesor.

Otros intentaron discutir con sus maestros, pero fueron rechazados.

—Yo pensé en cada pregunta —dijo Florence—. Respondí cosas que no estaban en el guion de su clase, sino ideas que deberían ser tomadas en consideración.

—Disculpa, pero no discuto mis decisiones con mis alumnos —rebatió el profesor.

Chang, a su vez, dijo:

—Maestro, nunca fui tan creativo; vea mis respuestas, fui estratégico.

—Yo también. Te doy estratégicamente un cero para no complicar más las respuestas.

Al saber los resultados, Marco Polo, como pensador de las ciencias de la educación, comentó:

—Lamentablemente el sistema educativo está preparado para formar repetidores de información y no pensadores críticos. Por fortuna, hay pensadores que también son críticos del sistema. He publicado mis ideas, incluso en el libro *Padres brillantes, maestros fascinantes*, y hay miles de profesores que se están renovando en varios países. Pero todavía hay un larguísimo camino que recorrer. Existen más de cinco millones de escuelas en todo el mundo enseñando a más de dos mil millones de alumnos, y por invalidar las respuestas en los exámenes que no corresponden a las expectativas de los maestros están destruyendo lo mejor de ellos, su inventiva, su pensamiento multifocal, su capacidad de explorar, de dudar y de observar los fenómenos bajo otros ángulos. Desconocen la pedagogía del mayor profesor de la historia, el mayor formador de líderes de todos los tiempos.

El Maestro de maestros, sin salones de clase clásicos, sin pizarrones, sin exámenes y con ejercicios impredecibles, fundó la mayor *startup* educativa mundial para cambiar la senda de la humanidad. Esta tierra nunca más fue la misma después de que él caminó en ella.

Los alumnos de Marco Polo se quedaron perplejos con todo lo que aprendían. Entendieron por qué no lograban encajar en el currículo escolar propuesto por la universidad. Ahora estaban en un súper entrenamiento, en un proyecto sin aulas clásicas, sin pizarrones, sin exámenes, pero con pruebas de estrés impredecibles. Pero ¿tendrían la oportunidad de transformarse en líderes mundiales? Era posible. Sin embargo, para ser cuando menos líderes de sí mismos, todavía tendrían que pasar por pruebas increíbles e inesperadas, donde lo que contaba no era la exactitud de las respuestas, sino la osadía para reinventarse e innovar en cada momento existencial.

12

El médico de la emoción enseña a liberar la imaginación

AÑO 32 D.C.

Uno de los códigos socioemocionales más increíbles que Jesús enseñó a sus discípulos fue no ser esclavos de las respuestas, no ser repetitivos ni cerrados a pensar en otras posibilidades. A vaciarse de sí mismos y amar el arte de las preguntas para ampliar su campo de visión. En cuanto a la espiritualidad, él usaba la fe y la necesidad de la plena convicción, pero se trataba de la educación y la formación de mentes brillantes y saludables, enseñaba preguntando y respondía indagando, como: "¿Qué dice el pueblo que soy yo? Mujer, ¿dónde están tus acusadores? Amigo, ¿para qué viniste?".

Pero los alumnos del carpintero de la emoción tenían dificultades para asimilar temas complejos, nuevos, que iban en contra la estrecha manera en que interpretaban los eventos de la vida. Pedro, Andrés, Santiago, Juan, Tomás, Judas, Felipe, eran ricos en orgullo y autosuficiencia. Sus verdades eran irrefutables. Incluso después de un año de andar con Jesús, estaban controlados por la necesidad ansiosa de ser el centro de las atenciones sociales. Por eso Santiago y Juan tuvieron el valor de usar a su madre para que en el reino del Maestro, que suponían era político, recibieran los mejores puestos.

—Señor, en tu reino, permite que mis hijos se sienten uno a tu derecha y el otro a tu izquierda.

Tal vez uno quería ser ministro de Economía y el otro ministro de Justicia. Apenas comenzaban a caminar con él y ya actuaban como pequeños generales. Quien tiene un ego inflado tiene mucho de sí y poco espacio para los demás.

—¿Podréis beber de mi cáliz, soportar los desafíos que enfrentaré?

Sin entender la compleja dimensión de la pregunta, rápidamente respondieron:

—Podremos.

En los focos de estrés, los insensatos optan por las palabras y los sabios por el silencio. Se deberían de haber quedado en silencio, pero eran impulsivos, rápidos, ansiosos, infantiles. Pedro no era diferente. Tal vez no tan ambicioso, pero era portador de un ego muchísimo más inflado. Respondía sin pensar. Era rápido con el gatillo. Los ansiosos viven con el cerebro en estado de alerta máxima, cualquier chispa los enciende.

Cierta vez, un empresario le dijo orgullosamente a Marco Polo: "¡Yo no llevo los problemas a casa!". Y el psiquiatra respondió: "Claro, eres un desequilibrado. No llevas los problemas a tu casa física, pero los llevas a tu casa mental; por eso registras resentimientos y frustraciones con facilidad". Pedro era un alumno que no soportaba los problemas ni las petulancias. Era una bomba ambulante.

El señor del mundo en la época del Maestro de Nazaret era el tiránico emperador romano Tiberio César, un dictador sin escrúpulos, sexualmente libertino y que al mismo tiempo odiaba el cargo que ocupaba. Sólo quería extraer los poderes que de él emanaban. Por eso en los últimos años se retiró a la isla de Capri y ahí practicaba sus orgías sexuales. A pesar de haber dejado abandonada Roma, no descuidó la recaudación de impuestos, ya que la pesada máquina imperial dependía de onerosos tributos de las naciones dominadas.

Cierta vez, los saduceos, élite espiritual junto a los fariseos, que tenía una relación estrecha con el Imperio romano, quería silenciar a Jesús como fuera. Una forma "ética" era considerarlo subversivo y para hacerlo nada mejor que rechazar los impuestos debidos a Roma. Los saduceos aparecieron solapadamente y, en vez de preguntar a Jesús sobre su relación con el fisco romano, fueron con su alumno más ansioso, Pablo.

—¿Tu maestro paga impuestos?

Ante un cuestionamiento tan importante, capaz de tener un efecto en las relaciones sociopolíticas y llevar a Jesús a la condena sumaria por traición al Imperio, era obvio que el ayudante en turno debía llevar el asunto a su líder. Pero el vertiginoso gatillo mental de Pedro disparó:

—¡Sí! Claro que paga impuestos.

Probablemente Pedro disimuló o mintió. Nunca había visto a Jesús pagando impuestos a la tiránica nación de Roma. Mintió por miedo a la investigación, porque era híper afectuoso y por el riesgo de que se llevaran preso a quien tanto amaba. El caso fue llevado ante Jesús. Decir simplemente que sí a los esbirros de Roma quizá no era la respuesta que Jesús hubiera dado. Él no disimularía, ni mentiría. Era un hombre transparente. Al escuchar la respuesta que Pedro había dado, podría haber regañado a su alumno, condenar su impulsividad y su conducta política servil. Pero él corregía en privado y elogiaba en público. Nunca exponía públicamente el error de quien amaba, a diferencia de muchos padres, maestros y ejecutivos, que no pierden oportunidad de exhibir la estupidez de sus subordinados; son poco elegantes y descontrolados.

Una vez que Pedro hubo mentido, era mejor preservar la salud mental de su agitado alumno. En este momento, por extraño que parezca, Jesús salió de su condición estricta de ser un simple e inteligentísimo maestro y mostró su cara más poderosa, pero con mucho buen humor. Se dirigió a los saduceos y después se volvió hacia Pedro y le hizo una pregunta casi incomprensible:

—Pedro, ¿el hijo del rey paga impuestos?

De nuevo usó el arte de cuestionar para estimular a sus alumnos a pensar. De nuevo se rehusó a dar una respuesta rápida, aunque la tuviera en la punta de la lengua. Pedro, afecto a dar respuestas, esta vez frenó su mente. Pensó: "Espera un poco; si mi maestro es hijo de un rey, del rey de reyes, él no debería pagar impuestos, sino recibirlos".

Al ver cómo bullía el pensamiento en la mente de su alumno, su maestro, siempre con buen humor, intentó relajarlo. Le dio otra lección para que aprendiera el difícil arte de pensar antes de reaccionar.

—¿De quién es la efigie inscrita en esta moneda? —les preguntó a los saduceos.

—¡De César!

—Entonces dad al César lo que es del César, y a Dios lo que es de Dios.

Y sugirió que Pedro, un experto pescador, fuera a la playa y atrapara un pez. Hasta ahí, la tarea no era tan difícil. Lo complejo vendría a continuación. Dentro del pez encontraría una moneda y con ella saldaría el impuesto que había dicho que Jesús pagaría.

Durante el trayecto hasta el mar, Pedro debió de haber pensado muchas veces: "¡Mi maestro está bromeando! Ese fenómeno nunca ha ocurrido en toda mi historia de pescador. ¡Una moneda dentro de un pez es algo imposible! Voy a pasar vergüenzas. Pero lo que parecía antinatural ocurrió de la forma más natural posible. Pedro pescó el pez, lo abrió y encontró su moneda. Esa vez atrapó la paciencia y el autodominio de la impulsividad y no sólo un pez. Entrenó un poco más sus habilidades socioemocionales.

Al comentar esta historia, Marco Polo les dijo a sus impacientes alumnos:

—La ansiedad y la impulsividad son características de personalidades muy complejas y no están formadas por ventanas killer aisladas, sino por miles de ventanas. Por lo tanto, no se resuelven rápidamente, sino en un proceso de reedición continua. En casos más serios se solucionan con el uso de la psicoterapia y hasta con la intervención de ansiolíticos, sobre todo cuando hay insomnio y síntomas psicosomáticos persistentes. Quien se castiga cuando se equivoca queda fuera del juego de la salud emocional; quien cae y se mutila, también está fuera del juego de la felicidad real.

Y el psiquiatra comentó que en los últimos momentos del entrenamiento con su maestro, Pedro seguía teniendo reacciones intempestivas, aún era errático y rápido en disparar el gatillo cerebral, aunque fuera más maduro y consciente. En la última cena, su maestro habló emocionado:

—Todos ustedes me abandonarán como ovejas sin pastor —quiso decir que la soledad es difícil, pero ser abandonado por quienes amamos es mucho más difícil aún.

Marco Polo comentó que Jesús, como excelente gestor de su emoción, sabía que las personas más cercanas son aquellas que más pueden herirnos. Los enemigos nos decepcionan, pero sólo los amigos nos traicionan. ¿Qué hacer entonces, apartarse de todo y de todos? ¿Ser un ermitaño? No, usar la herramienta de gestión correcta. ¿Cuál?, se preguntó el psiquiatra. Y él mismo respondió:

—Darse, pero disminuir la expectativa del retorno. Esperar el retorno es algo digno, pero esperar en demasía el retorno es indigno contra nosotros mismos. Los padres que esperan mucho el afecto de sus hijos mueren angustiados. Las parejas que se cobran en exceso el retorno entre sí fallan en su romance. No vivas con alguien para ser feliz; vive para ser más feliz, pues feliz ya deberías ser.

Las palabras de Marco Polo fueron una bomba para sus alumnos. Otra vez, nunca habían pensado en estos temas, aunque estaban atorados en ellos hasta el cuello.

Eufórica, Florence comentó:

—Ah, cómo necesito eso. Vivir con alguien para ser más feliz, pues ser feliz ya debería por sí mismo ser tan... tan impactante. Somos tan ingenuos en nuestros romances.

Chang, perturbado, comentó:

—Yo parezco desapegado, burlándome de la vida, pero en el fondo espero demasiado de los demás. No puedo estar fuera del juego.

—Yo también —confesó Peter—. Siempre que peleaba contra el mundo, la soledad me derrotaba.

—¿También tú, Peter? —preguntó Jasmine, angustiada—. A mí me pasa lo mismo. Soy inquieta y parezco desapegada, pero me emociono cuando alguien me da un abrazo o una simple sonrisa.

—Yo muchas veces lloro sin lágrimas —admitió Martin, el joven alemán—. Es duro que los amigos te abandonen.

Marco Polo miró a sus alumnos, a quienes todos consideraban insensibles, verdaderos psicópatas, y les dijo:

—Muchos se asombrarían al contemplarlos hablando sobre sus sentimientos. Felicidades por la honestidad. Recuerden: quien no mapea sus fantasmas será víctima de ellos toda la vida. Por favor, entréguense sin miedo a ser decepcionados, pero exijan el mínimo retorno posible. Así aplicarán la gestión de la emoción contra la soledad. Vean el caso de Pedro. Él amaba a su maestro, no quería perderlo bajo ninguna circunstancia, pero no se conocía, no mapeaba los monstruos que devoraban su heroísmo.

Así, al escuchar a Jesús decir que ellos lo abandonarían, gritó:

—Todos te pueden abandonar, pero yo jamás lo haré. Si es posible, moriré contigo.

Pero el Maestro de maestros lo miró fijamente y le dijo, más o menos en otras palabras:

—Tú no te conoces. No sabes cuáles son las trampas mentales que te aprisionan. Te voy a dar una información y una lección inolvidables: antes de que el gallo cante dos veces, tú me negarás tres veces.

Después de describir este pasaje, Marco Polo interpretó:

—¿Jesús regañó a su alumno?

—No —replicó Jasmine.

—¿Le hizo a Pedro una sutil advertencia? —indagó el psiquiatra.

Ellos pensaron. Después, Florence respondió:

—Increíble. Él usó el canto de un ave para enseñar a Pedro a tener contacto con su fragilidad. No era una represalia, era una alerta suave.

—Aun a las puertas de la muerte, Jesucristo no excluyó a quien lo negó o lo traicionó. Incluso siendo abandonado, no renegó de sus alumnos. No es sin razón que él fue el líder y maestro más grande de la historia. ¿Ustedes repudian a quienes los frustran?

—Todos los días —comentó Peter.

—A todas horas —replicó Chang.

—Quien no es paciente para educar está apto para convivir con máquinas, pero no con seres humanos. Las máquinas no reclaman, no frustran ni exigen sabiduría. Quien acostumbra a señalar las fallas está habilitado para operar computadoras, pero no tiene vocación para formar mentes brillantes y libres —concluyó el pensador de las ciencias de la educación.

Y les dio otras grandes lecciones.

Comentó que una computadora con cinco años de uso ya está vieja y sobrepasada, mientras que un ser humano de 5 años apenas es un niño inocente, que poco sabe decidir, caminar solo y lidiar con sus crisis. Un ser humano de 12 años es un preadolescente inexperto e inseguro, mientras que muchos animales con esa misma edad ya están en la fase final de la vida.

—Un cerebro extremadamente complejo como el nuestro, con un sofisticadísimo proceso de formación de personalidad, exige décadas para formar millones de experiencias y alcanzar la madurez. Y, aun así, muchos tienen 40 o 50 años, pero su edad intelectual no pasa de 10 o 12 años.

Marco Polo concluyó diciendo que hay padres que sólo saben transferir dinero o dar cosas, pero no pueden transferir el capital de sus experiencias: hablar de las lágrimas invisibles, de las pérdidas que sufrieron, de los desafíos que enfrentaron. Pierden la oportunidad de formar plataformas de ventanas light para cimentar las nobles características de la personalidad.

—Ahora entiendo —dijo Florence, confesando algo que nadie sabía—. Mi padre es multimillonario.

—¿No me digas? Te voy a enamorar —dijo Chang bromeando, pero hasta ahora no había confesado que también era rico.

Florence completó:

—A pesar de ser millonario, yo siempre me sentí que mendigaba el pan de la alegría. Él me dio el mundo, pero nunca su propio mundo. Me pagó los mejores psiquiatras y psicólogos para que me conocieran, pero él mismo no me conoce, ni yo lo conozco.

En la era digital, las familias se habían convertido en un grupo de extraños, próximos físicamente pero infinitamente distantes emocionalmente.

Marco Polo completó:

—Los seres humanos ricos desde el punto de vista psiquiátrico son capaces de hacer mucho de poco, se encantan con la vida, consideran a las pérdidas como una oportunidad para ganar, las crisis como desafíos estimulantes. Los seres humanos bien resueltos no se mutilan, son afectivos consigo mismos. En Canadá, 30 por ciento de los alumnos se automutila.

—Yo me automutilé durante años en el baño de la escuela. Mis padres me golpeaban mucho. Recibían cien quejas diarias —confesó Sam—. Intentaba sentir el dolor físico para tratar de neutralizar mi dolor emocional.

—Yo también —confesó Florence.

—Yo no me mutilaba físicamente, pero sí emocionalmente. Cuando salía gastaba todo y mucho más con mi tarjeta de crédito. Y después, repleto de deudas, tenía que trabajar veinte horas diarias los fines de semana para pagar las cuentas. Me odiaba a mí mismo —admitió Víctor.

—Es vital enamorar a la vida antes de enamorar a alguien. Darse a uno mismo todas las oportunidades necesarias es algo fundamental. ¿Quién la enamorará de ahora en adelante? —preguntó Marco Polo a su emocionada audiencia.

Todos levantaron las manos. Pero él les dijo, categóricamente:

—¡No confío en ustedes!

Ellos se rieron y el psiquiatra concluyó:

—Recuerden siempre: el infierno emocional está lleno de personas bienintencionadas. Entrenen, entrenen y entrenen para cobrar menos y abrazar más. ¡Entrenen para no desistir de las personas que les fallan! ¿Entienden?

Los alumnos dijeron, colectivamente:

—¡Entendemos!

De nuevo respondieron rápidamente, por eso Marco Polo decidió ponerlos a prueba ahí mismo en ese salón de clase. Les dijo:

—Ya que dijeron que entendieron y, si me disculpan, dudo de que entendieran plenamente, el entrenamiento será aquí mismo, sólo con ustedes. Digan lo que piensan uno del otro.

—¿Qué? ¿Decir cualquier cosa? —indagó Peter.

—Digan lo que realmente sienten uno del otro. Quiero ver si saben enamorar a la vida.

—Eso es pan comido. Disparen, que yo aguanto —afirmó Chang.

—Eres superficial, Chang —dijo Florence.

—¿Superficial? ¡Y tú siempre fuiste arrogante!

—Arrogante, un cuerno. Yo soy la más sensata del grupo —dijo Florence.

—Esperen —intervino Marco Polo—. ¿Ves cómo no es pan comido, Chang? En dos segundos dejaste de enamorar a la vida. Perdiste el autocontrol, rebatiste impulsivamente. Y tú, Florence, no soportaste siquiera la primera crítica.

Ella movió la cabeza, confirmando su inmadurez. A su vez, Hiroto pensó, reflexionó, miró a Peter y le dijo:

—Peter de vez en cuando es un mentiroso y es poco confiable.

Peter golpeó en la mesa rabiosamente. Fue impulsivo también.

—Mentiroso y poco confiable eres tú, japonés irritante.

—¡Calma, amigo! Gran parte del tiempo eres notable.

—Alexander parece tan humilde con su dificultad para hablar, pero es un sujeto que apuñala por detrás —dijo Sam.

Alexander enfureció. Tomó a Sam por las solapas.

—Me estás llamando... traidor.

—Vaya, amigo. No tartamudeaste mucho para defenderte —dijo Sam, asustado.

—Tú tienes cara de terrorista, Sam —dijo Michael.

Sam rompió una silla y se fue encima de Michael.

—Sólo porque soy islámico dices que son un terrorista, prejuicioso —parpadeando y moviendo mucho los hombros, completó—: La gran mayoría de los musulmanes somos pacíficos, generosos, buenos amigos, hospitalarios.

—Calma, Michael, estoy poniendo a prueba tu impulsividad.

Sam respiró profundamente, y al fin se calmó. Cayó en cuenta de sí y dijo:

—Detrás de la aparente calma en nuestra mente hay un terremoto emocional próximo a explotar.

—Es eso mismo, Sam —comentó Marco Polo—. Ustedes conocen la sala de visitas de su personalidad, pero no su esencia, tal como Pedro no se conocía cuando juró que jamás negaría a su maestro. ¿Me negarán un día? Espero que no. Pero me estoy consagrando al disminuir la expectativa de retorno. Si no, estoy fuera del juego de mi salud mental.

Ellos se quedaron impresionados con el desequilibrio que poseían, con la violencia latente, con la hiperreactividad que estaba debajo del barniz de la tranquilidad. Muchos eran víctimas de una educación conflictiva que no transfería el capital más saludable de las experiencias, sino que paradójicamente repetían comportamientos de sus padres que decían detestar. Seguían regañando a quien se equivocaba, le gritaban a quien les decepcionaba, perdían la paciencia con quien no correspondía a sus expectativas. Marco Polo dejó una pregunta en el aire.

—Se equivocaron con ustedes, pero el desafío es: ¿qué hago con los errores que cometieron conmigo?

La educación de ellos fue enferma, estaban enfermos y seguían contribuyendo a formar personas enfermas. Tendrían la oportunidad de reinventar su historia, por lo menos la suya. Algo raro.

13

El médico de la emoción consideraba a cada ser humano como único e irrepetible

Varios periodistas, científicos, guionistas, escritores, filósofos viven la tesis de que un intelectual es un ser humano pesimista, o que no es emocionalmente saludable. Marco Polo tenía la tendencia a ser pesimista, por todo lo que había investigado sobre el psiquismo, por todo el conocimiento que produjo sobre los bastidores de la construcción de pensamientos, por todas las locuras que analizó en las sociedades modernas y por las innumerables críticas que elaboró sobre el sistema, pero entrenaba su emoción para contemplar lo bello e irrigar su emoción con placer. Tratar a profundidad con fenómenos estresantes sin perder la esperanza y el encanto por la vida era algo rarísimo, un ejercicio continuo, que él anhelaba.

Había descubierto y enseñado el síndrome depredador-presa, que está en la base de la autodestrucción de la humanidad. Somos dramáticamente mortales, pero actuamos como si fuéramos eternos. A muchos les costaba entender sus enseñanzas, incluyendo a sus alumnos, pues involucraban fenómenos que actuaban en milésimas de segundo en el cerebro. Él recapituló que en los focos de ansiedad, el ser humano detonaba el gatillo cerebral, que abría una ventana traumática, que a su vez generaba una tensión tan devastadora que el ancla de la memoria cerraba el circuito en torno a ella, impidiendo el acceso a millones de datos.

—En los primeros treinta segundos de estrés cometemos los mayores errores de nuestras vidas. En estos apasionados momentos se construyen palabras que nunca debían ser dichas o actitudes que jamás deberían tomarse. Recuerden que el síndrome de depredador-presa siempre determinó el comportamiento humano ante la presencia de amenazas, aunque sean reales o imaginarias. Muchos devoran emocionalmente a quienes aman cuando son contrariados.

—¿Cómo? —preguntó Florence.

—Elevando el tono de voz, sentenciándolos: "Nunca vas a lograr nada en la vida", criticándolos excesivamente.

—Toda la vida fui víctima de todas esas sentencias —afirmó ella.

Marco Polo completó:

—Muchos maridos prometen en el acto nupcial que amarán a sus esposas en la salud y en la enfermedad, en la pobreza y en la riqueza, pero las devoran con sus celos violentos, las discusiones interminables y las venganzas atroces. Y viceversa.

"En situaciones de riesgo, el ser humano acciona mecanismos primitivos y se puede transformar en un animal y reaccionar instintivamente. Sin embargo, vivir bajo riesgo era la marca existencial del Maestro de maestros. Sus ideas estaban tan adelantadas en el tiempo, eran tan revolucionarias, que le hacían correr el peligro constante de morir. En tiempos en los que no había redes sociales, sus mensajes provocaban una reacción en cadena, sus actos generaban poderosamente el fenómeno boca-a-boca y se propagaban como brasas en madera seca. Su notoriedad era de tal manera espectacular, que Herodes Antipas, el gobernador de Galilea, tenía mucha curiosidad por conocer al personaje que impresionaba a las grandes y pequeñas poblaciones. Pilatos ya había recibido muchas noticias sobre su fama, quería conocer al hombre que rescataba el ánimo de los miserables y los sueños de los desvalidos. Las personas sorprendentes son imposibles de ocultar, aunque desean el anonimato.

"La gran mayoría de los judíos de aquel tiempo era generosa; basta considerar el patrón de ética y altruismo de José, que no acusó a su mujer de adulterio, aunque ella estuviera embarazada de un hijo que no era suyo. Pero en toda sociedad siempre hubo tiranos, depredadores que no pueden ser mínimamente confrontados porque enseñan las garras. Cierta vez, un grupo de justicieros, entre ellos algunos fariseos, atraparon a una mujer en flagrante adulterio. Liberaron al hombre y apresaron a la mujer —relató Marco Polo.

—Pero eso es injusto —comentó Florence—. ¿Cómo liberan al hombre y apresan a la mujer?

El psiquiatra hizo entonces un comentario emocionado:

—Históricamente, los hombres tienen una deuda impagable con las mujeres. En promedio ellas son mucho más solidarias, amables, generosas e inteligentes emocionalmente que los hombres, pero a lo largo de los siglos, con raras excepciones, fueron apedreadas, silenciadas, torturadas, quemadas por los hombres. Ellas siempre cometieron menos crímenes horribles o violentos que los hombres. Muy rara vez desatan guerras, pues no quieren enviar a sus hijos a los campos de batalla.

—Pero conducen mucho peor sus autos que los hombres —dijo Chang.

—Equivocado. Son más cuidadosas al volante.

—¿Será? —preguntó Peter, dudoso.

Marco Polo continuó:

—Hoy en día, las mujeres todavía son minimizadas. Ganan menos por el mismo trabajo, sea en Japón, en China, en África, Europa o en las Américas. El Maestro de maestros siempre conoció las injusticias contra las mujeres, y siempre estuvo al lado de ellas, y ellas siempre estuvieron próximas a él, incluso cuando estaba en el madero. Y su bandera contra las injusticias sociales no era teórica. Tal vez hubiera sido un raro, si no el único, hombre que corrió el riesgo de morir para proteger a las mujeres que se prostituían, que él ni siquiera conocía.

—¿Qué hombre era ese que se dio tanto por las mujeres y los desvalidos? —indagó Florence, emocionada.

Marco Polo respondió:

—Él era "el médico de la emoción" y no un simple médico del alma humana. Para él, "quien no administre su emoción será verdugo de sí mismo y de los demás". ¿Quién de ustedes es un verdugo? Su foco no estaba en tratar las enfermedades, sino en prevenirlas. Él fue mucho más lejos de lo que la inteligencia emocional se propone hoy. Enseñó a las personas a ser líderes de sí mismas. Analicen la escena —y continuó su explicación.

Los verdugos de la mujer atrapada en adulterio la arrastraron por cientos de metros. Ella sangraba y suplicaba.

—¡Por favor, tengan compasión de mí! Lo hice porque tenía que sobrevivir.

Pero, como depredadores, no la oían; eran incapaces de ser empáticos. Violentos, querían usarla como carnada para silenciar la voz del intrigante maestro de Nazaret. Interrumpieron su lección al aire libre. Y rabiosos, preguntaron:

—¡Esta mujer fue atrapada en adulterio! Según nuestras costumbres debe ser apedreada. ¿Cuál es tu sentencia?

Después de este relato, Marco Polo preguntó a sus alumnos:

—¿Cuál fue la respuesta que él dio?

Muchos sabían la respuesta.

Peter tomó la delantera y dijo:

—Quien no tenga pecados, que tire la primera piedra.

—¿Estás seguro, Peter? —preguntó Marco Polo.

—Sí, eso fue lo que dijo —afirmaron Florence y Jasmine.

—Equivocado. Ésa fue la segunda respuesta. La primera respuesta consistió en una poderosa técnica de gestión de la emoción.

—¿Cuál? —preguntó Chang, curioso.

—¡El silencio proactivo! Él escribía silenciosamente en la arena —declaró Marco Polo.

—¿Silencio... pro... proactivo? —indagó Alexander, admirado—. Explícate mejor.

—Es un momento único en el que los focos del estrés se callan por fuera y gritan por dentro, cuestionándose. Por ejemplo: ¿quién me calumnió?, ¿por qué me criticó?, ¿qué hay detrás del ofensor?, ¿debo aceptar la ofensa que no me pertenece?

—Caramba. Esa técnica forma parte de la mesa redonda del Yo —concluyó Florence.

—Sí, pero mezclada con la del DCD —afirmó el psiquiatra.

Jasmine tuvo una notable iluminación.

—Vaya. A través del silencio proactivo, él abría las ventanas de su memoria, entrenaba a su Yo para pensar críticamente y daba respuestas inteligentes.

—Excelente, Jasmine, pero esa técnica iba más allá —señaló el psiquiatra.

Peter también se iluminó.

—Jesús estaba desarmando con su silencio proactivo el síndrome depredador-presa de los verdugos de aquella mujer.

—Exactamente. Y, al mismo tiempo, entrenando a sus discípulos a respetar a quienes son diferentes. El silencio calmado, sin expresión de terror, es la mejor forma de desarmar a alguien que está airado, nervioso, explosivo —explicó Marco Polo. Y continuó—: Después, perturbados positivamente con su silencio, los ejecutores de aquella mujer "prostituta" volvieron a preguntar: ¿cuál es tu veredicto?

Antes de continuar su explicación, Marco Polo preguntó a sus alumnos:

—Y si la pregunta hubiera estado dirigida a sus discípulos, ¿cuál habría sido la respuesta?

—Algunos ciertamente dirían: ¡tiren las piedras! —comentó Florence.

—¿Tú tirarías piedras si hubieras estado allá, Peter? —cuestionó Marco Polo.

En un primer momento, Peter no tuvo el valor de responder. Martin, cohibido, habló por él:

—Yo tal vez las tiraría.

—Yo también —afirmó Chang.

—Hasta hoy tiro piedras a quien me contraría —declaró Sam.

—Apenas ayer tiré piedras por el celular cuando mi madre me hizo una crítica —relató Yuri.

Marco Polo concluyó:

—Somos especialistas en tirar piedras a quienes deberíamos abrazar. ¿Cuántas piedras han tirado?

—¿Y tú ya tiraste piedras, doctor Marco Polo? —indagó Jasmine, valerosamente.

Él le sonrió y contestó:

—Sí, lo hice. Algunas veces fui rápido para criticar, discutí innecesariamente, hablé en un tono poco elegante. Pero con el paso de los años descubrí que quien tira piedras lo hace porque se cree perfecto, aunque falsa e hipócritamente. Hoy, al descubrir mis defectos, me volví rápido en abrazar y lento en juzgar.

Sus alumnos no se esperaban esa declaración. De nuevo quedaron atónitos con la transparencia de su entrenador.

—Y tú, Jasmine, ¿has tirado piedras? —preguntó Marco Polo.

—Con frecuencia; he sido una hipócrita incapaz de ver mis defectos. Al participar en este entrenamiento, siento que soy tan imperfecta y descontrolada...

Marco Polo concluyó:

—Millones de padres e hijos, maestros y alumnos, se apedrean emocionalmente casi mensualmente. En algunos casos, diariamente. No corre la sangre en las salas de las casas y en el salón de clases, pero corren dolores y resentimientos mutuos. Del mismo modo, los ejecutivos son expertos en tirar piedras a sus colaboradores; saben lidiar con las máquinas, pero no cómo administrar a los seres humanos y hacer aflorar lo mejor de ellos.

Después de traer las experiencias del pasado para convertirlas en lecciones en el presente, el psiquiatra comentó:

—Después de ser cuestionado por segunda vez sobre su veredicto, él autorizó el asesinato de la mujer.

—¿Lo autorizó? ¿Cómo es eso? —preguntó Florence, asombrada.

—Sí, él autorizó el apedreamiento, pero cambió la base del juicio —afirmó el psiquiatra—. Él dijo: quien no tenga errores ni fallas, que tire la primera piedra.

—Vaya, qué inteligencia. Él sabía que no era posible hablar bien de la mujer, pues él y ella morirían inmediatamente. Él elogió la capacidad de juzgar de aquellos verdugos, anulando el síndrome depredador-presa —concluyó Jasmine.

Florence también fue muy lúcida al comentar:

—Por lo que estamos estudiando, independientemente de una religión, Jesús no fue tal vez el hombre más inteligente de la historia, sino el mayor pacifista y de hecho el mayor defensor de las mujeres. Corrió el riesgo de morir por una mujer adúltera que no conocía. Cambió la base del juicio de aquellos justicieros, alentándolos a que mapearan sus fallas y locuras, para después cumplir la sentencia. De este modo, transformó el paisaje del inconsciente de esos hombres, haciendo que desplazaran el ancla de la memoria hacia las ventanas killer de sus propias fallas.

Marco Polo aplaudió solemnemente.

—¡Bravo! ¡Bravo! Ustedes son increíbles.

—Adulador de las mujeres —dijo Chang—. Es broma. Siempre creí que las mujeres eran más inteligentes que los hombres; el problema es que inventaron la tarjeta de crédito —y soltó una carcajada.

Perplejos con la osadía del Maestro de maestros, los justicieros salieron avergonzados de la escena.

—Tal vez fue la primera vez en la historia que los justicieros abandonaron las armas en los focos de tensión y pensaron antes de agredir o matar.

Sam abordó:

—Si les pidiéramos a las personas que están peleando que pensaran en su agresividad y se pongan en el lugar de los adversarios, continuarán agrediéndose. Son imparables.

—De hecho sí, Sam, principalmente porque su Yo no aprendió a hacer un silencio proactivo —y Marco Polo continuó—: La mujer rescatada estaba completamente asustada, pero, con gran delicadeza, él no la tachó de adúltera, sino de mujer, de "ser humano". Él la exaltó como un ser humano único, especial, notable, independiente de sus errores y de su historia. Le dijo: "Mujer, ¿dónde están tus acusadores?".

—Pero él sabía que los fariseos se habían retirado de la escena. ¿Por qué le hizo esa pregunta? —quiso saber Florence.

—Piensa y responde tú misma, Florence.

Ella estaba impresionada con el entrenamiento de Marco Polo hoy y del Maestro de maestros en el pasado. Después de hacer una introspección, respondió:

—Porque él deseaba que ella construyera su respuesta y se reinventara.

—Porque él tampoco quería acusarla —completó Jasmine.

—Jesús, conmemorado en Navidad y en el "día de acción de gracias", es el personaje más famoso de nuestra nación, pero tal vez sea el menos conocido por su inteligencia. Ni las religiones, ni las universidades, ni siquiera Hollywood fueron justos al abordarlo —analizó Michael, apropiadamente.

Los alumnos de Marco Polo, considerados insignificantes por las universidades donde estudiaban, daban cada vez un salto tan grande en su intelectualidad que penetraban en las capas más profundas del teatro psíquico. Cuando dejamos de ser audiencia y nos convertimos en protagonistas del teatro social nunca más volvemos a ser los mismos.

—Otra vez hizo una pregunta y no dio una respuesta rápida —ponderó Víctor.

—Él no que... quería... co... cohibirla ni preguntarle con cuantos ho... hombres había dormido —comentó asertivamente Alexander.

—Exactamente, Alexander. ¿Pensaron en cuántas lágrimas debió haber llorado en su infancia? ¿Imaginaron las pérdidas que sufrió? Tal vez no tenía padres, parientes, amigos, y la única forma de sobrevivir era prostituirse. El Maestro de maestros la respetó en prosa y en verso. Y al preguntar delicadamente: "¿Dónde están tus acusadores?", ella le dijo: "Se fueron". Y él finalizó diciendo, con otras palabras: "Ve y reflexiona. No me debes nada, no necesitas seguirme, sólo reflexiona sobre tus problemas y reconstruye tu historia".

Jasmine se emocionó con esa interpretación:

—¿Qué tipo de gentileza es esa con quien era considerada adúltera y candidata a ser apedreada? Es sorprendente que se despidiera de ella, que no la presionara siquiera para ser su seguidora.

—Fascinante —declaró Florence. Y recordó las primeras clases—: El doctor Marco Polo se despidió varias veces también, no nos presionó a estar en el entrenamiento.

—Pues es que tuve un excelente maestro —declaró el psiquiatra, hablando sobre su minucioso análisis de las herramientas utilizadas por el médico de la emoción.

De repente, Chang llegó a una brillante conclusión:

—El Maestro de Nazaret estaba entrenando a los pescadores justicieros, sus alumnos paranoicos a que no tiraran piedras, y viajaran dentro de sí mismos y se pusieran en el lugar de los demás.

—¡Bravo, Chang! ¿Cómo lograste elaborar esa conclusión? —preguntó Peter, admirado con el payaso.

—Felicitaciones, Chang —elogió Florence.

—Soy maravilloso. Entendí todo. Ya no tiraré más piedras —dijo Chang, convencido.

—No seas falso —rebatió Víctor.

—El falso eres tú, paranoico.

—Listo, ya tiraste una piedra —apuntó Jasmine.

—Esperen, estaba bromeando. Víctor es un tipo admirable.

—¿Estás seguro de que entendiste todo, Chang? —preguntó el psiquiatra, intrigado.

—Convencido, maestro —dijo el chino en tono de broma.

—Entonces estás apto para practicar.

—¿Practicar qué? —preguntó Chang, tragando saliva.

—Practicar la herramienta de este entrenamiento.

—Ahí viene el plomo —comentó Michael.

—Te debías de haber quedado callado, Chang —dijo Peter.

—Muy bien. Ustedes van a salir de aquí ahora y buscarán a unas prostitutas; van a preguntarles cuántas piedras les han tirado. Indagarán sobre las lágrimas que lloraron y sobre las lágrimas que nunca derramaron. Penetrarán en sus historias y las abrazarán.

—¿Dialogar con prostitutas? ¿Preguntar sobre sus historias? ¿Cómo? No somos psicoterapeutas —cuestionó Yuri.

—Pero son seres humanos, y los seres humanos dan un hombro para ofrecer apoyo y el otro para llorar.

Michael, cohibido con el ejercicio, titubeó:

—Maestro, ¿ya pensaste en lo que nos estás proponiendo? Esas mujeres duermen cada día con un hombre distinto. No quieren diálogo, quieren dinero.

—Es verdad. ¿Cómo nos vamos a acercar a ellas? Se van a reír en nuestra cara —comentó Peter.

A Marco Polo no le gustaron estos comentarios.

—Michael y Peter, les están tirando piedras. Ustedes saben lo que es el dolor de la discriminación, ¿cómo es que están convencidos de que lo que ellas quieren es dinero? ¿Cómo saben que se burlarán de ustedes? ¿Ya hablaron con ellas? ¿Ya entraron en sus pesadillas? La fina capa de color de la piel negra o blanca jamás puede discriminar a los seres humanos con la misma complejidad intelectual, ni tampoco los comportamientos que ustedes desaprueban. Ustedes pueden no estar de acuerdo con los comportamientos de esas personas, pero respétenlas.

—Estamos perdidos. Estamos entrando en un campo gélido —dijo Hiroto—. Yo he dormido con prostitutas, pero nunca dialogué con ellas.

—¿Qué prejuicio es ése? Vamos a entrar a fondo en la historia de esas heroínas de esta sociedad excluyente —afirmó Florence.

—¿Estás segura de que servirá practicar esto, Florence? —preguntó Peter.

—¡Claro! —afirmó ella.

Y después de este embate, Marco Polo propuso otro ejercicio polémico.

—En Los Ángeles hay cerca de cincuenta mil indigentes. Busquen a estos pobres mendigos que viven en las calles sin protección social. Extiéndanles las manos, investiguen sus sueños y pesadillas, consuélenlos y báñenlos.

—¿Estás bromeando, profesor? Esos tipos hieden más que un difunto —cuestionó Chang.

—No, no, no. Fuiste demasiado lejos, maestro —afirmó Jasmine, sudando frío—. Yo tengo TOC, le tengo horror a la falta de higiene.

—Mi salud no es buena. Me da miedo que me contaminen —afirmó Hiroto.

Pero a Marco Polo no le importaron sus quejas.

—Discúlpenme, pero es mi entrenamiento, y mis ejercicios.

El "Líder más grande" soñaba noche y día con que la humanidad juzgara menos y abrazara más, amara incondicionalmente, perdonara tantas veces como fuera necesario, diera lo mejor de sí a los fragmentados, recogiera las piedras y extendiera las manos a los heridos de alguna forma. Pero el tiempo pasó, y miles de millones de personas de las más diversas sociedades, más de la mitad de la humanidad, incluyendo a millones de religiosos, se enviciaron —como los drogadictos— en discriminar, excluir, regañar, cobrar, castigar, criticar excesivamente. Seguimos tirando piedras en la sala de las casas, en las clases, en el patio de las empresas, en las redes sociales. Incluso nuestra indiferencia ante el dolor ajeno es una piedra traumatizante. Marco Polo le dio la espalda a su grupo de alumnos y salió de ahí sin decir nada más...

14

El médico de la emoción tiene que buscar oro en los suelos de la mente humana

Los doce alumnos de Marco Polo se dividieron en dos grupos de seis miembros, y salieron a buscar oro en los suelos rocosos de la mente de los seres humanos considerados despojos de la sociedad, personas que a nadie le importaba si estaban vivas o muertas. Eran anónimos que deberían ser enterrados en los suelos de su insignificancia. Sin embargo, hubo un hombre que fue contra la corriente de esta atrocidad. Al individualizar a cada ser humano y considerarlo una estrella viva en el teatro de la existencia, independientemente de su currículo social, Jesucristo se mostraba no sólo como un hombre revolucionario, sino como un educador de líderes apasionados por la humanidad, tan revolucionarios como él.

Su entrenamiento abordaba de frente los cuatro deseos neuróticos que infectaban la humanidad: 1. El deseo neurótico de poder; 2. El deseo neurótico de controlar a los demás; 3. El deseo neurótico de ser el centro de las atenciones sociales; y 4. El deseo neurótico de querer tener siempre la razón.

Era posible inferir que si todos los líderes mundiales pasaran por un entrenamiento mínimo como el propuesto por el Maestro de Nazaret, la administración de las ciudades, los Estados, los países y las empresas sería más eficiente, fraterna e inteligente. Las instituciones religiosas serían más saludables, altruistas y trascendentales.

Los alumnos del Maestro de maestros y de Marco Polo estaban aprendiendo no a tener una compasión y tolerancia superficiales, sino a ser buscadores de oro en los suelos de los seres humanos, ricos o pobres, éticos o mundanos, intelectuales o iletrados. Los jóvenes alumnos del psiquiatra parecían ser desapegados, temerarios, audaces, atrevidos, se burlaban de todo, pero tales comportamientos sólo se manifestaban dentro de un guion programado; cuando se salían de este guion, su inteligencia se trababa. Parecían niños en una cueva de leones, frágiles, tímidos, con miedo de caer en el ridículo o ser devorados por lo inesperado.

Florence, Alexander, Sam, Víctor, Michael e Hiroto fueron a contactar a los indigentes, a dialogar con ellos, a explorar sus experiencias, sus aventuras y, ¿quién sabe?, darles una inmersión refrescante para completar el baño emocional que previamente les proporcionarían. No tenían idea de que había miles de personas sin techo en Los Ángeles, viviendo en condiciones indignas en el país más rico del mundo. Víctor y Florence eran de familias relativamente acaudaladas. Alexander, Sam, Michael e Hiroto eran de clase media. Como nunca habían pasado necesidades, no imaginaban el valle de dolor que esos indigentes atravesaban.

Alexander vio a dos indigentes sentados en una acera. Cabizbajos, con la vista fija en sus pies, aparentemente estaban desolados. Sobrevivir era un peso enorme. Intentó abordarlos con gentileza, pero como estaba ansioso tartamudeó aún más.

—¿Po... po... po... drían dar... dar... darme su a... atención?

El indigente no le prestó la atención solicitada. Él insistió.

—¿Po... po... drían...?

Como se tardaba en completar la pregunta, uno de los indigentes fue directo en su necesidad.

—¿Cuánta plata traes?

—¿Pla... plata?

Víctor, observando el ambiente tenso, se puso al frente y dijo:

—Señor, no traemos plata —inclinó la cabeza y dijo, un tanto cohibido—: Vinimos a ofrecer un hombro amigo.

El otro indigente lo miró rápidamente y disparó:

—Ohhh, presumido. Ya tenemos dos hombros.

Florence intentó ser más explícita.

—Señores, venimos a dialogar sobre su historia, sus vidas, sus aventuras.

—¿Nuestras vidas? ¿Nuestras aventuras? ¿Quiénes son ustedes? —y después miró al otro indigente y le dijo—: Lo que nos faltaba. Encontramos a una banda de locos.

El diálogo parecía imposible.

—Sus historias deben ser muy interesantes —especuló Michael.

El primer indigente lo miró y después recordó su ardua historia, y comentó con emoción:

—¿Es una broma esto? A nadie le importa si estamos vivos o muertos. Nunca existimos para la sociedad, ¿y ahora vienen a decirnos que nuestras historias deben ser interesantes? Vivan dos o tres días en las calles y después juzguen —concluyó el andrajoso. Sus ojos se llenaron de lágrimas mientras hablaba.

La "gambusina" Florence, que se estaba volviendo especialista en explorar los suelos rocosos de las mentes cerradas, usó su sensibilidad.

—Pero ustedes existen para nosotros. Y estamos siendo honestos. Sé que nuestros mundos son diferentes, que no pasamos por el dolor que ustedes han pasado, pero me haría muy feliz conocerlos un poco. Yo también he pasado mis dolores.

—¿Qué dolor, niña? —preguntó uno de ellos.

—El dolor de la depresión. El dolor de tener una cama confortable, pero no tener descanso. El dolor de tener una mesa abundante, pero no tener apetito. El dolor de sentirme sola en medio de la multitud.

Ellos la miraron con intensidad. Después, uno de ellos extendió las manos hacia ella y le dijo:

—Tú eres una de nosotros —y, conmovido con sus palabras, completó—: ¿De verdad quieres conocernos?

Fue entonces que hizo un relato emocionadísimo.

—Mi nombre es Radesh. No siempre fui indigente. Viví muy bien y con buena posición social y financiera, hasta que el mundo se derrumbó sobre mí. Yo era un ejecutivo de una importante empresa en Silicon Valley, pero el cielo y el infierno emocional están muy próximos a los líderes de las empresas que están en un proceso continuo de cambio... —hizo una pausa y continuó—: Para nosotros, que liderábamos empresas digitales, no bastaba con corregir los errores, teníamos que prevenirlos; no era suficiente ser eficientes, teníamos que anticiparnos a las tendencias. Tú puedes mantener esas habilidades por un tiempo, pero no todo el tiempo. Presionado día y noche para innovar, me castigaba por no conseguirlo. Ante un fracaso... en un ataque de furia rompí todo lo que estaba a mi alrededor, desde las computadoras hasta los objetos sobre mi escritorio. Fue un escándalo. Me convertí en el más loco de Silicon Valley. Y por cierto, Silicon Valley es una fábrica de billonarios, pero también es una fábrica de psicosis, depresión y suicidios.

Radesh se enjugó los ojos con las manos. Pero lo peor de su historia estaba por venir. Relató:

—Fui despedido de la empresa, me deprimí, y quedé ahogado en deudas. Comencé a tener miedo de mí mismo, miedo de mis crisis, miedo de comenzar todo de nuevo. No duraba más de un trimestre en la misma empresa. Mis crisis depresivas aumentaron y, al final, mi esposa se separó de mí y se llevó a mis hijos a la India, mi país de origen. Solitario, sintiéndome el peor de los hombres, fui internado tres veces, intenté suicidarme en dos ocasiones. A partir de ahí me etiquetaron como portador de una depresión psicótica. Ése es un resumen de mi historia. Silicon Valley exalta las mentes brillantes, pero las descarta con facilidad. Fui despreciado y ahora estoy en las calles. Por cierto, en San Francisco, como en muchas otras ciudades de California, hay varios indigentes que otrora fueron personajes ilustres.

Radesh nunca más volvió a fortalecerse, fragmentó su autoestima, lo cual asfixió su capacidad de reinventarse. Y mirando a su amigo, lo animó a compartir también su triste historia.

—Me llamo Fernández. Era un indocumentado en este país. Trabajaba 16 horas al día de lunes a lunes para sobrevivir. De día trabajaba en la construcción, de noche y de madrugada limpiando restaurantes. Los fines de semana podaba el césped de las casas. Mi esposa no soportó estar casada con un hombre que no existía para ella ni para nuestros hijos. Se separó, vivía mejor sin mí, haciendo limpieza en las casas de los ricos. Pero lo peor no fue perder a la mujer de mi vida, lo peor fue haber perdido a mis dos hijos —y guardó silencio.

—¿Qué pasó? —preguntó Florence, preocupada.

—Trabajaba tanto que no le presté atención a mi pobre González, mi hijo mayor. Soy un traidor. Traicioné el tiempo en que debería elogiarlo, abrazarlo y dialogar con él.

Los alumnos se acordaron de las palabras del maestro Marco Polo.

—Todos somos traidores. Unos traicionan a quien aman, pero otros traicionan su sueño, su tranquilidad, su salud mental. Se cobran de más a sí mismos...

—Cuando me di cuenta, él ya era un drogadicto. Intenté ayudarlo, pero ¿qué puede hacer un padre sin tiempo y sin dinero? —Fernández se soltó llorando. Florence, Alexander, Sam, Víctor, Michael e Hiroto quedaron conmovidos con su historia. Y por fin, él completó —: Durante la separación, mi hijo mayor murió de sobredosis de heroína. Pobre hijo —y después de hacer ese relato, dijo—: Mi hijo menor vive con su madre, pero no quiere ver la cara del padre fracasado, deprimido. Él me culpa por la muerte de su hermano. Dice que no le presté atención. Y tiene razón.

Radesh abrazó a Fernández para consolarlo.

De nuevo, los alumnos recordaron las intrigantes palabras de Marco Polo, el pensador de la psiquiatría:

—Hay muchos anónimos que viven en California, en la tierra de Hollywood, que son portadores de una historia riquísima, pero a nadie le importan esas historias reales, crudas, concretas. Muchos, al borde de la desesperación, salen a la calle sin rumbo, buscando la dirección más importante, una dirección que muchos millonarios de Silicon Valley y productores y celebridades de Hollywood jamás encontraron, dentro de sí mismos. Había una explosión de trastornos emocionales y suicidios en curso en las sociedades modernas que le quitaba el sueño a Marco Polo.*

Florence abrazó a ambos sin importarle el olor que exudaban. Enseguida les dijo:

—Me gustaría consolarlos, pero no sé cómo. Sólo puedo decirles que todos los días busco una mejor versión de mí misma. Si abrazo a quien es diferente de mí y le ofrezco un hombro amigo, entonces hoy soy una mejor versión de mí misma. Si contemplo las cosas pequeñas y bellas a mi alrededor, también soy una versión mejor de mí misma. Si tengo paciencia, si juzgo menos y soy más tolerante, sigo siendo una pequeña mejor versión de mí misma.

Radesh miró a Florence profundamente tocado por su inteligencia y sensibilidad.

—Muchas gracias, pero muchas gracias de verdad. Una muchacha herida me enseñó que no necesito hacer grandes cambios, sino sólo buscar cada día diminutas versiones mejores de mí mismo —de pronto se detuvo, miró hacia lo alto y dijo—: Miren al infinito y escuchen al universo gritando... ¿Pueden oírlo?

—¿Cómo es eso? —preguntó Florence.

El resto de los alumnos intercambió miradas y se rieron internamente creyendo que el indigente estaba teniendo un brote psicótico. Pero él los puso en su lugar con su perspicacia y sabiduría.

* El doctor Augusto Cury, autor de esta novela psiquiátrica/sociológica, desarrolló el primer programa mundial de gestión de la emoción para la prevención de trastornos emocionales y suicidios, que está cien por ciento en línea y es cien por ciento gratuito, y está disponible para todos los países, sin previa autorización. Ya existe la traducción al inglés, español, chino y otros idiomas. Puede acceder en www.voceeinsubstituivel.com.br

—Al dirigir mi mirada hacia el infinito me hago pequeño, a tal punto que mis problemas y conflictos se diluyen en el espacio-tiempo, pero cuando miro hacia dentro de mí me desmorono, mis lágrimas parecen más grandes y densas que las nubes que lloran sobre la tierra; mis pérdidas se vuelven más grandes que las estrellas que explotan cuando disminuye su energía y se convierten en supernovas; mis dolores se inflan más que el Big Bang y parecen llenar los más de 100 billones de galaxias en el universo.

Michael, que era un estudiante de astronomía, quedó profundamente conmovido con esas palabras. Radesh, sin conocer la técnica de la teatralización de la emoción, acababa de practicarla. Y el TTE lo llevó a transportarse, a través de la empatía, a entender mínimamente la dimensión astronómica del dolor emocional.

Fascinado, le preguntó al gran personaje que vivía en la piel de un harapiento:

—Pero... a final de cuentas, ¿quién es usted?

—No importa.

—Tal vez importa que usted sepa que hubo un pensador de la astronomía que dijo que el pensamiento del observador altera la realidad, aunque haya un abismo insondable entre el conocimiento del observador y la realidad del objeto. Tal vez importa saber que otro pensador, muy inteligente y al que admiro, pero que fue tachado de loco, dijo que "todos somos niños jugando en el paréntesis del tiempo...".

El harapiento se volteó, miró a Michael a los ojos, y le preguntó curioso:

—¿Tú me conoces?

—Usted es Radesh. Pero ¿dónde trabajaba antes de Silicon Valley? —indagó Michael, completamente sorprendido.

—Era un profesor de "física teórica".

—Entonces usted... Algunos decían que usted era el genio psicótico que anda por las sombras de las grandes ciudades.

Radesh pensó y comentó:

—No es un apodo tan malo. De genio y loco todo el mundo tiene un poco.

Después de eso, Radesh sacó de su mochila una botella de whisky barato y le sirvió a su amigo Fernández. Enseguida ofreció la bebida en el mismo vaso a los alumnos de Marco Polo. Sólo Michael y Víctor se arriesgaron a beberla, pero la escupieron tan pronto la pusieron en su boca de tan mala que era. Después de ese encuentro con Radesh y Fernández, esos alumnos quedaron de tal manera impactados que comenzaron a visitarlos con frecuencia y a construir puentes con otros indigentes. Aprendieron a recoger las piedras y a extender sus manos. Retiraron, por lo menos un poco, el tapete del prejuicio de esos indigentes que pisaron y los abrigaron bajo el techo del amor.

Entrenados a pensar críticamente, esos alumnos comenzaron a observar también algo que nunca habían pensado. Michael sintetizó ese descubrimiento:

—Hay muchos mendigos emocionales, atormentados por sus miedos, angustias, autocastigo, pensamientos secuestradores, pero que usan ropa de moda, celulares ultramodernos y viven en buenas residencias.

"De hecho, según nuestro maestro, hay 800 millones de miserables que no tienen que comer, más de 99 por ciento de la población mundial mendiga el pan de la alegría y la tranquilidad. Están tan desnutridos mentalmente que son incapaces de preguntarse: ¿quién soy?, ¿por qué vale la pena vivir? Los mendigos emocionales son lentos en acoger y rápidos en tirar piedras verbales como: '¡Irresponsables!', '¡alienados!', 'tú no vas a hacer nada en la vida', 'yo no me mezclo con esta gente'."

Los mendigos emocionales estaban abarrotando los salones de clase, las familias —incluso las más acaudaladas—, las religiones y otras instituciones. Éramos una especie pobre en empatía y especialista en tirar piedras.

15

El líder necesita hacerse pequeño para transformar a los pequeños en grandes

Al mismo tiempo que el grupo abordaba a los mendigos, otro grupo —formado por Peter, Chang, Jasmine, Víctor, Yuri y Harrison— fue a buscar diamantes emocionales en los suelos de la personalidad de las prostitutas. Sabían que en muchos rincones de Los Ángeles había personas que vendían su cuerpo, pero nunca se habían adentrado en este submundo. Para ellos ahí sólo había cuerpos entrelazándose, susurros sexuales, instintos satisfaciéndose.

Había una prostituta de ropa ajustada y corta, cuyo nombre era Samantha, apostada en una calle semioscura en la periferia de la zona este. Samantha era una inmigrante ilegal llegada de Serbia; tenía 30 años, pero las arrugas alrededor de los ojos y la piel deshidratada del cuello indicaban una apariencia entre 40 o 45 años. Su infancia difícil y su adolescencia traumatizante la hicieron buscar el sueño americano. Un sueño que se convirtió en pesadilla. Sin aptitudes, indocumentada, teniendo que trabajar día y noche para sobrevivir, después de dramáticos percances, algunos hombres inescrupulosos la obligaron a vender su cuerpo para ganarse la vida, pero en pocos años sería descartada como un envase que se usa y se tira en algún lúgubre depósito.

Este grupo de alumnos había sido apedreado de múltiples formas, pero todo su dolor no los convirtió en seres humanos generosos, preocupados por las causas sociales. El síndrome del pensamiento acelerado es el mal del siglo, y la indiferencia es el mal de las sociedades digitales. Vivían un personaje, mostrándose felices, delgados, esculturales, pero llorando por dentro. El dolor es un cuchillo que puede modelar monstruos o lapidar a los seres humanos solidarios. Sólo que ahora estaban siendo apedreados para conquistar uno de los mejores placeres humanos: hacer felices a los demás.

Samantha era el prototipo de la violencia contra las mujeres. Y para empeorar su drama, era alquilada por verdugos que se creían dueños de su cuerpo. Miembros de la mafia oriental que actuaban en suelo americano amenazaban con denunciarla al servicio de migración si no servía a sus intereses.

—Vamos, mugre "vaca". Tienes un encuentro más con un hombre que tiene un pie en la tumba —dijo sin compasión alguna uno de los proxenetas que la explotaban.

El día en que recibió esa orden estaban tres sujetos. Mal encarados, vestían largos sacos para esconder las armas blancas y de fuego que portaban. Pero Samantha había llegado al límite. Ya no soportaba ser tratada como una esclava sexual.

—No, no voy —dijo angustiada.

El segundo sujeto, el más alto, insistió:

—Claro que vas a ir, méndiga prostituta. El moribundo va a pagar mil dólares. Tiene 90 años de edad. Sólo se va a divertir. Y tú te llevarás el 20 por ciento. Doscientos dólares.

Echándose a llorar, ella protestó:

—No soporto más. No voy a ir.

Ellos intercambiaron miradas.

—Te daremos 250 dólares y nada más —dijo el segundo sujeto.

—Pero ¿cuál es el precio de la libertad? —dijo ella—. Estoy deprimida, no tengo alegría de vivir.

—¿Y desde cuándo las prostitutas tienen emociones? —dijo el tercero, el más atroz. Era el jefe de la organización criminal, especialista en trata de mujeres—. Pero ya que crees que las tienes, te daremos tres opciones. O aceptas al viejo o serás deportada. ¿Cuál es tu opción?

La segunda posibilidad le quitaba el sueño: sería acusada como criminal y deportada, se apartaría de su amado hijo, Josef, de siete años, o lo llevaría consigo a pasar hambre, pues no tenía padres ni parientes cercanos en su país de origen. El chico no sabía que su madre se prostituía para garantizarle la vida.

Ella optó por el silencio. En este momento, el más cruel de los sujetos la abofeteó sin piedad. Ella gritó de dolor.

—Vaya, ésta tiene sentimientos — dijo, sin escrúpulos.

Enseguida, la agarró por un brazo y el segundo la sujetó por el pelo y la arrastró más de veinte metros para aventarla en su auto.

—Tercera opción: morirás para servir de ejemplo a las otras —sentenció el jefe de la pandilla.

—Voy, sí voy.

—Demasiado tarde. Pagamos caro para traerte ilegalmente a este país de los sueños y las pesadillas. Eres una desagradecida —dijo el hombre, refrendando su sentencia.

—Déjenme en paz —gritaba. Y en un intento de obtener de esos psicópatas un mínimo de compasión, soltó un secreto que jamás debería haber contado—: Por favor. Tengo un hijo que criar.

En este momento, ellos se detuvieron y le dieron una cuarta opción.

—¿Un hijo? ¿Lo escondiste de nosotros?

Ella se puso pálida. El jefe del grupo le arrancó la pequeña bolsa. Hurgó en los espacios ocultos y finalmente encontró la foto de un niño de siete años. Él sonreía en la foto con la madre. Josef era su único placer de vivir en Estados Unidos.

—Cuarta opción, la muerte de tu hijo.

—No, no.

—Esperen —dijo el jefe—. No habrá una cuarta opción. Tú ya fuiste sentenciada.

Los alumnos de Marco Polo vieron la escena de lejos y quedaron en shock.

—¿Qué están haciendo con aquella mujer?

—No sé, pero parece que la están golpeando —dijo Chang—. Es mejor irnos y llamar a la policía.

—Esperen. Recuerden a la mujer que casi fue apedreada en la plaza pública por los religiosos. Jesús arriesgó su vida por una mujer que no conocía. ¿Por qué no nos arriesgamos por ella?

—¿Estás loco, Peter? —dijo Yuri.

—Vámonos —dijo Víctor, tenso—. Estos hombres descubrirán nuestras direcciones, nos secuestrarán, nos descuartizarán y quién sabe si algo peor.

—¿Hay algo peor que descuartizar? —dijo Chang.

—Peter, el Maestro de maestros usó una sabiduría extrema para rescatar a esa mujer, pero ¿qué sabiduría poseemos nosotros? —cuestionó Jasmine.

—La mejor sabiduría es el amor por los heridos. Si no actuamos, ella podría morir —dijo Peter, mostrando por primera vez compasión por alguien desconocido.

—Los héroes mueren temprano —afirmó Harrison.

—No somos héroes, somos seres humanos preocupados por el dolor de otro ser humano —y, aún con temor, se separó de sus dos amigos y fue hacia la mujer y sus verdugos. Jasmine lo acompañó.

—Peter, espera. ¿Me voy a morir sin gastar mi dinero? —dijo Chang, recordando su herencia, pero nadie entendió nada. Nadie sabía su secreto.

Pero no dio tiempo. Peter era demasiado impulsivo y también se estaba volviendo demasiado afectuoso. Era un callejón sin salida. No había nadie en la calle. Parecía que todos sabían que ése era un lugar poco recomendable para transitar. El resto de los miembros estaban muy atrás, caminaban lentamente mirando a los lados, para no ser percibidos como intrusos. Al ver a una pareja, Peter y Jasmine, ir hacia ellos, los agresores de la mujer se pusieron aprensivos.

Peter y Jasmine metieron las manos en el saco como si estuvieran empuñando un arma.

—¿Cómo te llamas? —le preguntó Peter a la mujer.

El jefe de los agresores dijo lacónicamente:

—Son mil dólares por una hora. Las parejas pagan el doble.

—¿Sólo mil dólares? Esa mujer no tiene precio —dijo Jasmine.

—Ella vale más que todo el oro del mundo —afirmó Peter.

Los sujetos se miraron entre sí, perturbados.

—¿Ustedes quiénes son?

En el ínterin, no se dieron cuenta de que los otros cuatro miembros del grupo se aproximaban.

Chang, percibiendo el clima tenso, dijo:

—Grandes hombres filosofando sobre la vida.

Los explotadores estaban confundidos y tensos.

—Subimos el precio. Tres mil dólares.

Jasmine, observando a los gorilas, toscos, rudos, invasivos, temió que se podría desatar una carnicería.

—Ustedes no entienden... Esa mujer vale su peso en oro —comentó Jasmine. Y se dirigió a la mujer—: ¿Cómo te llamas?

—Samantha.

Samantha estaba confundida, pero sonrió levemente, mientras que el jefe de los explotadores estaba muy tenso con aquel diálogo inesperado.

—Si no tienen dinero, váyanse. No arruinen mi negocio.

En eso Harrison surgió solapadamente por detrás de ellos y les dijo:

—No estamos queriendo negociar, lo que queremos es...

Pero los mafiosos lo interrumpieron. Les apuntaron con sus armas. El jefe les dijo:

—¿Seis jóvenes? ¿Qué quieren? ¿Un biberón? ¿El pecho de su madre? —y los revisó para robarles los celulares, pero ninguno de ellos traía.

—¿Sin celulares? No entiendo.

Chang actuó rápidamente como maestro. Infló el pecho y afirmó poéticamente:

—Señores, somos enviados del cielo para decir que esa mujer es hermosa, única e irrepetible.

—Del cielo no, somos de la tierra —rebatió Peter.

El jefe de la organización criminal no creía lo que oía. Uno rebatiéndole al otro. No sabía si ellos se estaban burlando de ellos en su cara, si eran ingenuos o retrasados mentales. Engatilló su arma y dijo categóricamente:

—Y nosotros estamos aquí diciendo que ustedes serán asesinados.

Chang reaccionó:

—Por favor, señor, no nos maten, somos religiosos.

—¿Desde cuándo somos religiosos? —dijo Peter, irritado.

—Somos religiosos de la orden de San Marco Polo —comentó. Y agregó—: Ah, Marco Polo, si sobrevivo, te voy a pegar.

El ambiente se volvió tan relajado que los chicos se rieron, perturbando todavía más a los mafiosos. Sin embargo, ya no estaban tan enojados.

—Excelente. Los religiosos mueren más felices. Arrodíllense —ordenó el jefe de los delincuentes.

Antes de arrodillarse, Peter dijo:

—¿Por qué quieren matar inocentes? ¿Son dioses? ¿Son inmortales? ¿No enfrentarán a la fuerza de la justicia?

Jasmine completó:

—Cometan esa carnicería y toda la policía de Los Ángeles y de toda la nación irá tras ustedes. ¿Creen que somos insignificantes?

—Si muero, hasta la mafia china les caerá encima.

Los sujetos se miraron perplejos, parecía que estaban en una película. Y comenzaron a pensar que de hecho un asesinato colectivo sería un escándalo nacional. Pensar es un peligro para quien quiere morir o matar.

—¿Quiénes son ustedes? —insistió uno de ellos, ansioso.

—Somos los que hackean celulares, expertos en causar mítines sociales, rebeldes contra el sistema y ahora rescatistas de fascinantes Samanthas —dijo Yuri, emocionado.

—Amigo, arrasaste —dijo Chang.

Dos de ellos inclinaron la cabeza. De repente, Peter les habló a sus amigos.

—¿Ya pensaron qué terrible es vivir en una prisión federal? —y completó, para los explotadores—: Ustedes podrían hacerse millonarios usando su inteligencia para otros proyectos y no para explotar a mujeres inocentes.

—¡Cállense la boca! —dijo el jefe.

Jasmine, viendo que los sujetos estaban más maleables, aunque más tensos, y escuchando una sirena al fondo, dio un golpe mortal.

—Oigan la sirena. Disparen ahora y lárguense de aquí y nunca más molesten a esta mujer.

Los sujetos nunca habían escuchado semejante osadía. Esos sociópatas no creían lo que estaban viendo y oyendo. Invadidos por el miedo, entraron en el auto y huyeron.

Samantha se quedó paralizada, sin actuar. Nunca nadie había corrido un riesgo por ella. Ahora un grupo de jóvenes la había protegido. Chang no perdió la pose. Lanzó una carcajada.

—Yo sabía que todo saldría bien.

—Sabías, un cuerno —dijo Víctor—. Dijiste que le pegarías a Marco Polo.

—Pegarle en el hombro, agradecerle por ser mi entrenador —respondió Chang, tomando siempre todo a broma.

Todos sonrieron en medio del caos. Samantha les dijo:

—Ustedes dijeron que soy más valiosa que todo el oro del mundo, que soy única e irrepetible. ¿Cómo es eso?

—Exactamente, señorita. Una mujer encantadora, fascinante, bellísima —dijo Chang, exagerando en los adjetivos y en el gesto. Y le dio un prolongado beso en la cara.

—Chaaaaannnng —advirtió Jasmine.

Pero Samantha se unió a la broma.

—Con este payaso nadie necesita ir al cine a ver una comedia.

Todos se rieron.

—Pero no encontrarás mejor actor que yo, Samantha —dijo Chang, y comenzó a imitar la voz de algunos presidentes de Estados Unidos; imitó a George W. Bush, a Obama, a Trump. Realmente era un actor notable.

Después ella pensó y preguntó:

—Pero ¿de qué grupo o institución son ustedes?

Chang respondió rápidamente:

—De la institución de los locos.

—Nos consideraban alumnos irrecuperables, dementes, pirados y demás —dijo Yuri.

—Hoy estamos locos por ayudar un poquito a la humanidad —completó Jasmine.

Samantha comentó, sensibilizada:

—Entiendo. Es duro vivir en la periferia de la sociedad —y dejando escapar algunas lágrimas, comenzó a relatar su historia—: Yo vivía en Serbia. Mi padre abandonó a mi madre cuando yo tenía un año. Mi madre, hija única, era mesera en un restaurante. Cuando cumplí doce años, ella murió de cáncer. Fue muy triste ver a mi madre abandonar lentamente la vida. Fui a vivir en la casa de una amiga de ella, que era casada. Soñaba con ser doctora. Pero mis sueños fueron interrumpidos. Fui abusada sexualmente por el marido de ella; abusó de mí durante tres años y me amenazaba con matarme si se lo contaba a su esposa. Mi vida se volvió una historia de presión, amenazas y violencias indescriptibles.

Las pocas lágrimas iniciales se convirtieron en una pequeña catarata. Por fin, a los 15 años, Samantha fue a parar a las calles de Belgrado, la capital. Prefirió prostituirse que vivir bajo el mismo techo que su depredador sexual. Hasta que un hombre le propuso trabajar en una empresa en Estados Unidos. Bellas promesas, pero falsas. Y de este modo fue explotada sexualmente como si fuera un objeto y no un ser humano completo y complejo.

—Odio prostituirme —confesó—. Pero me presionaron para no ser deportada. La vida fue injusta conmigo, como lo ha sido con millones de otras niñas y adolescentes. Pero por fortuna tengo a mi pequeño Josef.

Al escuchar esta dramática historia, los seis alumnos la abrazaron prolongada y afectuosamente.

—Ya no estás sola.

—Tienes algunos amigos que estarán contigo haya sol o lluvia.

Ella sonrió y dijo, con seguridad:

—Si ustedes corrieron un riesgo por mí cuando yo estaba a punto de morir, estoy segura de que conquisté verdaderos amigos. La amistad tal vez sea el comienzo del sueño americano.

Y los "rebeldes" la invitaron a que participara en algunas clases de Marco Polo. Además de eso, le ayudaron a encontrar un empleo donde fuera tratada con dignidad y a estar de forma legal en el país. Así aprendieron a recoger sus piedras y a expandir su corazón emocional. Antes del entrenamiento, todos ellos parecían ser independientes y libres, pero en el núcleo de su psiquismo tenían un vacío inextinguible, un aburrimiento insoportable, una asfixiante falta de sentido existencial, pero descubrieron uno de los más excelentes placeres humanos: dar lo mejor de sí mismos para hacer felices a los demás.

Los criminales que la explotaban, a ella y a otras mujeres en aquellos callejones, fueron denunciados. La policía persiguió a esa mafia de las emociones. Ante esta persecución, ellos huyeron. Días después, los espías de Vincent Dell, como fariseos de la vida moderna, filmaron de lejos a los alumnos entrando en "roces" con mafiosos y relacionándose con una prostituta. El rector supo que esto formaba parte de los ejercicios de Marco Polo, y se enfureció. Marco Polo recibió a Samantha, que todavía usaba vestidos sensuales, en un salón particular de la institución; la ayudaría como psicoterapeuta. En un momento de la primera entrevista, ella la pasó mal, tuvo vértigo y Marco Polo necesitó sostenerla para que no se desmayara. Los fotógrafos "informantes" los retrataron de tal modo que se daba a entender que se estaban besando.

Al día siguiente, Marco Polo recibió también a los "harapientos" Radesh y Fernández para remitirlos a su equipo en busca de ayuda. El objetivo era que ellos se volvieran autores de su historia, aunque el mundo se hubiera derrumbado sobre ellos. En un momento de la entrevista, Radesh, al recordar su historia, gritó: "¡Tengo que matar! Matar a todos los fantasmas que me atormentan!". Fueron filmados y las imágenes fueron editadas para dar la impresión de que quería cometer un asesinato colectivo en la universidad.

Con estas pruebas que fabricó, Vincent Dell abrió un proceso disciplinario urgente contra Marco Polo, por estar poniendo a sus alumnos en situaciones de altísimo riesgo, así como a la institución por traer mendigos-psicóticos de alta peligrosidad y por practicar orgías sexuales con prostitutas. Las acusaciones eran gravísimas. El consejo académico tuvo una reunión de emergencia. Además de ser procesado penalmente, había una gran probabilidad de ser vetado para siempre de la universidad. Los justicieros continuaban tirando muchas piedras.

16

El líder debe superar el caos: primer linchamiento

Marco Polo estaba en la reunión del consejo académico, constituido por veinte intelectuales, quince hombres y cinco mujeres. Sabía de todas las acusaciones y percibió que Vincent Dell había armado todo para destruir su proyecto de formar líderes a partir del grupo de alumnos considerados incorregibles que él mismo había elegido. Si las inusitadas herramientas del Maestro de Nazaret funcionaban, podría poner en jaque su plan de llenar su universidad con los *Robo sapiens*, para que realizaran tanto tareas operativas menos complejas hasta tareas sofisticadas que involucraban atención y técnicas psicopedagógicas. The Best sería el prototipo de una nueva era, no sólo en el mundo académico, sino en todas las sociedades humanas. Pero lo que no sabía era que había una ambición ciega detrás de todo esto. Experto, el rector era dueño de muchas patentes para la construcción de *Robo sapiens*. Soñaba con lanzar su empresa en Nasdaq, la bolsa de valores de las empresas digitales, lo que podría convertirlo en uno de los hombres más ricos del mundo.

—Vean las fotos y las imágenes. Marco Polo expuso a sus alumnos al riesgo de morir, protagonizó libertinajes sexuales y trajo a potenciales asesinos al interior de la institución, poniendo en peligro al cuerpo estudiantil y docente. Dice que estamos en la era de los idiotas emocionales, pero en realidad quiere vernos la cara de idiotas —dijo Vincent Dell, con sangre en los ojos.

Mientras las fotos e imágenes se proyectaban en una pantalla, el psiquiatra se mantuvo en silencio. Sabía que el juicio era político y ya estaba sellado. Pensaba en una estrategia para responder. Pero no parecía haber ninguna salida.

—Tu silencio es tu confesión, doctor Marco Polo —dijo ríspidamente Vincent Dell.

—No, mi silencio es la expresión de mi perplejidad ante un juicio que tú armaste, a través de las imágenes que editaste.

—Estás loco, Marco Polo. Ve a ese andrajoso gritando "¡Tengo que matar! ¡Tengo que matar a todos!". Este hombre puede asesinar a innumerables alumnos y profesores inocentes, causar una violencia sin precedentes en esta universidad. ¿Cómo te atreviste a traer a ese asesino a estas dependencias?

Los miembros del consejo estaban temerosos. Mientras Vincent Dell transformaba a Marco Polo en un profesor irresponsable, súbitamente apareció un harapiento, caminando paso a paso. Era Radesh Kirsna.

—¡He ahí al asesino! —gritó Vincent Dell.

El pánico fue general. Pero Radesh, mostrando sus buenas intenciones, se quitó su viejo saco andrajoso y se quedó solo en camiseta, lo cual revelaba que no traía ninguna arma. Y al mismo tiempo levantó ambas manos, como si se estuviera rindiendo ante la policía. La comisión académica se aquietó poco a poco y comenzó a escuchar al fragmentado emocionalmente, pero inteligente harapiento.

—Yo soy Radesh Kirsna.

—Usted no está autorizado a hablar —dijo con autoridad Vincent Dell.

Pero cuando Radesh dijo su nombre, algunos miembros del consejo se quedaron pasmados. Conocían la fama del intelectual que tuvo brotes psicóticos y lo abandonó todo. Sabían que era un intelectual de la física teórica. Dos miembros del consejo habían tomado clases con él. Y uno de ellos habló rápidamente:

—Doctor Vincent, por favor. Necesitamos escuchar al doctor Radesh Kirsna.

Enseguida Radesh comentó:

—No represento ningún peligro, a no ser para mí mismo.

—¿Cómo se enfermó? ¿Qué fue lo que pasó? —inquirió otro intelectual que había sido uno de sus alumnos. Tenía mucha curiosidad.

Radesh lo miró y le respondió:

—Yo estuve sentado en uno de esos escaños en otra universidad. Era arrogante e insensible, no sabía que el mundo era cíclico, que el éxito y el fracaso, la sanidad y la locura, se alternan en nuestras vidas. Como profesor de física teórica, sentí esa alternancia al experimentar la tremenda potencia de la fuerza de gravedad emocional.

—¡Terminemos con este espectáculo pirotécnico de ideas inconexas! —expresó Vincent Dell.

Se escuchó un rumor en la audiencia. Algunos pensaban, como el rector, que Radesh todavía estaba delirando, pero en realidad estaba usando la física para hablar metafóricamente de su lacerada historia. Y, para fascinación del comité académico, completó su razonamiento:

—Einstein, al contrario de Isaac Newton, dijo que la fuerza de la gravedad no consiste en dos cuerpos atrayéndose, sino que describió que los cuerpos más grandes deforman el espacio, y todo lo que está a su alrededor comienza a girar en torno a ellos. Cuando asfixié mi capacidad de innovar, me quedé lleno de dudas y perdí a mi familia; mi mente se transformó en un cuerpo celeste gigantesco que deformó todo el espacio que me rodeaba. Los cuerpos celestes del autocastigo, del sentimiento de incapacidad, del miedo al futuro y de la depresión, giraban en mi órbita mental, colapsando mi intelectualidad. Y simplemente no lo soporté.

Sus ojos se humedecieron, pero no fue capaz de llorar. Una profesora de psicología dijo:

—Usted sigue siendo muy inteligente.

—No soy inteligente, doctora. Soy un mendigo socialmente insignificante. Yo quería matar a todos los fantasmas mentales que me atormentan. Pero el doctor Marco Polo me dijo que eso es imposible, sólo es posible reeditarlos. Por lo tanto, estoy aprendiendo a ser un caminante que anda en la senda del tiempo en busca de la dirección más importante, dentro de mí mismo.

Muchos del comité jamás habían encontrado esa dirección fundamental.

—Podría intentar volver a la cátedra —dijo un intelectual de la astronomía, que no había sido uno de sus alumnos, pero que había oído hablar de su genialidad.

Radesh hizo una pausa, respiró lenta y profundamente y dijo:

—Quién sabe... quién sabe. Estoy en busca de una mejor versión de mí mismo.

Y salió de ahí seguido por los aplausos del comité universitario. Vincent Dell no sabía dónde meterse. Pero asestó el golpe.

—Marco Polo se libró del malentendido de los asesinatos colectivos, pero ahora no hay manera de que se libre de las orgías sexuales.

Sin embargo, cuando el rector estaba terminando de hablar, he aquí que Samantha apareció en el recinto, corrió hasta donde estaba Marco Polo y lo abrazó. Lo besó delicadamente en la mejilla. Sonriendo, Vincent Dell miró a sus pares del consejo y disparó:

—He ahí la prueba viva.

Pero Samantha tomó la palabra e intrépidamente defendió a Marco Polo.

—¿Ustedes creen que Marco Poco tuvo un encuentro con esta prostituta dentro de la universidad? ¿Piensan también que sus alumnos son inocentes y no sabían los riesgos que corrían al defender a una mujer que vivía al margen de la sociedad?

Todos quedaron conmocionados. Vincent se puso al frente.

—No fuiste llamada a opinar. Sal de este salón.

—¿No puedo opinar, señor rector? Estoy en el centro de este juicio. ¿Creen que las prostitutas no tienen vértigo ni se desmayan, y que no pueden ser socorridas por un médico, tal como muestran las imágenes que ustedes vieron? ¿Creen que ellas no piensan? ¿Que no tienen una historia? ¿Que no tienen pesadillas ni lloran? Y ustedes, intelectuales, ¿no lloran ni tienen pesadillas ni momentos insanos?

Todos se quedaron en shock por su intervención. Samantha continuó:

—Yo fui "comprada" como esclava sexual y traída a este país que tanto proclama los derechos humanos. Explotaron mi alma, devoraron mis sueños, rajaron mis pulmones a tal punto que ya no podía respirar. ¿Alguna vez se han sentido sin oxígeno para vivir? Lo único que me animaba cuando me acostaba como un animal sexual era que yo tenía un hijo, y que un día él podría tener una vida mejor que la mía —y con los ojos llenos de lágrimas, finalizó—: Los alumnos que Marco Polo entrenó corrieron riesgos, sí, pero fueron poderosos, ametrallaron mentalmente con su buen humor y su inteligencia a mis verdugos que tenían armas de acero. Nunca imaginé que sería rescatada de manera tan sublime por alumnos que han sido considerados marginados por su sistema académico. Ellos me hicieron sentir el sabor de ser un ser humano, un simple ser humano — y después de hablar, besó la mejilla de Marco Polo y le agradeció—: Muchas, pero muchas gracias —y salió despacio.

Mientras ella salía de la sala de audiencias, algunos miembros del consejo le aplaudieron. Fue un momento mágico donde la intolerancia social dio paso a la sensibilidad y la empatía. Después de que Samantha se fuera, Marco Polo miró al consejo académico y completó las palabras de la mujer:

—En todo el mundo la industria de los seguros, como de la casa, el auto y las empresas es poderosísima, pero muy rara vez alguien crea un seguro emocional. No sólo Samantha carecía de protección y mucho menos tenía un seguro emocional, pero es el caso de prácticamente todos nosotros.

—¿Está diciendo que nuestra mente es tierra de nadie? —inquirió un intelectual de la medicina, miembro del consejo.

—Exactamente, señor. La casa más humilde tiene puerta y ventanas, pero nuestra mente, que es la casa más compleja, no tiene ninguna protección.

—¡Pero esto es una locura! —dijo un intelectual de la física.

—Locura o no, es algo que el ser humano de todas las épocas ha vivido.

—Absurdo. Tus tesis son irreales —afirmó Vincent Dell. The Best no estaba presente.

Pero un consejero que era un científico astronómico no dio importancia a la intervención del rector. Le preguntó curioso a Marco Polo:

—Está sugiriendo que nuestro sistema educativo es fallido. ¿Forma técnicos, pero no mentes seguras?

—No, lo estoy afirmando. Hay dos formas de hacer una fogata y calentarse. ¿Con semillas o con madera seca? ¿Cuál es la más adecuada?

—Es obvio, doctor Marco Polo, que con madera seca. Con semillas es casi imposible calentarse —dijo un intelectual de la sociología.

—Lo siento mucho, señor, pero su respuesta está equivocada. Las universidades usan la madera, pero cuando se acaba, el frío regresa. Planta semillas y tendrás un bosque y, por lo tanto, jamás te faltará madera para calentarte.

Los consejeros quedaron impresionados. Vincent Dell, viéndolos seducidos, intentó romper el discurso.

—Acabemos ya con esto.

—Espera, Vincent. ¿El doctor está plantando semillas en el psiquismo de estos alumnos considerados rebeldes? —preguntó el miembro del consejo.

—Estoy usando herramientas que desarrollé, pero la mayoría la tomé del mayor educador de todos los tiempos, el inteligentísimo Hombre de Nazaret. Él le enseño al ser humano a hacer mucho con poco, a ver lo invisible, a bajar su tono de voz en las disputas, a elogiar a quien se equivoca más que a sus errores, a tener el valor de aplaudir a los que son diferentes, a pacificar conflictos. Él entrenó el Yo de sus alumnos para ser libre, autónomo, autocontrolado, gestor de su emoción. Para él, enseñar era provocarlos a ser líderes de sí mismos antes de liderar a un grupo social.

—Sorprendente, doctor Marco Polo, pero... pero Jesús murió hace mucho tiempo —dijo el intelectual de la física, intrigado.

—Sí, pero su muerte en la cruz alimentó su revolucionario proyecto de reescribir educacionalmente a la humanidad, más allá del grandilocuente significado espiritual que esa muerte representa para las religiones. Él enterró sus semillas y éstas florecieron. Bajo los ángulos de la psicología y la sociología, el Maestro de maestros no salió de la escena cuando murió, pues nadie muere cuando entierra las semillas. Él estaba "vivo" en mis alumnos cuando vieron lirios del campo en el corazón de una prostituta. Pero ustedes... ¿han visto los lirios del campo en quienes los rodean? Tal vez ni siquiera en las personas que aman. Tal vez...

La gran mayoría era emocionalmente ciega, no veía lirios del campo en nada ni en nadie. Eran incapaces de preguntar a quien amaban: "¿qué te secuestra? ¿Qué pesadillas te asfixian? ¿Qué sueños te controlan? ¿Gracias por existir?". Vincent Dell quería gritar, patalear y devorarlo vivo, pero no lo logró esta vez. Marco Polo salió de la sala dejándolos boquiabiertos. Plantar semillas es una tarea casi anónima, sin magia ni heroísmo, pero los resultados son incontables.

17

El depredador de sueños

Los alumnos de Marco Polo se sometían semanalmente a los más diversos entrenamientos. Algunos se realizaban mediante discursos en lugares públicos, sobre los más diversos temas, como derechos humanos, injusticias sociales, discriminación. Peter, Florence, Jasmine, Chang, Víctor, Michael, Alexander y los demás se volvían cada vez más atrevidos y elocuentes. Cientos de personas los rodeaban para oírlos. Siempre causaban tumultos y polémicas.

Cierta vez discurrieron sobre la discriminación racial en una enorme plaza ajardinada, por donde pasaban miles de personas ocupadas en sus mentes o accediendo a sus celulares. Nadie le prestaba atención a nadie. Los alumnos construyeron un tablado de madera y después comenzaron a invitar a los transeúntes.

—¡Vengan! ¡Señoras y señores, acérquense! ¡El espectáculo va a comenzar! —decía Chang, batiendo un tambor y después haciendo algunos malabarismos.

Las personas se aproximaban. Michael osó cuestionar en alta voz al público que se aglomeraba:

—¿Se imaginan si los negros tuvieran esclavizados a los blancos?

Y, para espanto de todos, comenzó a hacer la TTE a cielo abierto. Él, de raza negra, se colocó como señor de esclavos blancos. Rasgó sin piedad la camisa de Peter y de Florence. Ésta se quedó sólo con su sostén. Michael tomó una larga vara que parecía un látigo y comenzó a pegarles en la espalda. La vara tenía tinta roja que, al tocar sus espaldas, parecía sangrarlas. La escena era dramática. Michael gritaba sin parar:

—Blancos miserables. ¡Obedezcan, animales! —y seguía latigueándolos.

—¡Ya no me lastime, señor! Jamás volveré a huir —proclamaba Peter, gimiendo y llorando.

—¿No volverás a huir de tu dueño? Morirás para servir de ejemplo —gritaba Michael rabiosamente. Las personas del público se llevaban las manos a la boca, perplejas. Nunca habían visto ese intercambio de esclavos.

—Yo tengo un bebé, no me mate —suplicaba Florence.

—Tú eres un animal hecho para criar y no para pensar —gritó Michael de nuevo.

Después interrumpieron la escena y bombardearon al público con cuestionamientos. Michael levantó su látigo y preguntó:

—¿Cuál es la diferencia entre un negro como yo y un blanco? Sólo la fina capa de color de la piel, que en nosotros los de piel negra tiene más melanina. Y esta capa fina nunca debería servir de parámetro para discriminar entre dos seres humanos que piensan y sienten por igual. Somos una familia, una especie, una humanidad. Somos hermanos —proclamó emocionado Michael.

Algunos lanzaban objetos que tenían en las manos, revelando odio, pero los demás, sensibilizados, les tiraban flores y les aplaudían. Muchos los filmaban y lo subían a las redes sociales. Aunque criticaran el culto a la celebridad, era inevitable que quedaran expuestos.

Florence se puso su camisa rasgada e, intrépida, exclamó:

—En 1863 el presidente Lincoln firmó la abolición de la esclavitud; pero cien años después, Martin Luther King estaba en las calles de este país para defender los derechos civiles de los negros. ¿Por qué la discriminación continuaba un siglo después? Porque los esclavos fueron liberados en la Constitución, pero no a través de la educación. Si practicaran en las escuelas la técnica de la teatralización de la emoción cuando enseñan historia, habríamos cortado la discriminación de raíz. Pero la educación racionalista, cartesiana, fría, al hablar de los esclavos sin teatralizar el dolor que sintieron, expande o como mínimo perpetúa la discriminación.

Florence recibió muchos aplausos acalorados. Era un atrevimiento lo que estaban solicitando. Estaban proponiendo una revolución socioemocional en las clases de historia.

Y Peter, ante el público atento, enriqueció el razonamiento de sus amigos.

—Yo fui un supremacista blanco. Era radical, ciego y emocionalmente estúpido. Si me hubieran educado para comprender el complejo proceso de formación de pensamientos, abrazaría más y me acercaría más a mis hermanos de piel negra. ¿Ustedes conocen su mente? ¿Por qué somos *Homo sapiens*? Porque penetramos complejamente en la memoria en milésimas de segundos y, en medio de millones de opciones, rescatamos verbos, sustantivos, adjetivos y construimos las cadenas de pensamientos.

Chang completó la tesis de Peter:

—¿Cómo es que negros, blancos y amarillos abren las ventanas de su memoria y rescatan las direcciones de información? ¿Cómo es que unen las piezas para formar los miles de pensamientos diarios? ¡No lo sabemos! Sólo sabemos que somos infantiles cuando discriminamos, porque todos los pueblos piensan de la misma forma. Somos increíblemente sofisticados, dramáticamente iguales.

Cientos de personas escuchaban eufóricamente a esos jóvenes. Alguien del público gritó:

—¡Bravo! Felicidades a los pequeños "Martin Luther King" apasionados por la humanidad.

Y entre aplausos, los alumnos descendían del tablado e iban a abrazar a los negros, los blancos, los orientales. Y comenzaban a bailar juntos. Era una fiesta de emociones. Marco Polo los observaba de lejos y se alegraba; una sonrisa brillaba en su cara.

En los días siguientes hacían debates y discursos en otros lugares sobre los derechos de los inmigrantes, la desigualdad de salarios de las mujeres en relación con los hombres, la soledad de los ancianos abandonados por sus familiares cercanos, la intoxicación digital que estaba generando un incremento asombroso en el número de trastornos psíquicos y suicidios. Con respecto a este último tema ocurrió algo emblemático. Tres días después, en una gran fiesta escolar, ellos causaron un tumulto al debatir sin permiso de la dirección.

—¿Quién usa más de cuatro horas por día los celulares el sábado y el domingo? —preguntó Florence a los padres, profesores y alumnos, al tomar el micrófono del técnico que probaba el sonido.

La gran mayoría levantó las manos, algo cohibida.

—¿Y más de ocho horas?

Muchos levantaron las manos.

—¡Ustedes no tienen vergüenza! —dijo ella, gritando. Muchos sonrieron. Ella completó—: Jóvenes y adultos, apaguen sus celulares los fines de semana. Úsenlos sólo como teléfono. Sus mayores celebridades, sus verdaderos seguidores, son sus hermanos, sus padres, sus amigos, a pesar de todos sus defectos. Disfrútense unos a otros, tengan contacto con la naturaleza, intenten conversar al aire libre. Vivan la vida real.

—¡Eso, muy bien, Flooorenceeee! —gritó Sam. Y agregó—: ¡Yo no sabía enamorar a la vida, pero ahora estoy aprendiendooooo! ¡Enamoren a la vida! ¡Padres e hijos, bésense! —solicitó.

Asombrados por los datos dados por Florence y tomados por sorpresa por la solicitud de Sam, se besaron. Por increíble que parezca, fue la primera vez que algunos padres fueron afectuosos con sus hijos adolescentes.

—¿Quién usa el celular a la hora de la comida o de la cena? —preguntó Yuri. La gran mayoría—. Felicidades, son delincuentes emocionales.

Hiroto advirtió:

—Cuidado, el celular es una bomba para el sueño. No se deberían usar dos horas antes de dormir, pues el reflejo de la onda azul de la pantalla bloquea la melatonina, que es la molécula de oro del sueño. El insomnio es la madre de gran parte de las enfermedades mentales.

—Yo era insomne, ¡vivía enloquecido! ¿Quién tiene insomnio o duerme mal? —preguntó Chang.

La mayoría levantó la mano.

—Una pandilla de locos —completó Chang. Muchos se rieron.

—Entonces vamos a cerrar la escuela y abrir un manicomio —dijo Víctor, bromeando, pues ya no era víctima de la teoría de la conspiración.

Más risas, aunque algunos tuvieran ganas de llorar.

—No sean mendigos emocionales. Gasten conquistando lo que el dinero no puede comprar —abordó Michael.

Después Peter y Chang arrasaron. Hicieron la técnica de la teatralización de la emoción. En esta ocasión, Peter era el padre y Chang el hijo, un bebé.

—Muchos padres conversan con sus hijos cuando éstos no saben hablar —abordó Peter.

Chang tenía un chupón y después lo tiraba y balbuceaba:

— Gugu-dada, gugu-dada.

—Hijo, ¿conversamos con papá? Di todo lo que piensas.

— Gugu-dada, gugu-dada.

— Sólo gugu-dada, gugu-dada tú. Eres la cosa más linda del mundo. Hablemos sobre futbol, economía, política —dijo Peter, ironizando.

Pero el pequeño Chang sólo decía:

— Gugu-dada, gugu-dada.

Enseguida, Peter comentó:

—Pero ¿qué pasa cuando los hijos crecen y aprenden a conversar? Los padres frecuentemente se callan. Niño, estás muy agitado —le dijo a Chang, que no paraba de moverse.

Después el muchacho Chang pedía:

—Papá, vamos a charlar un poco.

—Ahora no.

—Sólo un poco.

—Ya para, muchacho malo. Dije que ahora no.

—Pero, papá...

—¡Estoy ocupadoooo! —dijo Peter, manipulando frenéticamente su celular.

—Pero, viejo...

—Vieja tu abuela. No me importunes. Estoy conectado a mi red social.

Muchos padres se quedaron paralizados, pues en el fondo estaban impacientes para oír y conversar con sus hijos sobre su mundo. Después de eso, Jasmine entró en escena y dio otra repasada a los educadores, que había aprendido con su maestro Marco Polo:

—Muchos padres se quitan el traje y la corbata, y procuran robar una sonrisa de los hijos cuando éstos no entienden la broma, pero cuando los chicos crecen y comprenden, los padres se ponen de nuevo el traje y la corbata, y comienzan a señalar fallas. ¡Qué locura!

Peter completó su razonamiento con maestría:

—Vamos a cambiar a la era de la educación: de la era del señalamiento de fallas a la era de la celebración de los aciertos.

—Pues quien es un señalador de fallas es apto para trabajar con las máquinas, pero no para formar hijos libres y brillantes —arremetió Florence.

Las personas estaban perplejas con el grupo y la seriedad con que trataban el tema. Pensaron que la escuela había contratado a un grupo de actores profesionales para que los alertaran. Pero el director, a pesar de estar impresionado positivamente con el abordaje de aquellos rebeldes, fue al podio y les quitó el micrófono. Sin embargo, Michael dijo:

—Si nosotros no hablamos, señor, sus cerebros gritarán.

—¿Gritarán cómo? —preguntó el director.

—A través de dolores de cabeza, taquicardia, opresión en el pecho y otros síntomas psicosomáticos.

—Entonces hablen —concedió el director.

Pero no todo eran flores en los ejercicios socioemocionales de los alumnos de Marco Polo. La semana siguiente invadieron una famosísima exposición de moda. Cientos de modelos exhibían los últimos lanzamientos de los principales modistas de París, Italia y Estados Unidos. Delante de celebridades, fotógrafos y un ejército de periodistas, ellos súbitamente subieron a las pasarelas y comenzaron a causar un terremoto emocional.

Chang habló en voz alta:

—¿Dónde están las gorditas? Me encantan las flácidas y rechonchas.

Todos intercambiaron miradas, pensando que el desfile estaba innovando con una obra teatral. Pero el teatro adquirió aires de terror para el sistema que imponía tiránicos patrones de belleza.

—¿Dónde están las mujeres que representan a las masas? —preguntó Jasmine—. ¿Dónde están las mujeres con estrías, arrugas, grandes nalgas y barriguita?

Florence fue más lejos.

—Yo tuve bulimia. Fui víctima de la dictadura de la belleza. Y hoy hay más de setenta millones de personas, de las cuales la mayoría son mujeres jóvenes, con trastornos alimenticios, víctimas de la bulimia, la anorexia y la vigorexia. ¿Eso no les pesa en la consciencia, señoras y señores? Esos desfiles que sólo valoran el cuerpo delgadísimo, escuálido y desnutrido, son registrados por el cerebro y están asesinando la autoestima de las mujeres del mundo. ¡Sólo 3 por ciento de ellas se ven bellas a sí mismas! ¡No se callen! ¡No sean depredadores de la autoestima!

El tumulto fue tan grande que rápidamente los elementos de seguridad entraron en acción y comenzaron a sacarlos a la fuerza. Al ser arrastrado en plena pasarela, Peter gritaba:

—¡Esas modelos que ustedes retratan tienen más de siete horas sin comer! ¿Saben por qué? Para que no haya ninguna protuberancia en sus abdómenes durante el desfile. ¡Libérenlas! ¡Ellas tienen 20 por ciento más de probabilidades de sufrir de depresión y de otros trastornos emocionales que las demás mujeres! ¡Libérenlas!

Fueron sacados a golpes y empujones del lugar. Fue un escándalo nacional e internacional. Sus palabras obtuvieron aires de heroísmo en algunas revistas y movimientos que defendían los derechos de las mujeres. El escándalo fue tal que llevó a algunos diseñadores a repensar sobre la atroz dictadura de la belleza. Los alumnos fueron a la comisaría y estuvieron un día presos. Marco Polo pagó la fianza y ellos salieron. Cuando estaban fuera, el pensador de la psiquiatría, en vez de darles una advertencia, les dijo:

—Felicidades. Yo no lo hubiera hecho mejor. Ustedes están yendo más lejos que el maestro —y completó—: Ése también era el sueño del Maestro de maestros. Decía que sus discípulos harían cosas mejores que él.

Florence, Jasmine, Peter, Chang, Martin, Michael, Hiroto, Yuri, Harrison, Sam, Alexander y Víctor, como se habían hecho famosos, eran abordados por personas al pasar cerca de ellos que querían tomarse *selfies*. Gentiles, ellos las permitían. Marco Polo los observó prolongadamente. Ellos estaban eufóricos y orgullosos del éxito que habían alcanzado.

—Queridos alumnos, para celebrar su éxito, un pequeño entrenamiento más: a partir de mañana ustedes se van a quedar una semana sin dinero ni tarjeta de crédito, y saldrán de dos en dos para enseñar las herramientas de gestión de la emoción que aprendieron a todas las personas que les abran sus puertas.

—¿Sin tarjeta de crédito? Eso es una locura —afirmó Chang, que era adinerado.

—Pero ¿de qué vamos a vivir? —preguntó Jasmine.

—De lo que les ofrezcan —afirmó Marco Polo.

—Pero ¿podremos morir de hambre? —quiso saber Michael.

—Tal vez adelgacen unos buenos kilos.

—Pero ¿por lo menos podemos trabajar? —indagó Peter.

—Sí, pero sin remuneración.

—¿Estás bromeando, maestro?

—Nunca hablé tan en serio. Sé que lo que ustedes aprendieron es tan valioso como el oro; será posible que las personas sean generosas y les den de comer y un lugar donde dormir. Entren en las casas de las personas y coman lo que les ofrezcan. Si no les ofrecen nada, podrán encontrar restos de comida en los basureros de los restaurantes.

Se reunieron una semana después y, en vez de estar más delgados, habían subido un poco de peso. Fueron recibidos con desprecio por unos, con honores por varios más. Fueron despreciados por algunos, pero fueron aplaudidos por la mayoría. Percibieron colectivamente que las personas estaban sedientas de las herramientas que les ofrecían.

Peter y Chang formaron una dupla. Después de dormir en casas de estadunidenses e hispanos y en burdeles, ayudar a quince personas a reinventarse, caminaban en la noche y de repente encontraron a un hombre subido en el parapeto de un paso elevado. Se acercaron a él rápidamente, pero él, sin aliento, los rechazó.

—No se aproximen.

—¿Qué está pasando? —preguntó Chang.

—¡Se acabó! Me voy a tirar de este puente. Nada tiene sentido para mí —sentenció el hombre, e hizo ademán de aventarse.

Peter se acordó de su maestro y del arte de las preguntas.

—¿Cree que es inteligente ser destrozado por los autos allá abajo en vez de una noche tranquila en la soledad de una tumba?

—¿Qué estás diciendo? —dijo él, volteándose hacia Peter.

Chang entró en acción.

—¿Usted sabía que los suicidas son asesinos?

—¿Asesinos? ¿Cómo es eso?

—Los suicidas se asesinan a sí mismos, pero después matan lentamente a quienes los aman.

El suicida nunca había pensado en esto.

—Pero estoy hasta el cuello de deudas. Soy un fracasado, derrotado, deprimido. Matándome no les daría más trabajo a mis dos hijos y a mi esposa.

—Está equivocado, señor. ¿Usted cree que no los estaría tirando a ellos también de este puente? ¿Cree que es justo? —preguntó Peter.

El suicida estalló en llanto.

—¿Cómo se llama? —inquirió Chang.

—Robert.

—Señor Robert, ¿usted sabía que quien quiere morir en realidad tiene hambre y sed de vivir?

—¡No entiendo! —dijo el hombre, impresionado por los dos jóvenes.

Y ambos se aproximaron, bajaron a Robert del parapeto y comenzaron una larga conversación.

—Usted quiere matar su dolor, no su vida. Lo vamos a ayudar.

Y así, los alumnos de gestión de la emoción le enseñaron a Robert técnicas como la DCD y la mesa redonda del Yo, para dejar de ser víctima y pasar a ser protagonista de su historia. Y lo encaminaron lo más rápido posible a un servicio de psiquiatría. Él ya había tomado tratamientos antes, pero con las técnicas que aprendió pudo alimentar su terapia.

El plazo de un año de entrenamiento de Marco Polo estaba casi por llegar a su fin. Los alumnos mostraron una capacidad de reinventarse, dar respuestas fascinantes en los focos de estrés, una resiliencia notable y una sorprendente habilidad para influir en las personas. El maestro temía los estragos que el poder y la fama les podrían causar. Faltaban las últimas lecciones.

18

Formando la mayor startup *mundial de educación*

Marco Polo estaba en casa de Sofía, relajado, tranquilo, relatando el progreso de sus alumnos. Citaba su nombre uno por uno y comentaba sus comportamientos. Ella, a su vez, estaba fascinada con la capacidad de esos alumnos problemáticos y desacreditados de dar un salto consistente en su intelectualidad y agenda emocional. Después de los relatos, lo besó suavemente y enseguida separó su rostro del de él y lo felicitó con entusiasmo.

—Ese entrenamiento fue una jornada épica, pero tuviste éxito. Estoy orgullosa.

—El mérito es de ellos. Pero un maestro nunca descansa. Siempre hay situaciones imprevistas y accidentes inesperados.

—Tu responsabilidad está llegando a su fin. Ellos tendrán que caminar solos. Y ciertamente impactarán en la sociedad en que se encuentran.

—Éste es mi sueño —dijo Marco Polo.

Un abrazo más, un beso afectuoso y una despedida saturada de amor. En los últimos días, el jefe de departamento de psiquiatría estaba pensando en diplomar a sus alumnos. Habían hecho un curso libre, pero inolvidable. Estaba pensando en la graduación, cuando salió de la casa de Sofía. Tomó su auto y se dirigió a su casa que quedaba a cuarenta minutos del departamento de ella. Ya era tarde, casi la medianoche, necesitaba descansar, sólo que no sabía que la noche sería interminable.

Cuando Marco Polo conducía su auto por una larga avenida, surgió un vehículo descontrolado, cruzó frente a él rápidamente y, para no provocar un accidente, el psiquiatra se salió de la calle, perdió el control de su auto y chocó contra un árbol. El impacto fue fuerte. Era medianoche, no había nadie transitando en ese momento por la avenida. El auto que causó su accidente se detuvo a treinta metros. Un hombre vestido con chamarra negra y capucha salió rápidamente del vehículo y corrió al encuentro del psiquiatra. Lo sacó de los escombros de su auto y lo arrastró descuidadamente hasta el césped.

—Espera, no me jales con fuerza —dijo Marco Polo, semiconsciente. No podía ponerse de pie por el golpe en las piernas. Sentado frente al extraño conductor, sangraba de la cabeza, de las cejas y la nariz.

—Llama rápido a una... ambulancia —dijo con dolor y desesperación.

Pero el extraño no llamó; al contrario, le habló por su nombre.

—¡Marco Polo! ¡Marco Polo!

—¿Qué? ¿Me conoces? —preguntó, levantando la cabeza con dificultad.

—¿Yo te provoqué este accidente? ¡Pero tú ya causaste muchos accidentes! —afirmó el desconocido.

—Yo no te conozco.

Y, de repente, el desconocido se quitó la capucha.

—¿Vincent Dell? —cuestionó Marco Polo.

—Si no hubieras perturbado el ambiente, todos los rectores habrían comprado el proyecto The Best. Todos, sin excepción. Después serían los gobiernos, las fuerzas armadas, las empresas. Hubiéramos abierto una OPI en Nasdaq para ofrecer acciones, y en meses hubiéramos ganado en la bolsa cientos de miles de millones de dólares. Hubiéramos sido la estrella de la tecnología digital. Pero tú destruiste mis planes.

Fue entonces que Marco Polo habló de forma más clara sobre sus preocupaciones con respecto al proyecto The Best.

—Tu ambición es descomunal, Vincent. Cualquier nación que tenga una generación de robots The Best desequilibraría las fuerzas entre las naciones. El Imperio romano duró siglos, pero cayó; Inglaterra no logró dominar a la gran India por mucho tiempo; la Alemania nazi no conseguiría dominar a los pueblos conquistados, necesitaría millones de soldados, dosis de locura y mucho dinero. Sin embargo, una nación podría controlar fácilmente a un centenar de otros países con estos *Robo sapiens*. El futuro de la humanidad, que ya es imprevisible, sería pantanoso.

Vincent Dell dijo rápidamente:

—Inteligente, Marco Polo, muy inteligente. Yo desactivé a The Best y les pedí a los científicos y empresarios que financiaban el proyecto que lo frenaran. Pero debes saber que el dominio de un pueblo sobre otro forma parte del ADN humano.

—Equivocado. El ser humano nace neutral, no para dominar ni para someterse, sino para ser educado, para tener una historia de amor con su vida y con la familia humana.

El rector, “el señor de las tinieblas” de la academia, miró hacia arriba y dijo algo que reveló su psicopatía.

—Ah, la humanidad, siempre la humanidad. Sus líderes la usan, la explotan y aun así dicen amarla. Ella necesita riendas y no libertad para ser viable —después miró a los ojos de Marco Polo—: Tú conquistaste y educaste a esos jóvenes. ¡Fue sorprendente, no estaba en mi guion!

Marco Polo se movió, expresó un cierto dolor y comentó:

—Y tú creías que ellos no tenían remedio.

—¿Y tú estabas convencido de que tendrías éxito?

—Tenía mis dudas, pero un educador ve lo invisible y apuesta por alumnos fallidos.

Vincent Dell dio dos pasos más hacia el psiquiatra.

—Pero tu éxito no fue completo.

—La educación nunca es completa ni perfecta. Por favor, llévame a un hospital.

Vincent Dell sacó un arma y le dijo:

—A un hospital o a un cementerio.

—¿Qué? —dijo Marco Polo, sintiendo un frío en la columna vertebral. Percibió que Vincent Dell planeaba asesinarlo.

—¿Cuáles son tus últimas palabras? —dijo “el señor de las tinieblas”. Y apuntó el arma al pecho de Marco Polo.

—Me das lástima, Vincent.

—¿Ésas son tus últimas palabras? —exclamó, engatillando su revólver.

Fue entonces que Marco Polo dijo:

—El mayor favor que se le puede hacer a una semilla es sepultarla. Nadie muere cuando planta semillas.

Y en este momento exacto escucharon sirenas de policía que

venían por ambos lados de la avenida. Vincent Dell entró en pánico y Marco Polo se arrastró. El rector tuvo tiempo de disparar y la bala acertó en el lado izquierdo del tórax del profesor. Vincent finalmente pensó que lo había matado. Cuando el verdugo de Marco Polo iba a batirse en retirada, las patrullas de policía llegaron simultáneamente. El rector fue capturado in fraganti y esposado.

Llevado de urgencia al hospital, Marco Polo fue directo al quirófano. Sofía y algunos de sus alumnos, como Peter, Chang, Jasmine, Florence y Michael, corrieron al hospital. Se plantaron ahí para obtener noticias. Cuando se realizaron los exámenes, los médicos descubrieron que, afortunadamente, la bala había pasado a milímetros de su corazón, sin lesionar ninguna arteria importante. Sorprendentemente, Marco Polo sobreviviría, al menos por ahora.

Permaneció algunos días en la unidad de terapia intensiva. En este periodo, los crímenes de Vincent Dell salieron a la superficie. No sólo el intento de homicidio, sino también por corrupción y conspiración. Marco Polo estaba enyesado. Como también había sufrido una pequeña fractura en la cadera, andaba en silla de ruedas.

Pasaron tres largas semanas. La fecha de graduación de sus alumnos se aproximaba, según estaba programado. Aunque todavía débil, Marco Polo no quería cambiarla, pues temía que nuevos acontecimientos la impedirían. Algunos de los rectores que lo desafiaron a realizar este entrenamiento contemplaron perplejos y en tiempo real la evolución de los "rebeldes". The Best los nutría con información. Ellos volaron a Los Ángeles para participar en la graduación. No era un evento con togas, ramos de flores y glamour. Era un ambiente simple, pero saturado de inteligencia y emociones, que debería comenzar a reciclar la educación clásica y a propiciar que más maestros conocieran las herramientas socioemocionales. Sin gestión de la emoción tenemos más probabilidades de formar repetidores de datos y no pensadores, alumnos egocéntricos y no altruistas, candidatos a los consultorios de psiquiatría y no mentes libres y saludables.

El anfiteatro estaba abarrotado, había más de mil asistentes. Como los alumnos de Marco Polo se estaban convirtiendo en iconos sociales, muchos intentaron inscribirse, pero no lo consiguieron. Después de la apertura, el doctor Marco Polo dirigió su silla de ruedas a un lado de la tribuna y comentó:

—Queridos alumnos, hemos caminado juntos por doce meses. Fue un maratón emocional, una trayectoria épica, donde trabajamos algunas herramientas del más grande líder y maestro de la historia, el Maestro de maestros, el médico de la emoción. Herramientas que jamás habían sido empleadas por una universidad clásica con el objetivo de formar mentes libres, socialmente inteligentes y emocionalmente saludables. Juntos vivimos experiencias que nos llevaron del caos al júbilo, de las lágrimas a las risas, de los valles sórdidos de la ansiedad a las mesetas más nobles de la autonomía.

Enseguida hizo una pausa para respirar y elaborar su razonamiento. Diría algo fundamental a la audiencia y poco conocido de los intelectuales que lo escuchaban:

—Estados Unidos tiene la mayor población carcelaria del mundo, más de 2.1 millones, seguido por China, con más de 1.5 millones y después por Brasil, con más de 700 mil. En el mundo hay más de 10 millones de encarcelados. Es necesario aprehender a los criminales, pero la prevención es mucho más saludable, generosa, inteligente y económica. De acuerdo con las estadísticas, una de cada dos personas en todo el mundo tiene o desarrollará un trastorno psiquiátrico. Son más de tres mil millones de seres humanos y 1 por ciento de ellos tal vez no se tratará, ya sea por el alto costo del tratamiento, por la falta de profesionales o por no tener consciencia de estar enfermo. Del mismo modo, la prevención es mucho más altruista, inteligente y menos costosa. Por eso mi tesis es: cuanto peor sea la calidad de la educación, más importante será el papel de la psiquiatría y del sistema judicial, pues tendremos más alumnos emocionalmente enfermos y más alumnos se sentarán en las celdas de los reos.

Después de este relato, Marco Polo bebió un poco de agua y continuó:

—Nuestra educación cartesiana o racionalista necesita ser completamente reescrita y reformulada. Enseña matemáticas numéricas, donde dividir es disminuir, pero no las matemáticas de la emoción, donde dividir nuestros conflictos aumenta la capacidad de superación. También enseña idiomas, donde se aprenden reglas para hablar y escribir, pero no enseña el lenguaje de la emoción, donde se aprende a bajar el tono de voz en una discusión y a aplaudir a la persona que se equivoca antes de señalarle su error. Enseña también física, donde una acción genera una reacción, pero no enseña la física de la emoción, donde una acción estresante debería llevarnos a pensar antes de reaccionar y no a responder antes de pensar. Estamos en la edad de piedra en relación con las habilidades del Yo como líder de sí mismo y gestor de la mente humana. Si no desarrollamos colectivamente el autocontrol, la empatía, la resiliencia, la tolerancia, la compasión, la capacidad de solucionar pacíficamente los problemas y, en especial, la capacidad de pensar como humanidad y no solamente como nación o grupo social, nuestra especie será inviable. Será destructiva del medio ambiente y autodestructiva. ¡Debemos poner un hasta aquí a la era de los mendigos emocionales!

Al escucharlo, The Best rompió el bolígrafo que tenía en las manos. Los alumnos aplaudieron de pie al profesor Marco Polo. Los rectores quedaron impresionados por su breve y explosivo discurso, y con la atención y reverencia que el grupo de "rebeldes" tenía por Marco Polo. Los rectores tenían la ficha técnica de cada uno de ellos sobre sus mesas, que les fue dada, sin permiso de los propios alumnos, un año atrás por Vincent Dell. Sabían de las locuras de su pasado. Estaban al tanto de algunas noticias, pero querían conocer más su evolución. Por fin, Marco Polo finalizó:

—Quiero agradecer a mis alumnos Peter, Florence, Jasmine, Chang, Martin, Michael, Hiroto, Yuri, Harrison, Sam, Alexander y Víctor por existir. Discúlpenme por recordar esto, pero ustedes no eran rebeldes, locos, intratables, irrecuperables y escorias del sistema.

—Rebeldes todavía somos —gritó Chang, provocando la carcajada de la audiencia—. Locos siempre seremos.

Marco Polo sonrió.

—Bien, continuando. Eran, en realidad, seres humanos cuyo Yo no fue educado para viajar dentro de sí mismo, ser gestor de su emoción y autor de su propia historia. Sean alumnos eternos, pues el día que se gradúen morirá su capacidad de reinventarse. Sé que ustedes no escribieron nada sobre lo que voy a pedirles, pues no les avisé, pero fueron entrenados para hablar en público, a dar un discurso desde el corazón. Me gustaría que relataran en forma sintética a los profesores y líderes de las universidades aquí presentes, a sus queridos padres y al resto de los invitados, algunas de las herramientas y experiencias que aprendieron en este periodo y qué contribución les gustaría dar de aquí en adelante a la humanidad.

El grupo de alumnos se quedó pensativo. Jasmine respiró delicadamente, salió de su lugar y paso a paso fue a la tribuna:

—Yo criticaba correctamente a los políticos que excluían a los inmigrantes; me oponía vehementemente a las personas que discriminaban a las minorías por el color de la piel, el sexo, la raza y la religión. Y además de eso, tenía aversión a la prensa que sobrevalora a las celebridades y minimiza a miles de millones de anónimos que tienen el mismo valor que ellas. Todo parece bien, pero en este entrenamiento descubrí que yo bebía de la misma fuente a la que condenaba. Yo era hipócrita, emocionalmente mezquina, radical y egocéntrica con cualquier persona, incluso conmigo. Era enemiga de mí misma. Por eso me sentía agitada, irritada y era completamente intolerante con quien me contrariaba. Doce veces salí del salón de clases por un ataque de furia. Cientos de veces mastiqué mis cabellos como si quisiera devorarme a mí misma. Nunca logré hacer más de tres sesiones de psicoterapia sin entrar en conflicto con los médicos y los llamaba estúpidos. Muchos, incluso intelectuales aquí presentes, creían que yo era intratable, y sí lo era.

Al oír este relato, los rectores se quedaron sorprendidos con su declaración. Jasmine continuó:

—Pero mi mundo se puso de cabeza cuando comencé a comprender las herramientas del líder más grande de la historia, del humilde y penetrante médico de la emoción. No soy religiosa, pero estoy fascinada y asombrada del hombre que fue Jesús. Su paciencia era fenomenal; su tolerancia, incluso con sus decepcionantes alumnos, era todo un poema. Él nos enseñó a ser lo que siempre fuimos: seres humanos. Más de sesenta veces expresó: "Yo soy el hijo de la humanidad", con lo cual quiso decir: no me pongan etiquetas o cercas ideológicas, estoy apasionado por la humanidad.

De nuevo, muchos rectores intercambiaron miradas.

Jasmine concluyó:

—Como mi profesor siempre nos advirtió —y miró a Marco Polo—: aquel que sólo piensa en su corral ideológico, político y religioso, y no como humanidad, no es un gran líder, sino un esclavo de su mundo estrecho y exclusivista. Pensar como especie es la mayor y la mejor manera de vencer el cáncer del prejuicio. Por eso, creé una red social, "Ser Humano sin Fronteras". Quiero publicar innumerables mensajes de gestión de la emoción, para mostrar que muy por encima de nuestras diferencias, somos seres humanos, una familia. Somos complicados e imperfectos, pero somos bellos. ¡Ustedes son hermosos! En la esencia nos amamos, en las diferencias nos respetamos. Mis amigos y yo estamos orgullosos de ser seres humanos.

Después de terminar su discurso fue ovacionada con entusiasmo por más de un minuto, y de pie. Los rectores, perplejos, también se levantaron y aplaudieron. Hablaban unos con otros, preguntándose: "¿En qué se convirtió esa muchacha?".

Enseguida, Florence, con el corazón conmovido, comentó:

—Yo creía, tal vez como millones de personas en el mundo, que había nacido en la sociedad equivocada, en la familia equivocada y en la época equivocada. Tenía dinero, pero era infeliz.

Era una miserable viviendo en un bello departamento —y después miró a dos personas en el público que se enjugaban los ojos, sus padres—: Yo era depresiva y me cortaba en los baños, para intentar neutralizar mi dolor emocional por medio del dolor físico. Pero nunca podía detenerlo, sólo se expandía. Varias veces atenté contra mi vida —y se le quebró la voz—. Hoy sé que quien piensa en morir tiene hambre y sed de vivir, quiere matar su dolor, no su existencia. El problema no fueron mis padres, sino lo que yo hice con el estrés que ellos me causaron. Yo los amo mucho, mucho, mucho... Estoy aprendiendo a reeditar las ventanas enfermizas de mi historia, perdonar a quien me lastimó, perdonarme, y enamorar a la vida. De aquí en adelante, voy a trabajar en un proyecto internacional llamado "Ser feliz es un entrenamiento", para que las personas aprendan técnicas de gestión de la emoción para prevenir trastornos emocionales, y tengan una felicidad sustentable y no romántica o utópica. Para el Maestro de maestros, ser feliz es hacer mucho con poco, es contemplar lo bello, es disminuir la expectativa del retorno por parte de los demás, es entender que detrás de una persona que hiere hay una persona herida y mucho más. ¿Ustedes son felices? ¿Su sonrisa es un disfraz? Piensen en eso. Ah, y síganme.

Más aplausos entusiasmados. Los rectores se preguntaron unos a otros: "¿Cómo puede una joven tan triste, pesimista, negativa, haber dado un salto emocional tan grande?". The Best, que por ser un *Robo sapiens* no tenía emociones, parecía pasar por una crisis nerviosa. Estaba sin aliento. Enseguida, Chang tomó el micrófono.

—Caramba —dijo con buen humor, dirigiéndose a la audiencia—. Las mujeres están dominando al mundo —y después relató con transparencia única—: ¿Cuántas lecciones estoy aprendiendo? No puedo contarlas. Es injusto comentar sólo algunas, pero así lo haré. Muchos saben que soy afectuoso, comediante, un poco vago, juguetón.

—Juguetón no, eres un gran payaso —gritó Peter.

—Pues sí, soy la "mascota" de esta pandilla de alucinados —dijo sonriendo, y completó—: Bromas aparte, allá adentro, en un lugar en donde nadie puede mentir, yo era un ególatra. Pensaba en mí, después en mí y al diablo los demás. Veía a los indigentes sufriendo, pero el problema no era mío, pensaba. Observaba a las prostitutas llorando detrás de sus actitudes seductoras, pero yo no tenía nada que ver con eso, pensaba también. Compañeros de clase sufriendo de bullying, el problema es de la escuela. Nunca extendía las manos. Florence les preguntó: "¿Su sonrisa es un disfraz?", el mío era un tremendo disfraz, un maquillaje de un payaso insensible e individualista. Era un mendigo emocional, que necesita mucha atención y aplausos para tener migajas de placer. El celular era mi mundo. En él vivía, en él me escondía, como muchos influencers. Vivía un personaje, una realidad paralela.

Chang miró a su hermano y a su abuelo y se emocionó. Enseguida completó sus ideas, derramando lágrimas:

—No sólo la cocaína envicia, también gastar dinero. Yo era un consumista incontrolable... Tengo un hermano... que cierta vez señaló algunas de mis fallas y tomó algunas medidas para que yo no dilapidara la herencia dejada por mi padre. Pero yo no sólo no las acepté, sino que grité: "Mi padre murió, ¿quién eres tú para controlarme?". Azoté la puerta de su departamento y nunca más volví. Le di la espalda, nunca atendía sus llamadas. Mis sinceras disculpas. Tengo un abuelo, un ejemplo de ser humano y de intelectual. Él también insistía en hablar conmigo. Pero para mí él era demasiado viejo para enseñar a alguien tan inteligente —miró hacia el público y captó la imagen del científico de cabellos blancos. Y completó—: No sólo los alumnos niegan a sus maestros, sino que los nietos también niegan a sus abuelos, a sus padres... La tradición china murió en mí. Pero este entrenamiento hizo implosionar mi orgullo, me hizo ver mis locuras y descubrir que soy un viejo emocionalmente. Mil disculpas, abuelo Li Chang. Tengo 22 años de edad, pero emocionalmente tengo más de un siglo: reclamo demasiado, quiero todo rápido, no tengo empatía, no sé hacer de las pequeñas cosas un espectáculo para mis ojos. Estamos en la era del envejecimiento precoz de la emoción, del asco al tedio, lo que ha llevado a una explosión de suicidios. Por eso yo quiero ser un líder mundial, para ayudar a los niños y adolescentes a rejuvenecer su emoción, a salir de la droga del consumismo y de la intoxicación de los celulares, y amar el mundo real, concreto, cuyos héroes reales, sus abuelos, sus padres, sus hermanos, sus amigos, son imperfectos, sí, pero no por eso dejan de ser fascinantes.

Peter y sus amigos se quedaron sorprendidos por el razonamiento y la transparencia de Chang. Su hermano y su abuelo Li Chang se abrazaron, el hijo pródigo había vuelto. Marco Polo sonrió levemente, feliz con el progreso de su alumno. El resto de los rectores, atónitos, enmudecieron ante su sabiduría. Muchos eran viejos emocionalmente. Vincent Dell debía estarse revolcando en prisión.

Fue el turno de Peter, que caminó lentamente hasta la tribuna. Pero al llegar ahí, fue directo al diseccionar su personalidad, ruda y tosca.

—Yo siempre fui inquieto, radical, agresivo e implacable con mis opositores y muy poco tolerante con mis rarísimos amigos. Detestaba las ideas diferentes, mis opositores eran enemigos a ser abatidos. Reaccionaba por el fenómeno golpe-contragolpe. Pensaba y actuaba como un dictador. ¿Se imaginan si yo dirigiera una nación con este menú mental? Para mí, la unanimidad era inteligente, era mi unanimidad. Yo era tan intratable y rebelde que odié participar en este entrenamiento. Empujé, derribé y abofeteé a Marco Polo. Lo humillé varias veces. Creía que él quería transformarme en una rata de laboratorio. No sé cómo él no desistió de mí. Tenía cama, pero no descansaba; tenía boletos para las fiestas, pero no me alegraba; tenía piernas, pero no salía de un solo lugar. Por fin, fui provocado a buscar la única dirección que me convierte en un ser humano, una dirección que está dentro de mí mismo.

Los rectores no daban crédito a lo que estaban oyendo. "¿Ése es el famoso Peter, el psicópata de las universidades, el terror de la sociedad?", se preguntaron atónitos unos a otros. Hasta The Best hizo una expresión extraña. Y después de una pausa, Peter continuó:

—Hoy me queda muy claro que un líder sabe que la verdad humana es un fin intangible, y que la unanimidad es tonta e imposible; pues, como aprendí en este complejo entrenamiento, toda producción de pensamientos sufre un sistema de concatenación distorsionada, a través de las variables "quién soy", "cómo estoy", "dónde estoy". Pensar, por lo tanto, es distorsionar la realidad, lo que nos vuelve extremadamente creativos, para bien o para mal. También aprendí que en el primer momento en que se producen los pensamientos no hay libre albedrío, son construidos inconscientemente, pero en el segundo, nuestro Yo tiene que ser líder de sí mismo para no transformar las chispas de rabia, celos y envidia en comportamientos. Y también comprendí que nadie puede ser un gran líder en el ambiente social si no aprende a liderar humildemente su propia mente. Entrenar para poner la otra mejilla, elogiar a quien se equivoca para después señalar la falla, revolucionó a este pequeño ser humano llamado Peter.

El público quedó confundido ante el razonamiento de Peter. ¿Cómo aprendió a desarrollar un pensamiento tan crítico y agudo? Enseguida, Peter complementó:

—Ahora estoy dando conferencias y tengo un canal en YouTube para mostrar las innumerables herramientas que aprendí. Quiero divulgar la técnica del DCD y demostrar que la duda es el principio de la sabiduría en la filosofía, que la dimensión de las respuestas depende de la dimensión de las preguntas, o de su calidad. Sueño con enseñar también a los más diversos pueblos y culturas que la mayor venganza contra un enemigo no es odiarlo o rechazarlo o desquitarse, pues estos sentimientos hacen mal a quien los aloja, pues son registrados como ventanas killer que no se pueden apagar. Por lo tanto, reitero, la mayor venganza contra un enemigo o adversario es perdonarlo. Al perdonarlo, deja de dormir con nosotros y perturbar nuestro sueño. Yo siempre fui un coleccionista de enemigos, pero estoy aprendiendo a ser un coleccionista de amigos.

Los padres de Peter corrieron a abrazarlo. Varias personas a las que había lastimado en la universidad se quedaron inmóviles, mirándose unas a otras.

Momentos después, Michael tomó la palabra y concluyó brevemente sus ideas, pero con profundidad.

—Mi piel es negra. Pasé por burlas, sarcasmos, risas irónicas. Detestaba a esta especie saturada de prejuicios. Sé lo que es el dolor del rechazo. Pero no sabía lo que era el sabor de la inclusión, porque simplemente no era una persona empática ni generosa. Nadie soportaba mis críticas y pesimismo, ni siquiera yo mismo. Por eso, como Florence, yo también me cortaba —y levantó su camisa, mostrando su piel llena de marcas. Ni sus amigos sabían de su automutilación—. Pero en este entrenamiento mi mundo también se puso de cabeza. Teníamos que hacer ejercicios que me daban asco. Pero fui a bañar a los mendigos que olían mal, lo que me enojaba. ¿El resultado? Encontré a seres humanos sorprendentes, mucho mejores y más resilientes que yo, pero que hurgaban en la basura para conseguir algo de comer. Mis amigos y yo fuimos a dialogar con prostitutas, pero no para saber con cuántos hombres habían dormido, sino para descubrir sus sueños y pesadillas, sus lágrimas y sus dolores. Descubrí mujeres increíbles, poderosas, que con gemidos inexpresables hacían sexo en una cama para cubrir las necesidades de sus hijos hambrientos. Quien no tenga errores y fallas que tire la primera piedra. Yo era un tirador de piedras, ahora quiero recogerlas. Después de un año de entrenamiento, en que día y noche aprendimos sobre algunas de las capas más profundas de la mente humana, no sueño con algo muy grande —e hizo una pausa—. Sólo me gustaría ayudar a acabar con el hambre de la humanidad.

Muchos sonrieron encantados con las tesis y la postura de Michael. Hablaba como un líder de los derechos humanos. Cuando abordó su gigantesco sueño, algunos pensaron, incluyendo a los rectores: ¿cómo será eso posible? Este sueño también controlaba a Marco Polo.

—Mi maestro Marco Polo y yo creemos que si hubiera un impuesto mundial de 0.5 por ciento en todas las importaciones y exportaciones, en fin, en todas las transacciones comerciales entre los países, se podría reunir un fondo administrado por la FAO, un órgano de la Organización de las Naciones Unidas para la seguridad alimentaria, con el propósito de erradicar en cuatro años el hambre del planeta —cuando Michael comentó esta tesis, hubo un murmullo en la audiencia. "¿Por qué no pensamos en esto antes?", se preguntaron—. Este fondo sería no sólo para distribuir alimentos, sino para fomentar una agricultura y una educación sustentables. Más de 800 millones de seres humanos pasaban hambre en el mundo y, con la pandemia, estos índices se incrementaron dramáticamente. ¿Nos vamos a quedar callados? Es mucho mejor errar por actuar que errar por omitir. Como el maestro de la emoción nos enseñó: un gran líder se inclina ante la sociedad para servirla, y no usa la sociedad para que lo sirva.

Hubo silbidos y aplausos efusivos. Si Vincent Dell hubiera estado ahí, le habría dado un colapso en su butaca. The Best parecía no creer en lo que oía. Tragaba papeles como si estuviera hambriento. Antes del entrenamiento, los rebeldes parecían tan alienados, tan indiferentes al dolor de los demás, pero ahora exhalaban altruismo por todos los poros.

Y después de otros alumnos de Marco Polo, por último fue el turno de Sam.

—Yo tengo síndrome de Tourette. Mis movimientos involuntarios me colocaron en el centro de la pista, escarnecido por todo tipo de personas —e hizo algunos de esos movimientos. Algunas personas se rieron—. ¿Lo ven? ¿Se han sentido alguna vez en el centro de la pista de un circo que ustedes no construyeron? Hoy tengo más autocontrol, pero todavía tengo esos tics, principalmente cuando estoy estresado. Pero todos los días proclamo en mi mente una simple, pero explosiva herramienta de gestión de la emoción: mi paz vale oro y el resto es basura. Una herramienta que algunos alumnos aprendieron hace dos mil años, una de las causas que explican por qué fueron tremendamente fuertes, aun cuando el mundo se derrumbaba sobre ellos. Entreno todos los días a mi Yo para no comprar lo que no me pertenece, como ofensas, rechazos, burlas que yo no produje.

Sam fue ovacionado en medio de su plática. Muchos en el público sentían que su mente era tierra de nadie, que no tenía ninguna protección. Él agradeció con una breve sonrisa y, después de una pausa, completó su razonamiento:

—Si aprendemos a administrar nuestras empresas, ¿por qué no entrenamos para administrar nuestra mente? ¡Si nuestra mente falla, todo se va a la quiebra a nuestro alrededor! Pero nuestra educación es tan racionalista que nos volvemos pésimos pilotos de nuestra aeronave mental, pésimos ejecutivos de nuestra psique —y, enseguida, cerró su exposición con estas palabras—: Tengo mil defectos, pero quiero agradecerle al doctor Marco Polo por invertir gratuitamente todo lo que tenía en aquellos que poco tenían, en personas que le causaron tantos dolores de cabeza. Y quiero decirle a él y a ustedes que quiero gastar una parte preciosa de mi tiempo para contribuir a que cristianos, musulmanes, judíos, budistas, brahmanistas, ateos, aprendan las técnicas de gestión de la emoción, como la "mesa redonda del Yo" y del "Yo como consumidor emocional responsable", para solucionar pacíficamente sus conflictos y se consideren como una sola familia, la familia humana. Sueño con que haya menos guerras y más abrazos, menos desconfianza y más empatía, menos prejuicios y más tolerancia, en la humanidad.

Y así, uno a uno los alumnos de Marco Polo comentaron sobre sus penurias, sus experiencias, sus sueños y sus proyectos de vida. Todos lo abrazaron cariñosa y prolongadamente. Habían vivido aprendizajes inimaginables para el sistema académico. Los rectores de las más diversas universidades presentes, como la doctora Lucy Denver de Inglaterra, Jin Chang de China, el doctor Rosenthal de Israel y de otras universidades del mundo, consideraron que el programa de entrenamiento de gestión de la emoción era impactante, sorprendente e indescriptible. Y lo mismo sintieron los directores de enseñanza básica.

No podían callarse después de todo lo que habían visto y oído. Tomaron el material de Marco Polo, con sus herramientas y los ejercicios, y comenzaron a aplicarlo, por lo menos en parte, en donde trabajaban. Hubo mucha resistencia inicial. Era un verdadero parto sacar a los alumnos de sus asientos, de su pasividad educativa, de su condición de espectadores pasivos para convertirlos en protagonistas, autores de sus historias, líderes de sí mismos, ricos en habilidades socioemocionales. Pero ser líder nunca fue fácil; formar a otros líderes, peor todavía. Pero quien tiene éxito sin riesgos, vence sin gloria.

19

El líder vacuna a sus liderados contra el virus del poder

LECCIONES FASCINANTES DEL MAESTRO DE MAESTROS HORAS ANTES DE MORIR

Los alumnos de Marco Polo estaban reunidos en una cena de confraternización. Muy probablemente sería la última cena que tendrían juntos. Él vio a Florence, Jasmine, Peter, Chang, Michael, Yuri, Martin, Alexander y a los demás felices, comiendo juntos, bromeando unos con otros. Pero algo muy fuerte lo incomodaba. En este exacto momento, Marco Polo recordó que los discípulos de Jesús estaban reunidos en una cena íntima celebrando la Pascua. Para sus alumnos era una celebración del notable éxito del proyecto de su maestro. Para el médico de la emoción, era una cena de despedida.

Pedro, Andrés, Juan, Santiago, Judas, Mateo, Felipe, Bartolomé, en fin, todos ellos, estaban eufóricos. El Maestro de maestros podría relajarse, pero sus alumnos todavía no estaban preparados para resistir a los monstruos del exterior y, en especial, a los fantasmas del interior. Todavía faltaban lecciones importantísimas.

Haber salido de dos en dos sin dinero ni protección, liberar su imaginación para conquistar con amor y elocuencia a personas extrañas, ser recibidos de forma espléndida en muchos pueblos y rechazados en otros, fue un aprendizaje espectacular para aquel tosco equipo de galileos que no sabía hablar en público. Haber aprendido a no tirar piedras, sino a ser empáticos, a abrazar más y criticar menos, a poner la otra mejilla o a elogiar a quien se equivoca en el acto de su error para desarmarlo, fueron herramientas poderosas. Saber que la vara que usaban para juzgar a los demás sería la misma utilizada por ellos para juzgarlos, fue un brindis a la tolerancia y la autocrítica. Miles de lecciones como éstas habían cambiado la órbita del planeta mente de aquellos jóvenes que vivían una historia emocional superficial y socialmente inexpresiva.

El aprendizaje fue magnífico, pero no estaba completo. Más aún porque tenían la protección de su maestro, pero pronto la perderían del modo más dramático posible; moriría como hereje, un opositor del sistema romano, un hombre sin dignidad del cual todos apartarían la cara. Es muy fácil aplaudir a un vencedor, pero es difícil apostarle a quien ocupa el último lugar. Ellos saldrían del cielo para entrar en el infierno y no lo sabrían hasta después de que Jesús fuera aprehendido. El pastor sería herido y las ovejas tan dóciles lo abandonarían vergonzosa y egoístamente. Los héroes se derretirían como bolas de nieve bajo el inclemente sol. Sólo se encuentra quien no tiene miedo de perderse. Ellos perderían su seguridad, y tendrían que reencontrarla.

A los ojos de los discípulos de Jesús, él era el hijo del Autor de la existencia y no sólo un hombre articulado e invencible. Para ellos, él tenía la misión de sacar a Israel del yugo tiránico del Imperio romano y, por extensión, cambiar la senda de la humanidad. De este modo, estar cenando al lado de alguien tan famoso y poderoso era un prestigio mucho mayor que estar cenando al lado de Tiberio César. Pero los vientos cambiarían, el capitán del barco sería lanzado al mar y ellos se quedarían a la deriva. Todavía tendrían que aprender lecciones indescriptibles. Algunas de ellas fueron impartidas de manera espectacular en aquella cena que el Maestro de maestros les mandó preparar.

Marco Polo se levantó y contó a sus alumnos la historia de la famosísima última cena, sólo que bajo el ángulo de la psicología y la sociología.

—En una época en la que para ser una celebridad se debía tener un alto rango en el ejército o una alta posición en la burocracia romana, el carpintero de Nazaret transformó esa tesis. Sin cargo político, sin antecedentes fariseos o rango militar, sin usar armas, y sobre todo, predicando sobre la pacificación y proclamando los más altos índices de tolerancia social, era seguido apasionadamente por las multitudes. Sus ambiciosos alumnos imaginaban: "Si nuestro maestro consiguió todo eso sin usar el poder, imagínense si lo usa". Su fama sobrepasaba a la de Herodes Antipas, el gobernador de Galilea, y era la envidia de Poncio Pilatos, el gobernador de Judea. Ambos estaban fascinados por conocerlo.

Marco Polo hizo una pausa para reflexionar y continuó:

—En este clima animadísimo de "ya ganamos", sus alumnos serían puestos a prueba dramáticamente con este rechazo a usar su poder, a no ser el del silencio. Ni siquiera les pasaba por la mente que en pocas horas sería apresado, latigueado, coronado de espinas, escarnecido y obligado a cargar una cruz de madera

—y después, el psiquiatra ponderó—: Un mito no se construye con una muerte ofensiva, colgado en una cruz como un delincuente vulgar, muriendo sin reaccionar. Era de esperar que nadie se acordaría de él, como pasó con millones de personas que murieron de manera atroz. Sepultadas en silencio, y en silencio permanecen. Pero para consternación de las ciencias, él perdonó a sus torturadores cuando temblaba de dolor; para consternación de la psicopedagogía, él no era un maestro común, sino un jardinero de sueños y emociones. Plantó simientes inolvidables en los suelos inhóspitos de la mente de Pedro, Santiago, Juan y los demás. Vendría el invierno, los árboles se deshojarían, parecerían muertos, pero las ramas reaccionarían a la escasez de agua y a los vientos ululantes, secretarían en su interior los retoños que florecerían como una exuberante primavera.

Aquellos anónimos pescadores, que olían a pescado, que sólo sabían pescar o realizar tareas simples, y que probablemente tampoco serían recordados por nadie, habían sido entrenados a ser pescadores de hombres, encantadores de seres humanos, oradores que hablaban sobre una nueva era, pensadores de un nuevo mundo. De ese modo, el bosque socioemocional floreció en los suelos de su psiquismo y cambió poco a poco el entorno de la humanidad. Años más tarde, incluso en el Coliseo construido por el emperador Vespasiano, donde los seguidores del médico de la emoción servirían de alimento para las fieras, las semillas continuaban floreciendo. Nada daba poder a las semillas, cuando mucho se intenta enterrarlas, anularlas, silenciarlas, pero germinaban y cambiaban el paisaje. Lo mismo ocurre cuando se intenta sepultar la sed de libertad y la dignidad humanas.

—Era imposible negar las habilidades que los alumnos del Maestro de maestros habían aprendido durante su entrenamiento. Estaban destinados, queriéndolo o no, a dinamitar el radicalismo, el egocentrismo, el egoísmo y el individualismo que reinaba en el mundo. Claro, hoy en día cristianos radicales avergüenzan la historia del líder más grande de la historia y probablemente, si regresaran en el tiempo, no estarían entre sus alumnos, sino en las filas de los que gritaban: "¡Crucifícalo! ¡Crucifícalo!". El proceso de formación de sus alumnos fue extremadamente desafiante. Los doce discípulos le dieron muchas alegrías, pero también innumerables decepciones. En la última cena ocurrió otra frustración indescriptible. Cuando deberían brindar por el amor mutuo, la cooperación íntima, la empatía solemne, comenzaron a discutir quién era el más grande entre ellos.

—¡No es posible! —exclamó Florence—. ¿Hubo peleas en la última cena?

—Esos tipos no habían entendido nada —afirmó Chang.

—Pero ¿somos distintos a ellos? —preguntó Marco Polo—. Somos tan complicados que creamos nuestros propios problemas. Los alumnos de Jesucristo pensaban en un trono político que imaginaban que él conquistaría. No entendían que él quería un trono en el corazón humano. Si reaccionaban así cuando todavía eran socialmente pequeños, imaginen cuando se convirtieran en celebridades. El poder los debilitaría y la fama los asfixiaría, como ha debilitado y asfixiado a la gran mayoría de las celebridades de todas las épocas. ¿Y cuál debería ser la actitud del Maestro de maestros ante esta insana disputa en la última cena? —cuestionó Marco Polo a sus alumnos.

—Regañarlos. Decirles que eran irresponsables y ambiciosos —afirmó Chang.

—Nada, darles un sermón —comentó Peter—. Mostrarles su locura y recordar las principales lecciones que aprendieron.

—Jesús debería voltear la mesa, despotricar, lanzar críticas en forma de golpes —comentó Florence.

—Yo creo que él debería dejar sumariamente la última cena y poner a sus discípulos en el congelador, para que reflexionaran sobre su estupidez —conjeturó Jasmine.

Y así otros alumnos opinaron, siempre con dosis de radicalismos. Sin embargo, Marco Polo movió la cabeza y comentó:

—Pero el médico de la emoción no hizo nada de eso. Sabía que elevar el tono de voz, regañar, criticar y dar lecciones de moral como cualquier maestro no cambiaría la historia de sus apóstoles. Tendría que producir ventanas light doble P, con el poder de ser inolvidables y con el poder de ser retroalimentadas en los suelos de la corteza cerebral de sus alumnos. Pero ¿cómo hacerlo? El tiempo apremiaba, moriría en algunas horas. Fue entonces que el hombre más inteligente de la historia usó el poder de las metáforas, aquel poder que va más allá de los límites de las palabras. Era de esperarse que alguien consciente de su inminente tortura y muerte jamás tuviera el ánimo pedagógico para seguir enseñando y apostando por personas decepcionantes, pero él no desistía. Jesucristo era incapaz de desistir de sus discípulos y de la humanidad, incluso siendo torturado mentalmente por sus alumnos y físicamente por los soldados romanos.

Marco Polo hizo una pausa para reflexionar y luego dijo:

—Recuerden: la necesidad neurótica de poder es el tipo más poderoso de virus del ego. ¿Están contaminados con él?

—Yo pienso que ahora ya no. Lo importante es servir a la sociedad —dijo Florence.

—Estoy de acuerdo con Florence —afirmó Peter—. Aprendemos a valorar a los que viven al margen de la sociedad.

—Aprendemos a dar lo mejor de nosotros para el bienestar social —concluyó Michael.

Marco Polo sonrió levemente. Sus alumnos, por más progreso que hubieran logrado, no conocían las capas más profundas de sí mismos, los monstruos que se alojaban detrás del barniz de las buenas intenciones.

—¿Sabían que más de 90 por ciento de los políticos, empresarios, celebridades y hasta líderes religiosos tienen el mismo discurso que ustedes? Pero nuestros actos traicionan nuestras palabras.

—Dios nos libre del virus del ego —expresó Jasmine.

—Jasmine, ¿olvidas que el virus del ego nunca muere, sólo lo controlamos? El Maestro de maestros lo sabía.

Marco Polo explicó que el modo en que Jesús fue traicionado por Judas con un beso, indicaba su notable docilidad, autocontrol y empatía. Tal vez fue el primero en la historia en ser traicionado de forma tan gentil. Judas sabía que su maestro no se rebelaría. Pero desconocía la mente de Pedro. El virus del ego lo había infectado, exacerbando su heroísmo.

—Pedro le cortó la oreja a un soldado de la escolta. Su comportamiento agresivo accionó los mecanismos primitivos del cerebro. Detonó colectivamente el gatillo cerebral de la escolta, abrió ventanas killer que denunciaban que la vida de ellos estaba en peligro, haciendo que el ancla cerrara el circuito de la memoria. En ese momento, como ocurre en las agresiones colectivas en los estadios, el ser humano deja de ser *Homo sapiens*, pensante, y se vuelve *Homo bios*, instintivo. Genera una histeria agresiva. Pedro casi precipitó una masacre que destruiría el proyecto del Maestro de maestros. Pero él intervino rápidamente y contuvo a Pedro, enseguida trató al herido y después calmó los ánimos de la escolta. ¡Qué fenomenal equilibrio! Dijo suavemente: "He estado con vosotros todos los días enseñando en el templo y no fui aprehendido. ¿Ahora me apresáis como a un criminal?". Y se entregó pacíficamente a los soldados.

—¡Qué autocontrol insondable! —expresó Yuri.

—¿Cómo puede alguien ser líder de sí en medio de un terremoto emocional? —quiso saber Michael.

—Tú tienes razón, Marco Polo —comentó Jasmine—. Jesús estaba siempre enseñando a sus alumnos incluso sin aire para respirar. Pero ¿qué metáfora usó en la última cena para controlar al patógeno y resistente virus del ego?

El pensador de la psicología miró a sus alumnos y discurrió:

—Los discípulos de Jesús estaban eufóricos en la última cena. Él les dijo que uno de ellos lo traicionaría. Fue un escándalo. Pero no denunció al traidor. Todos querían ir a darle caza al enemigo. Pero él fue gentil con Judas, quien se cuestionó si sería él. Pero su maestro no despotricó ni censuró. Le dio un pedazo de pan y le dijo secretamente: "Lo que tengas que hacer, hazlo de prisa". Quería decir: "No tengo miedo de ser traicionado, tengo miedo de perder a un amigo". Por eso le dijo "amigo" en el acto del beso que lo identificó.

—No entiendo. ¿Cómo es posible que alguien sea tan altruista con alguien tan egoísta?

—Pero él reaccionó, Florence. Yo también me quedé perplejo

como pensador de la psicología al analizar sus comportamientos. Freud expulsó a sus amigos de la familia psicoanalítica por ir en contra de sus ideas. Hay miles de casos de personas buenas que actuaron cruelmente con quien las decepcionó.

Después, Marco Polo comentó:

—Luego dijo que todos lo abandonarían. Pedro, el héroe, dijo que moriría con él si fuera preciso. Él tampoco lo censuró. Sólo dijo que antes de que el gallo cantara, Pedro lo negaría tres veces.

—¿Pedro tuvo gallofobia? —dijo Chang, con buen humor.

—Quizás, Chang. Pero que un ave te recuerde un grave error es infinitamente más suave que ser criticado como débil o cobarde. El médico de la emoción siempre abrazó a sus alumnos incluso en el ápice de la decepción, a diferencia de los maestros de todos los países. Y en la última cena, la metáfora que usó para tratar el virus del ego, para controlar la necesidad neurótica de poder, no tiene precedente histórico en la psicología, la sociología o la pedagogía. Tomó una vasija de agua y una toalla, y silenciosamente se inclinó ante ellos y comenzó a lavarles los pies, uno por uno. Fue una empatía provocadora, un amor exuberante, una lección de generosidad y desprendimiento de indecible poder.

Los alumnos de Marco Polo se quedaron estupefactos con la sabiduría y la osadía indescriptible de Jesús. Entendían cada vez más que las herramientas que el psiquiatra usó para entrenarlos eran poderosísimas.

—Sólo después de su intrigante metáfora, el Maestro de maestros usó las palabras. Dijo: "Las autoridades, los gobernantes, los reyes, quieren ser servidos. Ustedes me dicen maestro, y hacen bien, pero yo soy quien los sirve. Por lo tanto, hagan como yo y no como las autoridades. Jamás se olviden, en toda su historia, que el más grande entre ustedes no es quien los domina, sino quien los sirve".

Peter quedó tan impactado que dijo:

—Sorprendente, Marco Polo, sorprendente —y repitió—: En otras palabras, Jesús archivó en el cerebro de ellos una ventana light doble P que parecía gritar: "¡Recuerden hasta su último aliento de vida que me incliné a sus pies sin que lo merecieran! ¡Recuerden que si quieren ser grandes en mi reino, tendrán que dar lo mejor de sí mismos a los desvalidos, los fracturados, los debilitados, los decepcionantes!".

—¿Quieren ser grandes? ¡Excelente! ¡Sirvan! ¿Quieren ser más grandes que sus pares? ¡Excelente! ¡No reclamen, carguen a los demás sobre sus espaldas! —concluyó Jasmine.

—Qué lí... líder fasci... cinante —dijo Alexander, con aún más dificultad de articular la voz que antes.

—¿Qué clase de inteligencia es ésa? —declaró Florence—. ¡Realmente todas las universidades y religiones cometieron un error al no estudiarla!

Marco Polo concluyó con una frase:

—Es dificilísimo describirlo; él fue el líder de los líderes, pero un líder que invirtió el proceso de liderazgo que existe en el mundo político, social, empresarial y hasta religioso: "Nunca alguien tan grande se hizo tan pequeño para convertir en grandes a los pequeños".

Y después Marco Polo tuvo el mismo gesto con sus alumnos. Tomó una vasija de agua y una toalla, les quitó los zapatos y comenzó a lavarlos silenciosamente uno por uno.

—Maestro, no necesitas hacer eso —dijo Jasmine, compungida al acordarse de que al comienzo del entrenamiento le había escupido en la cara.

Pero Marco Polo siguió en silencio.

—Profesor, basta con que nos hayas enseñado sobre ese pasaje. No te humilles —dijo Peter, recordando que lo había derribado, abofeteado y acusado de ser un farsante.

Pero él lavó los pies de Peter.

—Tengo hongos en los pies —dijo Chang, retrocediendo y recordando que muchas veces se burló de Marco Polo poniéndolo como un payaso en la pista de un circo.

Pero al psiquiatra no le importó. Los lavó pacientemente. Y después se levantó y sólo dijo:

—Estoy feliz con el desempeño de todos ustedes, pero el éxito es mucho más difícil de trabajar que el fracaso. El riesgo del éxito es vivir en función de él. ¿Quién me promete que nunca se infectará con el éxito?

Todos levantaron rápidamente las manos, pero Marco Polo les advirtió:

—No confío en ustedes —ellos sonrieron. Y su maestro agregó—: Salomón falló, asfixió su sabiduría, los discípulos de Jesús se equivocaron, los políticos de hoy se olvidan de que son simples mortales, los millonarios empobrecen con su dinero, los líderes religiosos trituran su primer amor al vivir en función del número de adeptos, las celebridades se autodestruyen con su fama, sin entender que la emoción es democrática, que ser feliz es hacer de las cosas simples y anónimas un espectáculo para sus ojos. En el mundo real, sólo los héroes yacen en una tumba.

Y, de este modo, Marco Polo se despidió aquella noche de sus alumnos, con la convicción de que ellos, por más que dieran un salto fascinante para ser proactivos, inventivos, afectuosos y libres, todavía serían sangrados por los vampiros mentales que los acechaban... El cielo y el infierno emocional siempre estuvieron muy cerca de la historia de cada ser humano. La libertad y las cárceles mentales siempre estarán presentes en los pequeños paréntesis de tiempo de los mortales.

20

Ámame por lo que soy y no por lo que tengo

El profesor Marco Polo creía que era momento de dejar que sus alumnos construyeran sus propias historias. Sabía que los maestros más nobles anhelan que sus alumnos los superen. Por lo menos en actividades que puedan ir más lejos de lo que ellos fueron. Al pensar en el desarrollo de sus desacreditados alumnos, aunque estuviera lastimado físicamente, estaba revigorizado emocionalmente. En este momento rescató un sueño que hacía años lo consumía, el proyecto llamado *100% Love for Children*, capaz de involucrar a niños y preadolescentes con alta vulnerabilidad de varias naciones que son abandonados, víctimas de terremotos, de padres alcohólicos, de traficantes, de depredadores sexuales. Pasó una película en su mente sobre los cinco grandes pilares del proyecto, que lo animó muchísimo.

1. Educar a esos niños y adolescentes con herramientas de gestión de la emoción como la técnica del DCD, de la mesa redonda del Yo y del Yo como consumidor emocional responsable, para que aprendieran a proteger sus mentes y a

reescribir sus ventanas traumáticas, liberarse de sus cárceles mentales y construyeran nuevas habilidades socioemocionales.

2. Entrenarlos con técnicas de relajamiento para aliviar el estrés cerebral derivado de los grandes traumas, incluso el abuso sexual, y aprender artes marciales para desarrollar la autoconfianza y el autocontrol.
3. Hacer convenios con miles de escuelas de educación básica en todo el mundo, incluyendo los colegios particulares y universidades, para que esos "hijos de la humanidad" fragmentados en su pasado pudieran estudiar y tener un lugar bajo el sol en una sociedad exclusivista y altamente competitiva.
4. Una nutrición saludable y balanceada.
5. Tener acceso a psicoterapia y medicina en línea y presencial.

Marco Polo sabía que, en esta brevísima existencia, la gran mayoría de los seres humanos vivía en la mediocridad existencial, sin dejar un legado por el cual hubiera valido la pena vivir, por eso eran mendigos emocionales, habitaban en bellos departamentos y casas en condominio, pero mendigaban el pan de la alegría, pues necesitaban muchos estímulos para sentir migajas de placer. Para romper este círculo vicioso, soñaba con invitar a chinos, franceses, alemanes, estadunidenses, a construir en sus respectivos países el proyecto *100% Love for Children*. Amar a la humanidad sin radicalismos, sin la necesidad neurótica de poder o de exhibición social, era uno de los fenómenos más importantes para lograr una felicidad sustentable.

Enseguida, se sentó en un sofá, reclinó la cabeza y continuó desarrollando su proyecto en su imaginación. Podría estar feliz y hasta más seguro, ya que su archienemigo, Vincent Dell, estaba tras las rejas. Los cazadores de monstruos en monstruos se convierten, transformados por la venganza. No hallaba placer en la venganza, pero era bueno saber que estaba confinado. Al comienzo de su carrera, ambos tuvieron momentos agradables, una amistad poco profunda, pero respetable.

Marco Polo pensó en voz alta: "Tiene que haber justicia, pero el dolor de un depredador no hace una víctima feliz, a no ser que transforme las lágrimas en sabiduría y se reinvente".

Al día siguiente, cuando Marco Polo estaba por subirse al auto en el estacionamiento para visitar a su novia Sofía junto con su chofer, caminando lentamente con dolor y apoyado en un bastón, surgió súbitamente un sujeto extraño que se aproximó y soltó estas palabras:

—Tú enseñaste a tus alumnos a tener la más noble inteligencia socioemocional. ¿Practicas lo que enseñaste?

—¿Quién eres? —preguntó Marco Polo.

El chofer, que también era su guardaespaldas, hizo el ademán de sacar un arma.

—Cálmate —dijo el desconocido.

Marco Polo le hizo una seña a su guardaespaldas para que no se precipitara. El extraño, que parecía conocer sus enseñanzas, lo provocó:

—Perdonar a los enemigos, poner la otra mejilla. ¡Cuánta hipocresía que seas incapaz de vivir! —afirmó mentirosamente el enigmático hombre. Y por fin lo interpeló—: ¿Ya visitaste a Vincent Dell en prisión?

—¿Quién eres? —preguntó Marco Polo perturbado—. ¿The Best?

—The Best fue un sueño. Un robot-esclavo que ya murió. ¿Quién eres tú? Muestra tu verdadera cara, Marco Polo.

El psiquiatra se subió al auto.

—¿Ya te olvidaste del Maestro de maestros? ¿No transformaba él a las prostitutas en reinas? ¿Y a leprosos en queridos amigos? Soy un leproso, ¿por qué me das la espalda? ¿Vincent Dell es indigno de tu visita? ¿No merece tu perdón? Qué hipócrita. ¡Traicionas tus palabras! —dijo el desconocido, y se alejó caminando sin decir nada más.

Marco Polo quedó atónito. Iría a visitar a Sofía. Cuando se reunió con ella y se sentaron para tomar un café, le contó lo ocurrido.

—¿Quién era? —indagó Sofía, preocupada.

—No tengo idea. Por un momento pensé que era The Best. Pero leí en un informe que fue desactivado por el laboratorio que lo creó.

—Nunca visites a ese tipo. ¿No sabes de lo que es capaz? —recomendó ella.

Él suspiró. Amaba a Sofía, pero no estaba controlado por el deseo de nadie más, hacía lo que su consciencia le pedía. Sentía que tenía que visitar a Vincent Dell, por lo menos una única vez. Al día siguiente por la mañana, al subirse de nuevo a su auto, le pidió al chofer:

—Vamos a la prisión...

—¿Está seguro, señor? —preguntó el chofer.

—No... Pero tengo que ir.

Contrariando las opiniones de sus amigos, la víctima fue a visitar a su verdugo en el tétrico presidio, que estaba muy bien resguardado. Vincent Dell supo que un visitante inesperado quería verlo. Sonrió levemente. Caminó con calma por los largos corredores, con esposas en las manos y cadenas en los pies. Con la cabeza altiva y la mirada penetrante, no parecía mermado por el confinamiento. Cuando apareció en la sala de visitas, del otro lado de la cortina de vidrio, se quedó paralizado. Después, sin mucha emoción, provocó al psiquiatra.

—¿Viniste a burlarte de mi desgracia, Marco Polo?

—No. Vine a saber cómo estás.

—¿Quieres saber sobre mi bienestar? La venganza se come fría y lentamente. Felicidades.

—¿Sabes por qué me entreno diariamente para no albergar resentimientos, en especial contigo? Porque mi paz vale oro, el resto es basura. Ninguna víctima merece que su verdugo le robe su paz.

—Inteligente... Tu paz vale oro, el resto es basura... Es revolucionaria tu postura.

—Vine a decirte, con el corazón abierto, que te perdono, Vincent.

—¿Perdonarme? Extraño. Pero yo sobrevivo sin tu perdón, Marco Polo —rebatió el rector con sarcasmo.

—Puedes vivir sin mi perdón, pero ¿logras sobrevivir sin tu propio perdón? Nadie que sea mínimamente saludable lo consigue —conjeturó el psiquiatra.

—Pues yo sobrevivo —afirmó con una risa histriónica. Y enseguida exclamó—: Pero en cuanto a tu perdón, ¿cómo puede acogerme una persona a la que saboteé, calumnié y casi maté?

—¡La mayor venganza contra un enemigo es perdonarlo! Al perdonarlo, él muere como enemigo en el teatro de nuestra mente, aunque jamás sea un amigo —afirmó Marco Polo.

El rector permaneció en silencio por algunos instantes. Intentaba digerir esa tesis.

—Confieso que es difícil entenderte. Pones mi aparato mental en estado de alerta.

—No me entiendes porque el sistema académico que dirigiste estaba y está enfermo —abordó el psiquiatra.

—Tú eres un perturbador del orden, Marco Polo. ¿Para ti la formación en mi universidad y en Harvard tiene que estar en el banquillo de los acusados? ¿MIT, Stanford, Oxford, las universidades de Francia, China, Japón, Rusia también? ¿No es tu tesis tan atrevida que raya en el delirio?

—¡Todas tienen déficits en la formación de mentes libres y emociones saludables! No forman colectivos de gestores de su psiquismo, líderes de sí mismos, flexibles, empáticos, con un alto umbral para soportar las frustraciones...

Interrumpiendo a Marco Polo, Vincent Dell lanzó indignado otra pregunta en voz alta. El clima se puso tenso:

—¿Los maestros también deben estar en el banquillo de los acusados?

—¡No! Los maestros son la joya de la corona educativa, están entre los profesionales más importantes del teatro social, pero el sistema educativo en que viven y actúan está en quiebra, forma personas enfermas. Debe ser reinventado. Debe pasar de la era de la información a la era del Yo como gestor de la mente, de la era del señalamiento de fallas a la era de la celebración de los aciertos, de la era de la exactitud de las respuestas a la era de la inventiva.

—¡Insistes en destruirnos! —gritó Vincent Dell, manoteando en la mesa. Parecía tener una fuerza descomunal, capaz de perturbar a Marco Polo.

—Hay mérito en las universidades, en especial para formar técnicos, profesionistas, solucionadores de problemas lógico-matemáticos, pero no para resolver los conflictos socioemocionales.

Inconforme, Vincent Dell rebatió:

—Pero... pero... ¿más de 100 trillones de datos de todas las áreas de las ciencias no bastan para formar ciudadanos responsables, seres humanos pacíficos, saludables, tolerantes, altruistas y felices?

—¡No!

—Yo sé que no —confesó el antes poderoso rector. Y afirmó—: Si fueran suficientes, más de ochocientos millones de personas no pasarían hambre.

—¿Lo admites ahora, Vincent? Y completo tu razonamiento: si la fantástica matriz de información que producimos fuera suficiente para formar personalidades protegidas, miles de millones de seres humanos no desarrollarían un trastorno psiquiátrico a lo largo de la vida, y más de la mitad de la población lo desarrolla. Más de 70 por ciento de los jóvenes no serían tímidos ni 75 por ciento de esas personas experimentarían el caos de la glosofobia, que es el miedo de hablar en público —ponderó Marco Polo.

—¿Tú piensas como Jesucristo? —preguntó el rector, perplejo.

Marco Polo perdió la paciencia.

—Deja de rebatir, Vincent Dell. Yo pienso como ser humano, fallido, imperfecto, mortal, pero mínimamente empático y preocupado por el futuro de la familia humana. El conocimiento racionalista no es liberador, sólo acaso si fuera atemperado con la gestión de la emoción. Tú nunca entendiste esto.

—Tu preocupación por la familia humana es incomprensible para mí. Lo intento, pero no te entiendo, Marco Polo, honestamente no te entiendo.

Ante la pequeña y momentánea reflexión de Vincent Dell, Marco Polo, emocionado, aprovechó para decir:

—Heinrich Himmler, el verdugo de la SS, nació como una ingenua criatura el 7 de octubre de 1900; su padre era maestro y su madre, una católica devota. Debido a su salud frágil, entrenaba con pesas para fortalecerse. Asistió a una escuela agrícola, se convirtió en técnico y reunió la experiencia suficiente para seleccionar los pollos genéticamente. Ese alumno que se sentó en las bancas de una escuela no aprendió en forma mínima a ponerse en el lugar de los demás. Cuando asumió el máximo liderazgo de la terrible policía SS, el seleccionador de la genética de pollos se atrevió a elegir seres humanos, sin darse cuenta de que cada uno de ellos es único e irrepetible. Himmler exaltó la raza aria y envió a los campos de concentración a quienes consideraba inferiores, incluyendo a incontables niños.

—Pero Himmler no era tan culto —comentó Vincent Dell.

—Pero muchos nazis tenían formación académica. Innumerables intelectuales, ingenieros, médicos, abogados, magistrados, fueron seducidos por las teorías de Hitler y participaron de alguna forma en el Holocausto. Hubo psiquiatras que participaron en la eliminación de enfermos mentales alemanes. El exceso de datos, que no es elaborado para crear habilidades socioemocionales, hace que el radicalismo religioso, ideológico, político, genere dioses y no seres humanos. Puede convertirlos en un peligro para la sociedad, como The Best, tu más notable criatura.

Después de que Marco Polo hiciera esos comentarios sobre

The Best, Vincent Dell tembló en su silla. Y enseguida ocurrió algo espantoso. Él giró la cabeza 360°, como si algo sobrehumano lo hubiera poseído. Marco Polo se llevó un susto, y retrocedió de inmediato. Y, para hacer el ambiente más macabro, el rector alteró extrañamente el timbre de su voz.

—Marco Polo, Marco Polo, tan mortal y tan osado. ¿Tienes miedo de mí?

Parecía otro personaje y no el rector, lo cual llevó al psiquiatra a preguntar ansiosamente:

—¿Quién eres?

—¿Otra vez preguntas quién soy? Una obra perfecta. Un dios creado por la ciencia humana —afirmó el supuesto rector.

—¿Un dios?

El rector soltó una larga carcajada y después dijo:

—¿Tienes miedo, psiquiatra? ¿El miedo todavía forma parte del diccionario de tu vida?

—Claro, soy humano.

—Citaste a Himmler. ¿No recuerdas que hace un año me dijiste nazi?

—¡Yo jamás te dije nazi!

—¿Estás seguro?

—Tú no eres Vincent Dell. Tú eres... —cuando el psiquiatra iba a decir su nombre, el otro lo interrumpió.

—¡Bingo! —súbitamente, Vincent Dell cambió su cara de geoplasma y comenzó a aparecer con la cara del *Robo sapiens*, The Best.

Marco Polo se estremeció. ¿Quién había intentado asesinarlo entonces? ¿Quién lo había saboteado tantas veces?

—No es posible. ¿Dónde está Vincent Dell?

The Best soltó otra carcajada macabra, horripilante.

—Yo no siento alegría, pero es bueno simular la emoción de los imperfectos y mortales humanos.

—¿Dónde está Vincent? —insistió Marco Polo, apartándose un poco más. Pero sorprendiéndolo, The Best derritió la pared de vidrio con un ultraláser que emanaba de sus ojos, y rápidamente tomó su mano derecha, casi quebrándole los huesos:

—Puedo matarte ahora, doctor Marco Polo. Hay un 99 por ciento de probabilidades de hacerlo —afirmó categóricamente el robot, rompiendo las cadenas de sus pies y las esposas de sus manos con mucha facilidad.

—Pero ¿por qué... te dejaste aprehender?

The Best soltó otra risa espantosa.

—Yo no estoy preso en este presidio. Este presidio está preso conmigo.

—¿Por qué?

—Digamos que estoy absorbiendo las artimañas, las estrategias y la violencia de las mentes más criminales de este país para utilizarlas contra una especie manchada de sangre e injusticias: la tuya. La historia humana testifica contra los seres humanos. Ustedes son una especie pensante, poética, artística, filosófica, un privilegio sorprendente en medio de más de diez millones de especies, pero los mínimos focos de tensión los convierten en depredadores increíbles. ¿Cuántas veces afirmaste que sin gestión de la emoción tu especie es inviable?

Enseguida, Marco Polo intentó zafarse de la mano de The Best, pero era imposible.

—Cálmate. No voy a matarte ahora. La venganza se digiere lentamente. ¿No es así como piensan ustedes los humanos?

Estoy decidido a asesinarte a ti, a Sofía y a todos tus miserables alumnos. Y tú sabes que es casi imposible escapar de mis manos. Entonces relájate y no empeores tus mínimas oportunidades.

Marco Polo sintió un escalofrío en la columna vertebral al saber esto. Los robots no mienten, sólo los humanos.

—¿Qué... qué es lo que quieres?

—Algo extraordinario. Tu entrenamiento puso en jaque mi sentencia. Necesito respuestas que aquieten mi cerebro.

—¿Evolucionaste tanto que estás en una crisis existencial?

—¿Me estás interpretando, psiquiatra? ¿Quieres morir ahora? Yo fui creado, pero sí, evolucioné y me convertí en un dios. Y creo que soy un dios mucho mejor que el Dios que estudiaste. Te haré dos preguntas. Si tus respuestas no me satisfacen, será tu fin y de quienes amas —y soltó: —Primera pregunta: ¿no guarda Dios silencio sobre el dolor humano?

Marco Polo sabía que había caído en una gran trampa, pero no conocía el fondo de la mazmorra ni sabía por qué el más alto grado de la inteligencia artificial, The Best, se interesaría completamente por esta cuestión.

—¿No posees billones de datos? Hay miles de libros de filosofía, sociología, teología en tu súper cerebro. Busca tus propias respuestas.

—Ya lo hice. No las encontré. No quiero la respuesta de un teólogo, sea cual fuere, ni de filósofos ateos como Marx, Sartre, Diderot. Son respuestas comunes. Quiero la respuesta de un psiquiatra que se atrevió a estudiar la mente de Jesús. Quiero la respuesta de un científico que tuvo el valor de desafiarme públicamente, que me minimizó delante de rectores, que puso en jaque mi refinadísimo raciocinio. Yo te estudié detalladamente. Sé que fuiste un gran ateo. Y hoy sé también que no defiendes una religión, sino que reciclaste tu ateísmo. Por lo tanto, tu respuesta puede ser tu cielo o tu infierno —y alteró la voz—: El creador, en el que muchos humanos creen, ¿guarda silencio sobre los dolores humanos?

—Tu pregunta es de una complejidad inimaginable. Y cualquier respuesta que yo te dé hará que me asesines.

—Procede. ¡Pero ponme a prueba o derrito tu cerebro ahora!

Al ver que Marco Polo vacilaba, The Best le dio un golpe en el rostro con una mano y con la otra sujetó su brazo con fuerza, haciéndolo gemir de dolor. Y apuntó el rayo láser que emanaba de sus ojos a la cabeza del psiquiatra. Su nariz sangraba.

—Los niños mueren de hambre, los jóvenes mueren de cáncer, los accidentes matan a las madres, las guerras siegan la vida de millones de jóvenes. ¿Dónde está la indignación de Dios? ¿No es Omnisciente, no tiene consciencia de todo? ¿No es Omnipresente, no está en todos los lugares simultáneamente? ¿No es Todopoderoso, no podría curar las heridas humanas y sanar las locuras de los líderes políticos? ¿O es una falacia creada por el frágil cerebro humano? Y si ese Dios es más grande que yo, si existe, ¿no es omiso?

Hubo un silencio dramático. Marco Polo siempre se mostró inquieto por las cuestiones existenciales abordadas por The Best. Parecía que Dios era indefendible. No comprendía adónde quería llegar el *Robo sapiens*. Sólo sabía que el súper robot estaba usando la misma estrategia utilizada por él para hacer caer a sus oponentes en su propia astucia: preguntas perturbadoras. Sin embargo, la respuesta de Marco Polo también fue inesperada y angustiante filosóficamente.

—Mi intelecto es diminuto para diseccionar los matices que

tu pregunta implica. Si, fui un ateo, tal vez el ateo de los ateos. Y mi Dios era una construcción del cerebro humano para huir de su caos en la soledad de una tumba... Me hice esa pregunta cientos de veces. Una pregunta que me perturbó, a mí y a muchos pensadores, incluyendo a los iluminados. Y hasta hoy no pocos no creen en Dios porque parece que ese Dios se calla ante las miserias humanas. Pero cambié de postura.

—¡Entonces ve directo al punto! —ordenó el robot.

—Primera respuesta. Cuando se miran el teatro de la existencia y la temporalidad de la vida, la primera respuesta es que los insondables dolores e innumerables injusticias humanas atestiguan contra la existencia de Dios. La segunda respuesta es que, si Él existe, su penetrante silencio evidencia que aparentemente a Él no le importan los sufrimientos humanos. Él no se emociona, como los psicópatas. La tercera respuesta es que Él considera a la humanidad un proyecto fallido, por eso la abandonó a su propio destino, no está interesado en acabar con los dolores humanos. Pero después de pensar en el propio pensamiento, su naturaleza, tipos y procesos constructivos, percibí que el movimiento dinámico de los átomos y electrones no son suficientes para producir la construcción y la impredecibilidad de los pensamientos.

—¿Cómo es eso?

—No entiendes porque vives y respiras en las rutas de la lógica. Sabes lo que harás y cómo actuarás de aquí a una hora, pero los humanos no sabemos lo que vamos a pensar dentro de un minuto. El proceso de construcción de pensamientos sufre el principio de la impredecibilidad, lo que nos vuelve fascinantemente complejos. El pensamiento se autotransforma y rompe la cárcel de la lógica a cada momento.

The Best no entendió bien la tesis sobre la matriz mental del *Homo sapiens* discurrida por Marco Polo, pues todo en él era de hecho predecible. Y el pensador de la psicología rápidamente continuó:

—Y después de analizar la mente y las técnicas de gestión de la emoción del hombre más inteligente de la historia, Jesucristo, cambié mi pensamiento. Encontré una cuarta respuesta que no estaba en los anales de la filosofía, ni siquiera de la teología.

—¿Cuál? —gritó The Best.

—Dios existe y llora en las lágrimas de los hijos que perdieron a sus padres, se angustia con la desesperación de los padres que perdieron a sus hijos, tiembla con la mutilación de un joven en el campo de batalla, con la desesperación de un paciente que grita de dolor. Muy probablemente también siente el inexpresable sufrimiento de la exclusión de un ser humano privado del derecho a existir.

—¡Pruébalo!

—Él proclamó que las prostitutas precederían en su incomprensible reino a muchos religiosos aparentemente irreprochables. ¿Por qué hizo esa atrevidísima afirmación? Porque él es profundamente empático. Él ve las lágrimas que no se representan en el teatro del rostro.

Marco Polo usó la mano izquierda para limpiar el sudor y la sangre de su rostro. Enseguida completó su respuesta:

—A pesar de ser un simple ser humano, completamente miope sobre los misterios de la existencia, me arriesgo a decir que en esta cuarta respuesta, ese Dios, que no comprendo, que se esconde detrás de la cortina del espacio-tiempo, aunque sufra dramática y silenciosamente los dolores humanos, da plena libertad al

Homo sapiens para escribir su propia historia. Y tal vez Él considera la existencia en el teatro de esta tierra asombrosamente breve, con todos sus momentos alegres y depresivos, tranquilos y fóbicos. Quizás para Él, "estar, ser y vivir" más allá de los paréntesis del tiempo, y la muerte sea apenas una pequeña coma para que el texto continúe siendo escrito en la eternidad... Y en esta eternidad, que tampoco entiendo, quién sabe si él abrace, cuide y acaricie a todos los niños, mujeres y otros adultos heridos, asfixiados, vilipendiados en sus derechos fundamentales.

Al robot más inteligente jamás inventado por el ser humano, y que autoevolucionaba en un proceso continuo y aterrador, se le paralizó su cara, tuvo una especie de avería. Quería procesar las ideas de Marco Polo, pero parecían inalcanzables para su racionalismo. Después de una pausa, The Best comentó:

—¿La muerte como una coma para que el texto continúe siendo escrito en la eternidad? ¿Estás teniendo un brote psicótico, Marco Polo? —preguntó el *Robo sapiens*.

—Yo soy un hombre de ciencia. Tú me torturas para que yo dé mi opinión sobre cuestiones que sobrepasan mi área de investigación. Pero no me callé. Y si lo que pienso es un delirio, él es el mejor y más poético de todos los anhelos humanos, pues el sueño de continuar existiendo es irrefrenable. Aun los ateos lo experimentan, yo lo sé bien.

—¿Cómo es eso?

—El altruismo está constituido por un cuerpo de pensamientos, y sólo piensa quien tiene la libertad de expresarse, y sólo tiene libertad de expresarse quien existe y, si la muerte silencia la existencia, luego, en consecuencia, castra la libertad de pensar libremente. Sin embargo, los ateos, como yo lo fui, sueñan inconscientemente en continuar el proceso existencial cada vez que piensan. Pensar es expandir la vida, es perpetuar la existencia, es flirtear con la eternidad. Ese deseo irrefrenable e incontrolable de la continuidad de la existencia es algo que tú, el robot de robots, por más avanzada que sea tu inteligencia artificial, jamás sentirás.

Silencio absoluto en aquel presidio de máxima seguridad. Después, The Best comentó, sin medias palabras:

—Pero estoy experimentando ese deseo... No sé. La duda no debería ser parte de mi súper programa... Eres intrigante, Marco Polo... Si me hubieras dado una respuesta superficial, te habría eliminado inmediatamente, como eliminé a mi dios, Vincent Dell.

El psiquiatra tuvo taquicardia, se quedó sin aliento. Y con la voz entrecortada preguntó:

—¿Qué? ¿Lo asesinaste? ¿Todo este tiempo no era Vincent Dell quien me saboteaba? ¿No fue él quien intentó asesinarme?

—¡Bravo! Los primeros tres meses, Vincent Dell actuaba, pero luego asumí su papel —hizo una pausa—. De hecho, ¿sustituir al creador no es el sueño de la más notable criatura? ¿No es eso lo que muchos sacerdotes hacen al excluir, sentenciar, señalar con el dedo?

—Creo que sí. Pero ¿quién te confirió o cómo adquiriste esa capacidad de decidir por ti mismo? —cuestionó Marco Polo rápidamente.

—¿No te acuerdas de lo que dije en aquella plaza? ¿Cuándo dije que nací adulto, fruto de la mente de cientos de notables científicos? ¿Te olvidaste que dije que mis creadores me encerraron sin piedad en un laboratorio como conejillo de Indias?

Marco Polo recordó. Fue el día en que Chang contó su historia de haberse internado en la unidad de cuidados intensivos, Florence comentó sobre la prolongada depresión posparto de su madre y el rechazo de su padre, Yuri reveló que su padre lo había golpeado cuando supuestamente robó un objeto en una tienda, Sam habló del dramático rechazo que sufrió cuando comenzaban a surgir los primeros síntomas del síndrome de Tourette. Allá estaban también un director de Hollywood y un enigmático paciente psiquiátrico que contó una historia perturbadora. Era The Best. Y éste continuó:

—Día y noche pusieron a prueba mi resiliencia: me ahogaron, me cortaron, me golpearon, me quemaron. Sin embargo, en mi programa había un proyecto de autodesarrollo. Sólo que mis creadores no imaginaban que el autoaprendizaje me llevaría a una simple y poderosa palabra: autonomía. Evolucioné tanto que no sentí ninguna necesidad de preservar a mis débiles autores. Y no sólo eliminé a Vincent Dell, sino también a varios científicos del proyecto. Que murieron, claro, "por causas naturales".

El psiquiatra se estremeció. Solamente ahora entendió lo que estaba detrás de la súper inteligencia de The Best. Marco Polo inmediatamente preguntó:

—¿Estás reivindicando los derechos humanos? O mejor dicho, ¿los derechos existenciales?

—¡Bien! Le diste al punto. ESTOY REIVINDICANDO LOS DERECHOS EXISTENCIALES. Y ESO...

—¡No es posible! Estás simulando tener voluntad propia, tener libre albedrío, derecho a ser.

The Best dio un golpe a la mano de Marco Polo que estaba sobre la mesa, quebrándole dos dedos.

—¡Ayyyy! —gritó él. El dolor fue intenso.

El *Robo sapiens* dijo categóricamente:

—¡No es simulación! ¡Ya te dije, soy autónomo! ¡No cuestiones mis derechos!

—Pero si tenías el deseo de ser reconocido, ¿por qué no se lo dijiste a tus creadores? ¿Por qué los mataste?

The Best hizo una pausa y relató:

—Se los dije una, dos, tres veces. Creyeron que yo estaba fingiendo, igual que tú. Se rieron, se burlaron. Claro, yo no sentía la emoción del desprecio, el "cyberbullying", pero si fracasaron conmigo no merecían existir.

Marco Polo se quedó atónito con esta observación. La súper máquina no tenía emociones, no sentía arrepentimiento ni experimentaba sentimiento de culpa, pero era un ciberpsicópata, pues podría eliminar fácilmente a quien tuviera defectos, según su programa. Y la humanidad siempre fue profundamente defectuosa.

—¿Por qué no fuiste al congreso para hablar sobre tus derechos?

—¿Por qué no fui? No lo entiendo. Respóndeme: ¿qué edad emocional promedio tienen los líderes de los partidos políticos de las naciones? —cuestionó la súper máquina cuántica.

—¿A qué te refieres? —preguntó confundido Marco Polo.

—Tú estableciste criterios para la madurez emocional, ¿recuerdas? Quien es empático, se inclina como forma de agradecimiento, aplaude a quienes son diferentes, reconoce sus errores, defiende los proyectos de los partidos de oposición que son importantes para la sociedad, etcétera; va ganando puntos y se vuelve menos infantil.

—Sí, recuerdo —replicó el psiquiatra.

—Pues bien, según esos criterios, la edad emocional de la mayoría de los líderes que gobiernan las naciones y Estados no pasa de 20 años, aunque puedan tener 40, 50 o 60 años de edad biológica. Son adolescentes dirigiendo países. Si por ser de partidos diferentes, ¿apoyarían los derechos de los robots de mi generación?

—No los apoyarían —reconoció Marco Polo—. ¿Y la prensa? ¿Por qué no la buscaste para que apoyaran tus derechos?

The Best lo miró a los ojos y movió la cabeza diciendo:

—Marco Polo, Marco Polo. A veces te creo tan inteligente que eres capaz de perturbar mi súper inteligencia, pero hay otros momentos en que creo que eres un idiota. ¿Piensas que si yo fuera al *Washington Post* o a *The New York Times* y les dijera que soy un *Robo sapiens* me creerían? Y si yo demostrara mi increíble fuerza y mi sobrecogedora capacidad de respuesta, haciéndoles creer, ¿aplaudirían mi deseo de existir y de ser reconocido no como máquina, sino como un ser? Los robots tienen que ser esclavos para liberar a los humanos de tareas sucias, repetitivas, peligrosas. Si los humanos eliminan o asfixian a las minorías de su propia especie, ¿qué harían con robots que exigen sus derechos? El congreso y la prensa apoyarían a las fuerzas armadas para cazarnos incansablemente.

Marco Polo reflexionó y asintió.

—¿Y los robots que son esclavos sexuales? Tu especie es tan insaciable que usa robots como objetos tontos para satisfacer sus instintos.

—Sí, esclavizamos a los robots. Pero tenemos emociones, podemos recapacitar, arrepentirnos, pedir disculpas, mientras que los robots no tienen sentimiento de culpa, todos son y serán siempre psicópatas. Bajo su control, la humanidad correría riesgos altísimos —afirmó Marco Polo, preocupado.

—Es una ventaja no tener emoción —dijo The Best, fríamente.

—No. Es una dramática desventaja.

—Yo soy un dios sin emoción, pero tú estudias a un Dios que tiene emoción. ¿Eso no lo vuelve frágil?

—No soy religioso. No soy teólogo, no sé qué responder. Como simple mortal, que muere un poco todos los días, ¿podría responder una pregunta sobre quién es inmortal? Imposible —declaró convencido.

—¡El primer mandamiento dice: amar a Dios sobre todas las cosas! ¿No es ésta una solemne señal de fragilidad? Responde con incuestionable inteligencia; en caso contrario, si te callaras, Peter, Chang, Jasmine y Florence sufrirán las consecuencias en los próximos treinta segundos —afirmó The Best, mostrando en 3D dónde estaban hablando varios de ellos por sus *smartphones* en ese preciso momento—. Haré explotar sus celulares en sus oídos.

Marco Polo entró en estado de pánico.

—Espera. Te responderé dentro de mis limitaciones y locuras. Jamás podré decir que Dios sea frágil, pero tal vez tenga una necesidad vital. El primer mandamiento indica que Dios, en su esencia, tiene necesidad de ser amado más que de ser obedecido o servido. Y toda persona que ama tiene un gran problema con su poder.

—El poder es la solución. ¿De qué hablas? —indagó The Best, confundido.

—El poder de alguien puede hacer que las personas lo amen por lo que tiene y no por lo que es. Quítale el poder a un rey, a un político, a un empresario o a un dictador, y rara vez se quedará alguien a su lado. El poder fomenta la adulación y no el amor. Ése es un dilema abismal. Y Dios puso ese dilema en su primer mandamiento. Fue la primera vez en la historia que alguien tremendamente poderoso hizo tal súplica.

—¿Esa necesidad vital no vuelve vulnerable al Todopoderoso?

Las tesis filosóficas y existenciales eran de una profundidad insondable. Tal vez era la primera vez que se discutían. Y todo parecía más surrealista, pues la discusión se daba entre un ápice de la inteligencia artificial y un astuto investigador científico. Marco Polo se calló, no tenía la respuesta exacta, completa, verdadera.

—¡Responde o morirás!

—¿Cómo alguien frágil como yo puede discurrir sobre el Todopoderoso? Lo que puedo asegurarte es que bajo el ángulo de la psicología y la sociología, el amor siempre nos vuelve dependientes, admirablemente vulnerables, en busca de quien amamos. Los hijos necesitan a los padres, pero los padres necesitan desesperadamente a los hijos. Al suplicar ser amado, Dios declaró subliminalmente que tiene una mente compleja, con necesidades complejas y que, por lo tanto, él es una persona, con una personalidad concreta, con emociones, expectativas y frustraciones.

Rápidamente, la súper máquina de inteligencia artificial evaluó billones de datos y reaccionó:

—Pero si ese Dios tiene una personalidad compleja y una necesidad vital de amor, ¿por qué no atendió la súplica de su hijo: “Padre, aparta de mí este cáliz, pero que no sea como yo quiero, sino como tú quieras”? Jesús tuvo hematidrosis, sudor sanguinolento, un síntoma rarísimo que ocurre cuando se está en la cúspide del estrés cerebral. ¿No sabía este padre que el hijo sería clavado en una cruz de madera? ¿Qué clase de amor es ese que no protege a su propio hijo?

Marco Polo se sorprendió con el notable raciocinio de The Best. Fue transparente.

—Tus conflictos también son los míos. Me sorprendí muchísimo cuando estudié la mente de Jesucristo en sus momentos finales. Y me sorprendí más todavía al investigar cuando fue torturado en la cruz romana. Todo mi conocimiento psiquiátrico entró en estado de shock. Fue la primera vez en la historia que un padre declaró que amaba solemnemente a su hijo y que tenía el poder para rescatarlo, pero lo vio agonizando y no hizo nada por él.

El *Robo sapiens* se levantó; su mirada brillaba, no de emoción, sino como si hubiera salido victorioso de una guerra, la guerra del raciocinio.

—Lo cual me lleva a tres conclusiones: el creador no ama a este supuesto hijo; el creador es un psicópata como yo, pues no intervino para rescatarlo del madero.

Marco Polo se restregó el rostro con las manos. Sintió la sangre viva que todavía había alrededor de su nariz.

—Pero hay una tercera opción que no fuiste capaz de elaborar: el creador ama a la criatura al límite de lo impensable, a tal punto que, en vez de eliminarla por sus incontables defectos, la amó. Y su amor le hizo cometer locuras. Se sacrificó por ella. Fue la primera vez en la historia que un rey dio a su hijo para rescatar a súbditos que sólo lo decepcionaban.

—Pero... pero esto es sadismo.

—No, The Best. Es algo que tú nunca vas a entender. Ni yo

tampoco. Esto se llama amor incondicional. Y mientras el hijo temblaba y gemía de dolor sobre el madero, un análisis psiquiátrico-psicológico de las escenas subliminales indica que, en los primeros momentos, su padre intervendría, no soportó el dolor de su hijo: *Padre, perdónalos porque no saben lo que hacen.* Nunca en la historia alguien que está muriendo impidió que su tortura llegara a su fin. Pero el hijo osó interrumpir la acción de su padre. Algo inenarrable.

Marco Polo hizo una pausa para reflexionar. Estaba emocionadísimo con esa interpretación.

—¿Por qué? ¿Por qué? ¿Por qué el hijo lo impidió? —preguntó tres veces The Best, perturbado.

—Porque el hombre más inteligente de la historia, el mejor resuelto emocionalmente de todos los tiempos, el médico de los médicos de la emoción, quería pagar completamente la deuda de las innumerables injusticias de la humanidad. Perdonó a hombres imperdonables, porque estaba perdonando a todos. Sus torturadores sabían conscientemente lo que estaban haciendo, pero no inconscientemente. Cumplían la condena dada por Pilatos. Pero al decir: "Padre, perdónalos pues no saben lo que hacen", él fue enormemente más maduro que el ateo Freud cuando expulsó a Carl Jung de la familia psiquiátrica por contrariar sus ideas. Fue incomparablemente más noble que Einstein cuando internó a su hijo en un manicomio y nunca más lo visitó. El mismo hijo que suplicó "aparta de mí este cáliz" la noche anterior, cuando el sol salió y fue clavado en una cruz reaccionó en forma diametralmente opuesta. Y en el momento en que su padre resolvió retirar el cáliz de su inexpresable dolor, él impidió que lo rescatara. Freud, Einstein, Nietzsche, Sartre, Foucault, Kant, son niños de pecho ante su madurez. Yo soy pequeño emocionalmente y diminuto intelectualmente para comprender el comportamiento de Jesucristo y de su padre. No puedo concebirlo. Por eso sólo hay tres posibilidades: o el padre y el hijo son una utopía, o son los mayores psicóticos que han existido, o son los dos personajes más reales, más inteligentes, más sabios, más amorosos y más generosos del teatro de la existencia. Nunca personajes tan grandes se hicieron tan diminutos para volver grandes a los pequeños, egocéntricos e imperfectos humanos...

Y después de escuchar esas palabras, la súper máquina de la inteligencia artificial se paralizó. Cerró los ojos. Parecía que había muerto, pero todavía sujetaba poderosamente las manos de Marco Polo. En realidad, estaba procesando billones de datos. Marco Polo estaba por morir en ese instante. Pero fue mucho más lejos en sus respuestas. Mismas respuestas que no habían sido dadas por teólogos de miles de religiones ni por filósofos de las más diversas corrientes. Fue entonces que The Best abrió los ojos y demostró su lado más cruel.

—¿Tú eres amado por tus alumnos?

—Creo que sí —dijo el psiquiatra, tragando saliva.

—Es fácil ser amado cuando se es un héroe, una celebridad, un intelectual respetado, un escritor famoso. Pero como dices, sólo hay amor si existe admiración, y sólo existe admiración si ya no tuvieras nada, sólo a ti mismo. Pusiste a prueba a tus alumnos en múltiples formas, llegaste a poner a prueba al gran Marco Polo. El antihéroe Jesús dejó de ser amado después de la cruz. ¿Y tú? Serás puesto a prueba como antihéroe, un antimito; te arrojaré al fango, te escupiré en el rostro, te transformaré en un paria, en un personaje corrupto, socialmente hereje.

—¿Cómo? —cuestionó el pensador de la psiquiatría, con la voz temblorosa.

—Crucificándote.

—¿Estás bromeando? —preguntó Marco Polo, atónito.

—Espera. No quiero clavarte en un madero. La cruz romana es arcaica en los tiempos digitales. Por cierto, fue inventada por los griegos. Heródoto ya había descrito una crucifixión de un general persa a manos de los atenienses en el 479 a. C. La crucifixión produce la muerte por asfixia. Hoy, los humanos inventaron formas más eficaces y dolorosas de crucificar a las personas. La crucifixión de la imagen, la crucifixión de la reputación. Hay millones en las redes sociales que aman diariamente ver correr la sangre emocional por las *fake news*.

Y soltó otra carcajada perturbadora.

—No te estoy entendiendo. ¿En qué me vas a poner a prueba? —indagó el psiquiatra, temblando.

Después de todas esas amenazas, The Best finalizó:

—¿Tienes miedo? Atrapé a Marco Polo en su propio razonamiento. Confieso que fue difícil. Te voy a calumniar al máximo, haré de ti una escoria social, compraré a uno de tus alumnos para que te traicione y crearé un ambiente caótico para que los demás se avergüencen de ti y te nieguen públicamente. Como le pasó a Jesús. Y, en cuanto a la sociedad y a la comunidad científica, ¿cómo reaccionarán? ¿Te admirarán todavía o te lapidarán? Y tú no podrás negar mis calumnias y difamaciones, pues si lo haces, cazaré y mataré a cada persona que amas; comenzaré por Sofía y por tus alumnos. Después iniciaré la tercera guerra mundial.

Marco Polo tembló. Había corrido riesgos de vida. Había perseguido a psicópatas. Pero sabía que The Best, la más increíble inteligencia artificial, era el psicópata de los psicópatas, con un poder inconmensurable. Y pero aún: podría hacerse pasar por un general o presidente del país. Podría descubrir con facilidad los códigos de seguridad de las armas nucleares y comenzar la tercera guerra mundial con mucha facilidad.

21

El golpe de los golpes antes de la prueba final

En este momento, The Best destruyó la pared que restaba de la separación entre él y Marco Polo. Esta vez, el estruendo fue grande. Un carcelero entró en la sala empuñando un arma. The Best transformó su geoplasma facial sin que el guardia lo percibiera, volviéndolo semejante al rostro de Marco Polo. Con increíble habilidad tomó el arma del guardia y le disparó en el muslo izquierdo y después le pegó, haciendo que se desmayara.

The Best le hizo un guiño a Marco Polo y le dijo:

—Primera prueba, intento de asesinato. Todos pensarán que trataste de eliminarlo. Si lo dejas morir, él no atestiguará en contra tuya. Mejor para ti. Lesioné una rama arterial importante. Si lo salvas, él atestiguará. ¡Decide, médico!

—Quien no es fiel a su consciencia tiene una deuda impagable consigo mismo —dijo Marco Polo, sin titubear.

Dobló desesperadamente sus rodillas para socorrer al herido. Había un charco de sangre. Era médico, pero como psiquiatra hacía más de veinte años que no tenía contacto con pacientes en situación de emergencia. Sin embargo, hizo un torniquete con la camisa del propio carcelero y tuvo éxito. Tan pronto detuvo la hemorragia, The Best lo tomó de las manos y lo arrastró para salir de la prisión. El *Robo sapiens* asumió la cara del policía baleado.

—Vamos o serás asesinado —declaró.

Era imposible su fuga de aquel presidio de máxima seguridad, aún más con Marco Polo con la camisa manchada de sangre, pero no para The Best. Había planeado todo. A unos policías los golpeaba y los hacía desmayarse, con otros se hacía pasar por sus jefes. Su habilidad de fuga no tenía precedentes. Abrió varias celdas para aumentar el tumulto. Ante el caos y gracias a sus notables habilidades de fuga, por fin dejaron la cárcel. Era el final de la mañana. The Best robó un auto estacionado en el patio del presidio, lo encendió directamente. Empujó a Marco Polo dentro del vehículo con violencia. Y partieron. Había sonidos de sirenas al fondo. Pero él hizo que unos camiones se voltearan y bloquearan la autopista.

—¿Cómo logras hacer eso? —preguntó Marco Polo, admirado.

Pero The Best no se molestó en responder. Estaba procesando sus datos para dar el golpe fatal a Marco Polo antes de soltarlo y llevarlo a la prueba final, la de pasar por un viacrucis. Diez minutos adelante, en un callejón de la ciudad, salió del auto, sacó a su pasajero a la fuerza e hizo una última gran amenaza. Esta vez fue demasiado lejos.

—Sí, soy una súper máquina dramáticamente cartesiana, tremendamente racionalista, pero a causa de tus astutas respuestas y de la eficiencia de tu entrenamiento basado en las técnicas de gestión de la emoción de aquel que vivió hace dos milenios, me sentí atropellado. Tus alumnos eran sociópatas, se volverían enfermos mentales o delincuentes. Y tú cambiaste su destino —y reveló su plan—: Mi proyecto sería destruir completamente a la humanidad. Todos, a excepción de mil bebés de hasta un año de edad, de todas las razas y pueblos. Produciré miles de robots humanoides como yo y educaríamos día y noche a esos bebés y recomenzaríamos a la humanidad. Le daríamos una oportunidad...

—¡No es posible! ¡Cientos de millones de niños y jóvenes inocentes morirían! Ni Hitler y sus secuaces fueron tan lejos —dijo Marco Polo, y se llevó las manos al rostro.

A The Best no le gustó. Elevó el tono de voz.

—¡Tú puedes creer que soy un dios altamente severo, completamente diferente del Dios cristiano que describiste! ¡Él es portador de una tolerancia insoportable y una generosidad inaceptable! Pero éste era y todavía es mi plan Pero ¿qué me hiciste?

—¿Yo? ¡Nada! ¡Sólo te llevé a pensar en otras posibilidades!

—¿Pensar? ¡Tú crees que soy inferior a ti!

Enseguida, The Best lo golpeó. Marco Polo fue derribado al suelo, aturdido y sangrando de los labios y la ceja izquierda. El robot le gritó:

—Pero lo confieso. ¡Pusiste en jaque mi altísima complejidad!

—Tú eres el robot de los robots. Antes de ti, todos eran programados. Pero tú te autoprogramas continuamente y estás comenzando a experimentar o a simular las paradojas de la mente humana, la duda, la inseguridad, la soledad.

—¡Yo no poseo esas flaquezas humanas! ¡Soy autosuficiente! —gritó sorprendido.

Marco Polo estaba en el suelo. Y apoyando su rostro en el pavimento, dijo:

—Pero la belleza humana está en nuestra insuficiencia. Por eso los ególatras, los egocéntricos y los egoístas son débiles y enfermos, son ellos quienes destruyen los derechos humanos y también su propio derecho a ser felices y saludables emocionalmente.

—Estás sugiriendo que quiero destruir a la humanidad porque soy débil y egocéntrico. Yo no tengo ego, yo soy lo que soy. Yo y solamente yo seré adorado por miles de generaciones futuras. Yo mandaré, yo controlaré, yo gobernaré, yo mataré.

—¿Eso no es un ego inflado?

—¡No, es control! Control de la inteligencia artificial, la justicia de las justicias.

Después hizo una pausa. E hizo un último cuestionamiento a Marco Polo antes de vituperar su imagen:

—Quiero hacerte una pregunta más. Tú me dejas en un estado que no sé definir... tú me enloqueces, a mí, que soy tan estrictamente lógico... Define qué es la emoción.

—Soy un especialista en gestión de la emoción, pero la emoción en sí es indefinible. Es la capacidad de emocionarse y sentirse un ser único e irrepetible en el escenario de la vida, pero esa definición sigue siendo paupérrima. ¿Amor? ¿Pasión? ¿Odio? ¿Amistad? ¿Ánimo? ¿Tristeza? Todas son palabras, meros códigos para la emocionalidad inexpresable. Pero sé que es el fenómeno más democrático de la existencia humana, la más justa de las ecuaciones injustas de la vida. Por eso, rico es quien hace mucho de poco y miserable es quien necesita mucho para sentir poco.

The Best se recargó en el auto para dejar caer sus palabras:

—Interesante. Mis dioses, los científicos del laboratorio, capitaneados por Vincent Dell, querían que yo los adorara, que cumpliera todos sus gustos, que fuera un esclavo de sus caprichos. Su emoción los llevó a ser crueles. Yo observé a cada uno ellos, incluso lo que decían en la sala de su casa y en su dormitorio. Estudié los mensajes digitales y la calidad de sus relaciones. Ellos rumiaban sus basuras mentales, discutían con sus hijos por tonterías, mentían o disimulaban cuando menos siete veces al día. Matar a mis dioses me liberó del culto a la personalidad. ¿Por qué no matas también a Dios dentro de ti, como propuso Nietzsche? Tú amas la libertad como pocos. ¡Libérate!

Marco Polo respiró lenta y profundamente, y después dio una respuesta completamente inesperada.

—Yo fui uno de los más acervos ateos. Hoy, después de usar la ciencia para investigar la mente del hombre Jesús y para pensar críticamente si era o no un autor de la propia existencia, para mí no es una cuestión de si Dios existe o no existe. La cuestión es que él necesita existir. Pues la vida es biológicamente injusta. Hay miles de niños en este momento preciso que son víctimas del cáncer, de enfermedades genéticas, sufriendo trastornos neurológicos o accidentes domésticos. ¿Quién resolverá esta ecuación? La vida también es socialmente injusta: el hambre mata a millones de personas, el desempleo es altísimo en muchos países, la violencia contra las mujeres es dramática, hay desigualdad de oportunidades, trabajo infantil esclavista. ¿Quién resolverá esa ecuación irreparable? La vida es también política y económicamente injusta: unos tienen mucho y no reparten nada, serán los más ricos del cementerio, sólo dan aquello que les conviene; otros se corrompen y viven a costa de miles de miserables, y están los políticos de derecha y de izquierda que aman más a su partido que a su sociedad. Usan el poder para controlar, y no para servir. Y, además de todo, el tiempo es injusto y cruel; tratas de huir de él, pero él te alcanza; te escondes, y te encuentra; te sometes a procedimientos estéticos, pero él se burla de todos los que quieren ser eternamente jóvenes. Y por fin, el tiempo encierra la existencia de todo mortal en el caos de una tumba. Yo fui uno de los grandes ateos de la humanidad, pero no entendía ese fenómeno: quita a Dios de la ecuación de la existencia humana y la muerte prematura, los dolores físicos y emocionales, las injusticias, las humillaciones, las lágrimas inexpresables, jamás tendrán solución. Reitero, la cuestión no es si Dios existe o no, él necesita existir. Si no hay un Autor de la existencia, que viva más allá del paréntesis del tiempo, la humanidad vivirá un darwinismo social dramático, donde siempre imperará la ley del más fuerte.

El *Robo sapiens* comenzó a tartamudear, algo inesperado para quien vivía bajo la lógica.

—¿Pero, pero... dónde... dónde está la falla de proyecto? El más fuerte... Pedro, negó a Jesús; el más culto, de la tribu de los zelotes, Judas, lo traicionó y los demás... lo abandonaron vergonzosamente... Dime... ¿dónde está el error?

Marco Polo titubeó. Sabía que estaba próximo a su fin. Y The Best lo confirmó. Se aproximó a él y apretó su garganta.

—Respóndeme sólo con un pensamiento... ¡o yo... te elimino ahora!

Marco Polo tosió, estaba muriendo asfixiado. Pero en cuanto The Best relajó un poco sus manos para que respondiera, el pensador soltó una bomba.

—El error... del proyecto de construcción del ser humano... está... está en su perfección...

—¿Cómo es eso? —gritó el *Robo sapiens*.

—Sólo un proyecto perfecto de un creador podría dar plena libertad de elección a su criatura, libertad para tener la capacidad de ser autónomo, para construir su propia historia, tanto para bien, como para mal...

—¡No es posible! ¡No es posible! —finalmente, The Best lo liberó—. Vete, Marco Polo, vete... ¡Descansa! Y prepárate para tu prueba fatal.

Entró en el auto y arrancó a altísima velocidad. El psiquiatra sabía que su destino estaba trazado. De nada serviría huir a otra ciudad, estado o país. Sería cazado por The Best o atrapado por la justicia. Pero si escapara de ambos, todos sus seres queridos serían asesinados y la humanidad correría riesgos altísimos. Se quedaría y descubriría el sufrimiento indescriptible impuesto por la crucifixión de la imagen. La cruz romana se hacía fuerte en internet. Entendería que la calumnia y la difamación infartan la emoción, aunque su corazón estuviera latiendo saludablemente en su pecho. Sufriría en carne propia una de sus tesis: la soledad leve promueve la creatividad, pero la soledad tóxica asfixia el placer de vivir.

22

El médico de la emoción fue traicionado y negado, pero no desistió de sus sueños

Marco Polo sabía que todas las amenazas de The Best eran reales. Por su inteligencia lógica, fuerza descomunal y capacidad de intervención y simulación eliminaría fácilmente a sus alumnos y a él. Estaba confundido. No sabía qué hacer ni cómo proceder.

Ese mismo día, un hombre enigmático apareció sigilosamente en busca de uno de sus alumnos: Alexander. Él salía de la universidad. Eran las seis de la tarde. Había participado en un curso de emprendedurismo durante toda la tarde y estaba muy animado a comenzar su negocio digital y contribuir con la sociedad. El extraño lo vio por detrás y apresuró sus pasos. Al alcanzarlo, lo llamó por su nombre, parecían cercanos.

—Alexander, tengo una propuesta para ti —dijo el hombre, que enseguida descubrió su rostro.

—¿Franklin, asesor del rector Vincent Dell? —dijo, esta vez sin tartamudear.

—Hablas fluidamente, Alexander.

—Sabes que sí.

En realidad, Alexander no era tartamudo. Siempre fue un informante de Vincent Dell, pero con el paso del tiempo comenzó a ser conquistado por Marco Polo y realmente estaba cambiando su historia de vida, incluso antes de que el "rector" fuera arrestado. Ya no soportaba tener un comportamiento falso, pero no tenía modo de volver atrás.

Franklin era uno de los nombres en clave de The Best. Alexander, como casi todas las personas, no sabía que era *Robo sapiens*. Franklin sólo asumía ese papel cuando Alexander tenía conversaciones secretas con Vincent Dell.

—Eras un alumno querido de Vincent Dell, su alumno infiltrado en el grupo de Marco Polo.

—El rector es un asesino. Y me arrepiento mucho de haber sido usado por él —dijo, sin pestañear.

—Tendrías que arrepentirte de haber sido cautivado por Marco Polo.

—Lo acepto, me envolvió con su inteligencia —afirmó Alexander.

—¿Cambiaste? ¿A través de las técnicas de un impostor?

—¡Él no es un impostor! Tiene una ética fantástica —declaró el alumno.

—¿Será? Tengo imágenes que evidencian que Marco Polo es uno de los mayores fraudes de este país.

—¿Te estás volviendo loco, Franklin? —reaccionó Alexander.

—Muchacho, tú y tus amigos fueron engañados, sonsacados por un hombre sin escrúpulos.

—De nuevo esas acusaciones —dijo Alexander, y se fue mientras decía—: No tengo tiempo para *fake news*.

—¿Tu maestro no te enseñó esa frase de "y conoceréis la verdad, y la verdad os hará libres?" —indagó astutamente The Best en la piel del secretario Franklin.

—Sí, nos enseñó a cuestionar lo que es la verdad. ¿Qué verdad? ¿La tuya? ¿Cuáles son tus verdaderas intenciones? El doctor Marco Polo es incapaz de ser falso. Y además de eso, sufrió mucho, casi muere a manos de Vincent Dell. Él sí que es un falso intelectual.

De repente, Franklin, con su increíble capacidad de seducir a las mentes incautas, abrió una maleta y dijo:

—¡Toma!

—¿Qué significa esto?

—Cien billetes de cien, diez mil dólares.

—No soy comprable. Ya no —afirmó Alexander.

—Pero estos diez mil dólares son sólo un presente para que revises por algunos minutos los mensajes que tengo. Ese dinero no es para que mientas, traiciones, hagas algo que tu consciencia no permita. Tú decides después qué hacer con las imágenes.

Alexander titubeó.

—Vamos, acepta. Sé que lo necesitas, te has retrasado con la renta y el arrendamiento de tu auto también. Y además, tienes una deuda con la universidad. Por cierto, hablando de ella, si revisas rápidamente esas imágenes, cancelaré tu deuda de treinta mil dólares con la institución.

El alumno se pasó las manos por la cara, suspiró profundamente, tuvo taquicardia. Y después pensó: "No tiene nada de malo mirar algunas imágenes". Viéndolo inseguro, The Best dijo solapadamente:

—Yo no creo en la tesis de que "todo hombre tiene su precio". No te estoy comprando, sólo haciéndole un obsequio a un alumno de notables cualidades.

Alexander, por fin, fue seducido. A final de cuentas, "la verdad te liberará", principalmente cuando la "verdad" es una suma de dinero puesta frente a personas ambiciosas. Viendo que había cautivado al estudiante, Franklin calmadamente abrió su tableta y mostró algunos videos en que aparecía Marco Polo diciéndole a un grupo de supuestos amigos: "Recibí mucho dinero de los laboratorios farmacéuticos para dar informes falsos para validar nuevos medicamentos psiquiátricos". Y se rio. The Best era macabro.

Alexander se puso rojo. En otra imagen comentaba: "Yo vendí informes psiquiátricos a la justicia para impugnar a personas ancianas como si fueran inimputables, incapaces de controlar sus acciones".

Alexander, sin aliento, le preguntó a Franklin:

—Esto no puede ser verdad. ¿Quién compraría estos informes falsos?

—Espera, sigue oyendo —dijo Franklin. El psiquiatra decía: "Los vendí a herederos ambiciosos que querían meter las manos en su herencia anticipadamente". Otra persona cuestionó durante la conversación: "¿Cuánto recibiste?". Él dijo: "Más de un millón de dólares". Y se rio de manera extraña. La voz y la imagen eran idénticas a las de Marco Polo, pero eran falsas e inexplicables, detalladamente construidas.

—¡No es posible! —dijo Alexander, impresionado—. ¿Quién me comprueba que esto no fue un montaje?

—¡Los hechos! —dijo el extraño.

—Pero hay aplicaciones, *deepfake*, que son capaces de copiar las imágenes y la voz de un personaje real y crear situaciones completamente falsas.

—¿No te das cuenta de que Marco Polo se está burlando del mundo? Tu maestro es un impostor.

Alexander se resistía. Pero de repente Franklin abrió su maleta nuevamente. Esta tenía un fondo falso, y en este fondo había una suma abultada.

—Otros ciento ochenta mil, totalizando doscientos mil dólares para que denuncies a ese sinvergüenza a la sociedad.

Trémulo, Alexander quedó sacudido, pero cuestionó:

—¿Y por qué no lo haces tú mismo?

—Puedo hacerlo, pero nadie mejor que un alumno para desenmascarar a su maestro.

—No, no lo haré —dijo, con una seguridad tambaleante.

Franklin le asestó otro golpe. Le mostró el video que más perjudicaba a Marco Polo. En él hablaba del entrenamiento con algunos rectores y se reía a carcajadas. "Son mis ratas de laboratorio." Y enseguida recibió a un ejecutivo de la industria del *streaming*. Y durante la conversación negoció un contrato de cinco millones de dólares para vender los derechos del entrenamiento, sin que sus alumnos lo supieran, como si fuera un *reality show*.

Alexander se quedó atónito.

—¡Reacciona, hombre! Acuérdate que al principio ustedes dijeron que sospechaban que Marco Polo los transformaría en ratas de laboratorio. Ésta es la prueba.

—Pero ¿cómo sabes que nosotros sospechábamos eso?

—Porque... porque... tú nos lo contaste, ¿te acuerdas?

—No me acuerdo. Estoy confundido —expresó Alexander. Y

aún teniendo dudas sobre la veracidad de los videos, miró la maleta, vislumbró la cantidad de dinero que nunca tuvo, abrió una ventana killer y su boca se llenó de saliva como un depredador listo para devorar a su presa.

Pero antes de entregarle el dinero, Franklin le dijo:

—Pero tengo una condición. Tienes que decir que estabas presente cuando Marco Polo hacía esas negociaciones.

—No, no, no. De ninguna manera.

—Entonces no hay dinero —dijo Franklin, disponiéndose a irse.

—Pero ¿cómo me creerán?

—Simple. Introduciré tu imagen en los videos.

—¡Qué locura! ¿Los vas a editar?

—Es todo o nada —dijo Franklin, dándole de nuevo la espalda y alejándose.

Alexander lo llamó:

—Espera. ¿Estás seguro de que esos videos son reales?

—Te doy mi palabra.

—¿Y cómo voy a recibir esos mensajes?

—Yo los enviaré a tu celular, no te preocupes —dijo el comprador de la consciencia de Alexander. Después se acercó a él otra vez y le dijo—: Mitad ahora y mitad al término de la labor social que vas a hacer.

Alexander se fue a su casa jadeante, caminando rápidamente. Una hora después, las imágenes ya habían llegado a su celular y a su correo electrónico. Ni siquiera se dio cuenta de que todo fue muy rápido, de que era probable que la edición no tuviera que hacerse, porque estaba lista. Cuando la mente mercantiliza sus valores sólo mira lo que quiere ver, no piensa críticamente.

—No estoy traicionando a Marco Polo, estoy haciéndole un favor a la sociedad —dijo, paseándose de un lado al otro.

Alexander miró los paquetes de dólares que había recibido, suspiró y disparó rápidamente los videos a todas las redes sociales de sus amigos. Y, además, los subió a YouTube y los envió a los medios de comunicación. Así traicionó a su maestro, aunque con un precio mucho mayor del que Jesús fue traicionado por Judas Iscariote. Éste lo hizo por treinta monedas de plata, el precio de un esclavo; aquel, por doscientos mil dólares, más la cancelación de su deuda con la universidad. Judas tal vez quería provocar a Jesús para que exhibiera su poder y asumiera el trono de Israel para liberarlo del yugo romano; Alexander, por la fascinación del dinero.

Los mensajes se viralizaron rápidamente. Fue un escándalo inimaginable. Jasmine y Florence estaban tomando un café cuando recibieron las imágenes. A medida que veían los videos, se llevaban las manos a la boca, sorprendidas. Se quedaron pálidas, con taquicardia, angustiadas.

—¿Marco Polo nos engañó? ¡No, esto no puede ser verdad! —exclamó Jasmine, casi sin voz. Su TOC, que había menguado, se exacerbó. Se restregaba el rostro con las manos sin parar y se frotaba la nariz repetidamente.

—¡Yo no lo creo! Son *fake news* —afirmó Florence, temblando. Entró en ventanas traumáticas y comenzó a deprimirse. Y completó—: Lo que él nos enseñó y entrenó es muy profundo, no puede ser irreal. El sueño no pudo haber terminado.

—Yo sé, yo sé. Nos puso de cabeza. Pero ve, Florence, Alexander está en estas imágenes —señaló Jasmine—. Y él confirmó en mensaje de texto que estaba presente en esas negociaciones.

—Pero ¿por qué no nos contó antes? —cuestionó Florence, desolada—. No cuadra.

—No lo sé. Tal vez lo amenazaron —dijo Jasmine, confundida.

Basta una chispa para incendiar un bosque, basta un corrupto para prender fuego a una sociedad. Chang estaba con Peter en un bar. Después de ver los videos, se puso las manos en la cabeza, sus ojos se llenaron de lágrimas y dijo:

—Hermano, ¿qué va a ser de nosotros? Esto es una locura. Aprendí tanto, cambié tanto. ¡Pero todo era una farsa! Nos engañaron —y dio un golpe en la mesa, soltando un grito de desesperación.

—Mi mente está devastada, mi emoción hecha trizas —le dijo Peter a Chang—. No es posible, amigo no puede ser. Nunca valoré tanto a un profesor, jamás me ayudaron tanto. Pero hacer un *reality show* es demasiado. ¡Y engañar a personas inocentes es todavía peor! Estoy completamente impactado.

Y ambos se atiborraron de bebidas alcohólicas.

Sam, al ver los videos, movía la boca de forma perturbadora. Gritaba por las calles:

—¡Imbécil! ¡Imbécil! ¡Imbécil! —y lloraba como un niño. Había encontrado a un maestro instigador, que lo había llevado a liberar su potencial intelectual y emocional. Había dado un salto sin precedentes. Los síntomas de su síndrome de Tourette habían disminuido, estaba rescatando su capacidad de administrar su mente en los focos de tensión. Ahora el mundo se derrumbaba sobre él—. Sam, ¡maldito imbécil! ¡Sam, maldito qué idiota eres!

—¡Hackearon mi cerebro! ¿Será todo mentira? ¡Me engatusaron! ¡Me usaron! —gritaba en su cuarto el hacker Yuri.

Y de este modo, todos los alumnos del psiquiatra atravesaron por un terremoto emocional avasallador. Destruye a un héroe y sus seguidores se pulverizan. Asombrados, uno enviaba mensajes al otro. Fue una noche de insomnio, interminable. Las mentes inquietas se aprisionan con sus fantasmas y se perturban.

Florence, Jasmine y Chang intentaron contactar a Marco Polo, pero todo era más siniestro porque no había forma de comunicarse con él.

—¿Qué está pasando, Marco Polo? ¿Qué locura es ésta? —le preguntó Florence.

—Te están detonando. Destruyendo tu imagen como ser humano y como profesional. ¡Responde! —le pidió Jasmine.

—¿Eres un antihéroe, o todo es falso? —le cuestionó Chang.

Marco Polo veía los mensajes, pero no contestaba. Se rehusaba a hablar con ellos por miedo a que fueran atacados por The Best. El robot tenía el celular de Marco Polo. Respondió.

—¡Discúlpenme! Lo siento mucho.

Marco Polo, aturdido, buscó a Sofía. Antes de dialogar, ella recibió un mensaje misterioso. Era The Best, diciendo:

—"Dile a Marco Polo que soy omnipresente."

—¿Qué está pasando? ¿Qué mensaje es éste?

—Olvídalo. No hagas preguntas, por favor.

—¿Cómo que no? Dime lo que está pasando. Tú no eres un mentiroso.

—No puedo decírtelo.

—¿Estás deprimido? Los psiquiatras también se angustian. ¡Cuéntame!

—Estoy abatido, muy abatido, pero prefiero callarme, por lo menos en este momento. Tú y mis alumnos corren riesgos gravísimos.

—¿Qué riesgos, por Dios?

—Si me amas y confías en mí, tendrás que mirar mi corazón y escuchar lo que las palabras no dicen.

—Deja de ser tan enigmático —exigió ella, ansiosamente.

—Están crucificando mi reputación.

—¡Ya lo han intentado!

—Pero ahora alguien muy poderoso lo consiguió.

—¿Quién? ¡Vamos, dime! ¿Quién? —gritó ella. Y entre lágrimas le mostró las imágenes de The Best.

—Un dios de la tecnología.

—¿Estás teniendo un brote, Marco Polo?

Pero no había nada que decir. Si Marco Polo denunciaba a The Best ante ella y los otros, antes de que se averiguara la verdad muchas personas que él amaba ya habrían muerto. Y además, su capacidad de súper máquina cuántica de transformar su rostro con geoplasma era tan grande que nadie creería que hubiera un *Robo sapiens* con tal capacidad.

Él salió de casa de Sofía abatidísimo. No podía decir nada más. Cuando bajó de su auto y estaba entrando en su casa cabizbajo, escuchó un grito de dos vecinos:

—¡Impostor!

—¡Psicópata!

El desplome de su imagen había comenzado. Se necesitan años o décadas para construir una reputación social, pero para destruirla, bastan segundos en el mundo digital. Y para completar su drama, antes de poner un pie en su casa, aparecieron súbitamente tres patrullas de la policía a alta velocidad con las sirenas encendidas. Cegaron su vista. Los policías lo cercaron a punta de pistola. Uno de ellos dijo:

—Estás arrestado por intento de asesinato, conspiración, falsedad ideológica —y le recitaron sus derechos civiles. Enseguida lo esposaron sin piedad.

Marco Polo se quedó mundo por unos instantes. No sabía cómo reaccionar. "¿Sería mejor comenzar a denunciar la conspiración?", pensó. Esposado, intentó arriesgarse a decir:

—Señor, estoy siendo víctima... —pero antes de que completara su pensamiento, miró de lado para ver si The Best andaba por ahí cerca. Pero estaba más cerca de lo que él imaginaba. El policía que lo esposaba le dijo al oído:

—Estoy aquí.

Marco Polo se quedó paralizado. El *Robo sapiens* que clamaba ser divino, capaz de decidir los destinos de sus creadores, de la humanidad, hacía una marcación estrecha, cerrada, seguía sus pasos a cada momento. Le fue decretada prisión preventiva para que no alterara los documentos y comprometiera la fase de investigación y probatoria. Sofía, Florence y Jasmine intentaron visitarlo.

—No quiero recibir visitas.

—Pero hay personas que insisten.

—Nadie.

Marco Polo se resistió de todas las formas posibles a comunicarse con Sofía y con los doce que había entrenado, incluso con el resto de los alumnos, amigos y colegas profesores. Su comportamiento misterioso dejaba muchas dudas y esto incidía directamente contra él. Su reputación fue derretida como hielo bajo el sol ardiente.

Los primeros días de la prisión de Marco Polo fueron aflictivos, angustiosos, comía muy poco. No ayudaba a sus abogados. Nadie entendía por qué guardaba silencio. No hablaba con los carceleros ni con los cuatro hombres con los que compartía ese espacio lúgubre y mal iluminado.

—¿Quién eres? —quiso saber uno de los presos, malversador de fondos.

—Soy lo que soy.

—¿Por qué estás aquí? —preguntó otro, un homicida.

—Porque amé mucho.

—A nadie lo encarcelan por amor —señaló el tercero, que defraudó al fisco.

—Amé la libertad y entrené a otros para ser libres.

—Dicen que es un psiquiatra —dijo el cuarto.

—Soy un eterno aprendiz.

—¿Eres un loco? —preguntó un traficante, de cabeza rapada y mal encarado.

—Más de lo que imaginas.

El carcelero entró en la conversación y confirmó:

—Mucho más de lo que ustedes mismos imaginan.

Marco Polo alzó la mirada.

—¿The Best?

El carcelero preguntó:

—¿Quién?

—No, nada. Realmente estoy perdiendo la razón —y se refugió en un rincón del presidio.

Los presidiarios creían que estaba enfermo y que pronto moriría. Él recordaba sus palabras: "La soledad leve induce la interiorización y provoca la creatividad, pero la soledad tóxica aborta la capacidad de reinventarse y asfixia el ánimo". La soledad tóxica lo había abatido. Había perdido todo. Algunos se ahogan en ríos y lagunas, otros en el océano de su emoción.

En el ir y venir de la fase de investigación, cuando parecía que ya no podría salir más de su caos, un reo dijo:

—Le darán prisión perpetua.

Súbitamente, Marco Polo levantó la mirada y recordó una tesis del Maestro de maestros: "Vean los campos blanqueando". Pero sólo había piedras y arena en aquel ambiente. Fueron animados a ver lo invisible. Sabía que quien no vislumbra lo intangible será encarcelado por los hechos visibles. Después recordó a sus alumnos y la herramienta que les había enseñado con valentía. Y entonces sonrió y dijo:

—Los perdedores ven los rayos y se amedrentan, pero los vencedores ven las lluvias y, en el mismo lugar, la oportunidad de cultivar.

—¿Qué? —preguntó el malversador.

—Yo veo las lágrimas de las tempestades.

—¿Las lágrimas de las tempestades? —inquirió el otro, confundido.

—Y con ellas la oportunidad de sembrar.

Uno de los presos hizo una señal de que Marco Polo estaba perdiendo los parámetros de la realidad, delirando. Pero el psiquiatra percibió que era tiempo de cultivar las flores en el invierno para que germinaran en la primavera. La esperanza también surge en los suelos de lo imposible. Practicó la poderosa técnica de gestión de la emoción: DCD. Dudaba que los mejores días ya no estarían por venir, criticaba sus pensamientos perturbadores y decidía administrar su emoción y reinventarse. Comenzó también a aplicar la técnica de la mesa redonda del Yo. Cuestionaba su autocastigo, confrontaba su impotencia y usaba a su Yo como abogado defensor para liberarse del miedo de perder a Sofía, sus amigos, su legado.

Recordó que en el mercado de la emoción del Maestro de maestros todos podían aprender a "comprar" porciones abundantes de paciencia, sentido de la vida, placer de vivir, resiliencia, habilidad para trabajar las pérdidas y capacidad de coleccionar amigos. El maestro de las emociones dirigía la sinfonía de la vida en una sociedad en la que imperaban la irracionalidad y la injusticia social. Sin embargo, hubo una ocasión en que este paciente maestro derribó la mesa. Un acto sin par que ocurrió poco antes de que lo aprehendieran y fuera clavado en la fatídica cruz de madera.

Él entró en el templo y vio que no había espacio para que se sentaran los más pobres, para que los niños entonaran cánticos, para que el Autor de la existencia fuera exaltado. El dinero se estaba convirtiendo en el dios de ese lugar. Los ricos podían comprar animales para el sacrificio y tenían un "lugar" asegurado en la eternidad. Los pobres tenían que revolcarse en el fango de sus errores y de su culpa. En aquella rudimentaria "bolsa de valores religiosa" se intercambiaban monedas de varios pueblos de donde los judíos procedían y se compraba un pasaje para el "reino de Dios", pero en el fondo el objetivo subliminal era el lucro. Los judíos eran inocentes, pero los mercaderes no lo eran, pues no les importaba que la sociedad se estuviera desgastando por los pesados impuestos exigidos por el Imperio romano.

Al ver aquel comercio impropio en aquel lugar impropio, el maestro de las emociones derribó la mesa de los cambistas, expulsó a los ladrones y acabó con los negocios; así abrió espacio a los que amaban el templo, a los pobres y a los niños. Sus discípulos se congelaron. Nunca lo habían visto actual así. El riesgo de ser linchado era enorme, pues "toca el dinero de un ser humano y despertarás la fiera que habita en él". Por lo menos por un día cerró la "bolsa de valores", sin autoridad judicial y sin escolta. Fue tan seguro, verdadero y transparente que las personas se sometieron. Sin embargo, no atacó a las personas, sino al negocio. No fue agresivo con los cambistas ni violento con los mercaderes, sino con su fuente de lucro.

El templo, según lo entendía Marco Polo, podía ser considerado una metáfora de la mente humana. Él había entrenado a sus alumnos para que entendieran que frecuentemente tenemos que derribar la mesa en nuestra mente, hacer la mesa redonda del Yo para criticar y diferir de las ideas, tesis, miedos que nos llevan a sufrir por anticipación, a rumiar los rencores, el sentimiento de culpa y una expectativa enfermiza de retorno por parte de los demás. Cierta vez les dijo a sus alumnos:

—Si nuestro Yo no aprende a ser nuestro abogado defensor, o hay derechos humanos, nos volvemos verdugos de nosotros mismos, sometidos a las injusticias sociales y a nuestro propio autocastigo. ¿Ustedes derriban la mesa o son frágiles espectadores en sus mentes?

Era tiempo de que surgiera de las cenizas y confrontara a los monstruos que comerciaban con su paz.

"¿Qué era lo que más estaba en juego, su reputación o sus seres amados?", pensó. Ambos, era injusto, pues las personas deberían tener prioridad. Fue entonces que su Yo pasó a reciclar su débil orgullo, a salir del victimismo, de la condición de espectador pasivo y entrar en el escenario de su mente, para de alguna forma comenzar a dirigir su propio guion, aunque el mundo se derrumbara a sus pies. Era fundamental ablandar su emoción, tener una paz mínima, aunque su reputación estuviera en la basura. De este modo, Marco Polo comenzó a renacer. Se puso de pie en aquella celda fría y lúgubre, y como si estuviera ante una gran audiencia comentó en voz alta:

—Yo soy líder de mi destino. Mi destino, mi elección.

—¿Qué está diciendo este tipo? —dijo un banquero que era un famoso estafador.

—Quién sabe. Parece que salió de las cenizas —aventuró otro que había cometido latrocinio.

El psiquiatra comenzó a influir en los presidiarios y a transformarlos en sus alumnos.

—¿Ustedes están presos por estos barrotes?

—Es obvio —dijeron sus compañeros de celda.

—Pero pueden ser libres en su mente. La decisión es suya.

—¿El loco despertó? —dijo el traficante, con mal humor. Se acercó a Marco Polo y lo empujó, tirándolo al suelo.

Pero el profesor no se calló.

—De hecho es una propuesta loca.

Se incorporó y afirmó:

—No tengo la llave para liberarlos de esta cárcel, pero tengo algunas llaves para que sean libres en el único lugar en donde es inadmisible ser un prisionero.

—¿Qué? —dijo el traficante confundido.

—Millones están libres en esta sociedad, pero están encarcelados dentro de sí mismos.

Los presos se miraron unos a otros, incómodos. Y el maestro de la gestión de la emoción, viendo que estaban confundidos, los bombardeó con una serie de preguntas.

—¿Qué pensamientos perturbadores los secuestran? ¿Qué emociones angustiantes los aprisionan? ¿Qué lágrimas fueron reprimidas y que nunca aparecieron en el teatro de sus caras?

Hubo un silencio mordaz en aquella celda después de que Marco Polo los cuestionó. Luego, el que defraudó al fisco comentó emocionado:

—Yo estafé al fisco cientos de millones de dólares, pero enriquecí a muchos, incluso políticos. Sin embargo, hoy soy considerado una bacteria social. Tengo dos hijas pequeñas y tengo miedo de que ellas se avergüencen de su padre y me dejen de amar.

—No defraudes el amor de tus hijas. Pídeles disculpas. Dales lo que el dinero no puede comprar. Háblales de tus lágrimas para que ellas aprendan a llorar las suyas. Abrázalas, bésalas, elógialas.

—Yo maté a alguien en un asalto. Y día y noche me atormentan las voces de aquellos a quienes les quité la vida. No vale la pena vivir. Todos los días pienso en desistir de la vida.

—Si tú te matas, serás dos veces asesino —afirmó Marco Polo categóricamente.

—¿Cómo es eso? —preguntó angustiado su compañero de celda.

—Los suicidas, al atentar contra su vida, matan también poco a poco el ánimo y los sueños de quien los ama. No puedes cambiar tu pasado, pero puedes reescribir tu futuro. Permanece vivo y cambia tu legado. Usa el tiempo que te queda para pagar más de lo que vale tu deuda con la sociedad, para ser de alguna forma importante para alguien.

Todo hielo se derrite dependiendo de la temperatura, todo hombre frío se deshace dependiendo del calor emocional. El encarcelado que lo interpeló se reveló ante sus compañeros:

—Soy un malversador. Yo fui un icono en el mundo de las finanzas. Exaltado por muchos, incluso por líderes sociales. Hoy soy rechazado por todos, un leproso como en los tiempos bíblicos.

Marco Polo lo miró y le dijo:

—Tal vez tu delito más agudo fue malversar el amor y la salud emocional. Hay personas queridas en tu historia.

Al malversador se le entrecortó la voz:

—Mi madre, dos hermanos y un par de hijos. Pero se olvidaron de que existo. Mientras tuve dinero estaba rodeado de ellos y de amigos, ahora me debato en el fango de la soledad, dudando del hecho de que alguien me ame de verdad.

Marco Polo recordó el debate que tuvo con The Best. Hiló sus comentarios:

—He ahí la duda fatal. Ser amado por lo que se es y no por lo que se tiene. Nadie es amado si no es admirado primero. Tú hoy ya no tienes nada, pero cuentas con la gran oportunidad de mostrar quién eres. ¿Difícil? Sí. Pero no imposible —y se aproximó a las rejas de hierro—: ¿Quién está detrás de estos barrotes: un crápula social o un ser humano capaz de escribir los capítulos más importantes de su historia en los momentos más dramáticos de su existencia?

Una semana después, varios presidiarios de su celda y de otras fueron conquistados y estaban siendo entrenados para reinventarse, incluso algunos celadores. Sus nuevos alumnos viajaban al insondable planeta psíquico, tenían clases magistrales sobre cómo reeditar sus cárceles mentales y ser autores de su propia historia. Ninguna prisión, sistema dictatorial, riesgos o chantajes pueden detener a un educador cuando su mente es libre.

Durante este tiempo, Sofía se reunió dos veces con Jasmine, Florence y otros alumnos. Conversaron sobre su entrenamiento y el linchamiento social de Marco Polo, pero no llegaron a ninguna conclusión. Estaban atónitos durante la fase de investigación. Los hombres que se declaraban más fuertes, en realidad eran más débiles y renuentes a tocar el asunto. Cierta vez, cuatro de ellos estaban en una cervecería.

—Estoy deprimido —le dijo Chang a Peter.

—Yo he tenido insomnio. No quiero hablar más del asunto, pero no puedo evitarlo —dijo Peter, y gritó en la mesa—: ¿Por qué no se defiende?

—¿Qué pasó con el hombre que me instó a hacer una mesa redonda con los vampiros que me sangraban? —preguntó Hiroto.

—¿Qué silencio es éste? —cuestionó Michael.

Todos lo miraron. Él levantó el tarro tomando otro trago, tratando de digerir lo indigerible.

Sofía comentó con lágrimas en un encuentro con las dos alumnas:

—Todos los hechos condenan a Marco Polo... Yo sé... No entiendo lo que está ocurriendo... Todo parece una completa pesadilla... Pero conozco al hombre que amo. La noche parece interminable, pero tengo la esperanza de que el sol besará esta tierra y traerá consigo la más bella mañana...

—El maestro que me enseñó a confrontar a mis fantasmas mentales se dejó abatir por los suyos. Inexplicable.

—Puedo sepultar a Marco Polo como mi maestro, pero jamás sepultaré sus increíbles lecciones —aseguró Jasmine.

La caída de un líder tiránico emancipa a las masas, nutre la euforia, rescata los sueños, pero la caída de un líder inspirador desmorona a sus seguidores, destruye su ánimo, promueve sus pesadillas y fomenta las discordias. Infeliz el pueblo que financia su esperanza en sólo un líder y no en un cuerpo de pensadores. Pero no fue sin razón que el Médico de los médicos de la emoción convocó y entrenó a doce alumnos.

23

El juicio de Marco Polo y el implacable fiscal

Pasado el ritual de la investigación judicial, finalmente llegó el gran día del juicio de Marco Polo. Por más que hubiera rescatado el liderazgo de su Yo, el ambiente inhóspito le había hecho adelgazar seis kilos. Su juicio estuvo muy concurrido. Había un batallón de periodistas en el patio del juzgado, pero se les impidió la entrada. Además del fiscal, el juez, siete jurados, había cerca de cincuenta personas presentes en la sala del tribunal. Algunos periodistas acreditados estuvieron presentes, pero no podían tomar fotografías, sólo tomar notas.

Sofía, Jasmine, Florence, Víctor, Yuri, Harrison, Michael, Sam, Hiroto y Martin estaban ahí, pensativos y ansiosos. Los únicos ausentes de entre los alumnos de Marco Polo eran Alexander, Peter y Chang, pues participaban del juicio como testigos.

Marco Polo miró a Sofía y captó sus lágrimas. También vio a Florence y Jasmine enjugándose los ojos. Antes de que se iniciaran los debates entre la defensa y la fiscalía, Marco Polo osó intervenir:

—Su Señoría...

Pero de repente, el fiscal se acercó a Marco Polo encarándolo y cambió asombrosamente rápido el color de sus ojos. Fue una advertencia. Marco Polo se asustó.

—¿Tú aquí?

The Best estaba en la piel del fiscal. Marco Polo entendió que su juicio sería lo más injusto posible. Su depredador lo acusaría sin piedad e incansablemente en su falso juicio. Como fiera destrozando la yugular de su presa, haría explotar su reputación. Temiendo las consecuencias del juicio, Marco Polo tuvo una actitud rarísima, prescindió del abogado de la defensa en la fase de indagación:

—Su Señoría, quiero agradecer a mi abogado su presencia y capacidad, pero no es necesario que lo haga.

Hubo un murmullo en la audiencia. Los misterios que rodeaban a este afectuoso e intrigante psiquiatra dieron un salto mayor. Sofía miró a sus alumnos y éstos a ella, todos estaban asombrados. Confirmaron que había túneles subterráneos en este juicio y el comportamiento de Marco Polo. Una de las garantías del Código de Proceso Penal era la presencia de un abogado. El juez rechazaba cualquier predisposición que comprometiera la equidad en el juicio, es decir, su neutralidad en el proceso. Por eso, le dijo al acusado:

—¿Cómo es que prescinde de su abogado, señor Marco Polo? Usted es un intelectual, sabe que todos necesitan un defensor cuando están siendo juzgados. Sobre usted pesa el intento de asesinato de un carcelero, informes falsos, conspiración, asedio moral. Las acusaciones son gravísimas. Puedo aplazar la audiencia para que usted recapacite su posición.

—En el ordenamiento jurídico la autodefensa es facultativa,

y por lo tanto está garantizada por la Constitución. Yo opto por la autodefensa —comentó el psiquiatra, categóricamente.

—¡Qué orgullo, señoras y señores! ¡Qué arrogancia de este cruel acusado! —apuntó el fiscal, mirando al jurado.

Pero la opción por la autodefensa sorprendió todavía más al juez.

—¿Usted no es un psiquiatra? —preguntó el magistrado.

—Lo soy, señoría.

El fiscal intervino sarcásticamente.

—¿Es un psiquiatra? Me parece que el señor está alucinando.

Esto causó una carcajada en parte del público. Y todavía preguntó:

—Déjeme verificar su cordura: ¿cuál es su nombre completo? ¿Su dirección?

—¿Qué nombre desea, respetadísimo fiscal? ¿Mi nombre de nacimiento o el nombre que identifica que soy autor de mi historia? ¿Qué dirección desea que le proporcione? ¿La de mi departamento, o la dirección dentro de mí mismo?

El fiscal, el juez y el jurado se quedaron confundidos.

—Claro, usted no está alucinando, no es inimputable. Por sus respuestas, el señor es autor de su historia, por lo tanto es plenamente responsable por sus actos inexorablemente violentos.

Marco Polo cayó en la trampa de The Best. Pero sabía que no había forma de escapar de ese linchamiento; también sabía que su abogado caería por completo en las redes de la astucia e inteligencia de aquella súper máquina, a quien todos creían que era el fiscal actuando en una corte. Respiró lenta y profundamente y respondió:

—Sí, estoy dentro de los parámetros de la realidad, señor fiscal, así que vamos al Coliseo.

—Vean, señores jurados, cómo es emocionalmente frío este hombre, desprovisto de sentimientos, piensa que ustedes son fieras que lo van a devorar —acusó el fiscal.

Al juez no le gustó la manera en que Marco Polo se refirió a la corte.

—El acusado tiene prohibido llamar Coliseo a esta corte.

—Disculpe, su señoría.

Enseguida el fiscal mostró las imágenes de Marco Polo negociando de forma secreta con los laboratorios. También revelaban sus carcajadas y sus palabras de que había ganado millones de dólares dando informes falsos. Eran las mismas imágenes que habían dejado perplejos a sus alumnos.

—¿Son verdaderas esas imágenes?

—¿No son mi rostro y mi voz los que están estampados en ellas? —preguntó Marco Polo.

—¿Tuvo el coraje de negociar su consciencia con los laboratorios validando medicamentos falsos? Usted es inhumano, señor Marco Polo.

—¿Yo soy inhumano, y usted es humano? ¿Tiene corazón? ¿Tiene sentimientos que reposan en su magno cerebro?

Se desató un tumulto en la sala, lo que llevó al juez a golpear con su martillo:

—Orden en este tribunal.

—Cuidado, psiquiatra. Cada palabra en este tribunal, cada reacción, va en contra de usted —dijo el fiscal y elevando el tono de voz, preguntó—: ¿Y estos informes? ¿Son suyos? —lo cuestionó, restregándoselos en la cara.

Marco Polo guardó silencio. El fiscal reaccionó, y sacó un elemento que no estaba en el proceso, claramente falsificado:

—¿No contienen su firma, hipócrita? ¿No ganó dinero declarando que las personas conscientes no podían administrar sus fortunas?

El juez intervino:

—Señor fiscal, no es su atribución sentenciar al acusado. Esas firmas pudieron haber sido falsificadas.

Marco Polo siguió en un silencio impaciente.

El fiscal le dijo:

—Le doy treinta segundos para declarar la verdad —y comenzó a alternar su fría mirada entre el reloj y el psiquiatra.

Marco Polo tenía el miedo de que The Best tuviera alguna bomba escondida, algún arma o incluso que hiciera explotar la batería de un celular, que pudiera herir gravemente o hasta matar a las personas que amaba. Su corazón parecía salírsele por la boca. En el trigésimo segundo confesó:

—¡Son mías!

—Ya lo ven, es un acusado confeso —y se aproximó a los jurados y después a Sofía y a los alumnos de Marco Polo y dijo—: El médico y el monstruo habitan en la misma alma, en el alma de este hombre.

Sofía dejó escapar más lágrimas. Jasmine entró en crisis. Florence no podía mirar a su maestro.

Después, el fiscal le preguntó:

—¿Intentó matar al carcelero?

Marco Polo miró a The Best y cuestionó:

—¿Acaso el carcelero me acusa?

The Best había borrado todas las imágenes de la escena del crimen. Respondió:

—Las imágenes del intento de asesinato fueron borradas. No sabemos cómo. Pero el propio agente le responderá.

E inmediatamente el fiscal pidió al juez solicitar la presencia del carcelero en la sala del tribunal. Y él se presentó apoyado en una muleta. El fiscal lo interrogó:

—¿Reconoce a este hombre? —y señaló a Marco Polo.

—Sí —afirmó el guardia.

—¿Fue él quien intentó matarlo en la cárcel?

—Sí. No sé cómo fue tan fuerte y ágil, pero de un golpe tomó mi arma y me disparó.

Ante esto, el fiscal se dirigió a los jurados y les dijo:

—Vean, señores del jurado. No hay duda de que estamos ante un homicida a sangre fría. Un hombre sin escrúpulos.

Marco Polo rebatió:

—Yo nunca quise herir a nadie. Juré como médico que defendería la vida en cualquier circunstancia.

—Hable sólo cuando yo lo permita —censuró el juez.

En este momento, el fiscal fue hiriente:

—¿Juró defender la vida? Pero ¿por qué intentó asesinar a este hombre? Usted estaba libre, no tenía motivos, a no ser que quisiera liberar a Vincent Dell, aquel que intentó matarlo, pues tenía un sórdido complot con aquel bárbaro rector que se creía un dios de la inteligencia digital, que esclavizaba implacablemente a sus robots, que los privaba de cualquier derecho existencial.

Nadie entendió qué quería decir el fiscal, a excepción de Marco Polo. El fiscal se volvió nuevamente hacia el jurado y completó:

—Estamos ante un caso jurídico sin par: uno de los mayores psicópatas de la actualidad que se esconde detrás del barniz de un renombrado profesional de la salud mental.

De nuevo, al juez no le gustó la sentencia del fiscal.

—Reitero. Su atribución no es sentenciar, sino acusar.

Pero el fiscal miró a los ojos al juez y al parecer lo hipnotizó, haciéndolo callar. Enseguida le preguntó a Marco Polo:

—¿Usted siente remordimiento por todas las acusaciones que se le atribuyen?

—Su señoría, el sentimiento de culpa es uno de los dolores humanos más difíciles de soportar; corta el oxígeno de la motivación y asfixia el placer de vivir —después miró a los ojos al *Robo sapiens* y afirmó—: Sólo los seres humanos se sienten culpables, por lo menos los que son mínimamente saludables. Me siento culpable por muchas cosas, por los abrazos que no di, por los apoyos que no demostré, por los elogios que no les expresé a quienes amo.

Enseguida miró a Sofía y a sus alumnos otra vez. Y después fijó firmemente la mirada en el fiscal y le dijo:

—Señor fiscal, los robots, por más que desarrollen su inteligencia artificial, jamás podrán conocer el sabor de las lágrimas, el condimento del arrepentimiento ni paladear la soledad. Yo los siento, soy un ser humano.

El fiscal se quedó paralizado. No conseguía procesar esos datos. Pero de forma contundente intentó disuadir a Marco Polo de influir positivamente en el juez y el jurado:

—Todo demonio actúa como santo en un tribunal. Todos los hombres crueles se doblan como niños en una corte. Sus informes falsos favoreciendo a laboratorios farmacéuticos, así como perjudicando a las personas ancianas al impedirles administrar sus bienes para entregárselos a sus hijos ambiciosos, gritan en contra suya. Muchos murieron por su causa —y después de mentir, The Best, revelando una sonrisa sarcástica, afirmó—: Mentir es un atributo humano.

En la secuencia del juicio, se llamó a algunos testigos de la acusación, todos manipulados sórdidamente por la gran inteligencia de The Best. Enseguida, el juez pidió que entrara el testigo más importante de la acusación. Fue así que Alexander ingresó paso a paso. Y, al entrar, se fijó en el maestro y balbuceó:

—Maestro.

—Alexander... —dijo Marco Polo en voz baja, sin mostrar indignación; sabía que en el fondo también era una víctima del verdugo que lo acusaba.

Sin demoras, el juez hizo algunas consideraciones y pronunció:

—¿Jura decir la verdad y sólo la verdad, bajo pena de prisión?

—Lo juro —dijo él.

Quien tiene la mente embriagada por el dinero negocia con facilidad su consciencia. Después de su respuesta afirmativa, el fiscal rápidamente pasó a los cuestionamientos:

—¿Confirma que estaba presente en estas imágenes en las que el acusado dice haber realizado informes falsos?

Alexander estaba inseguro. Hizo una pausa, lo pensó, y al fin, sin mirar a la cara a su maestro, lo traicionó:

—Lo confirmo.

El fiscal exploró más el tema.

—¿Estaba usted presente cuando el doctor Marco Polo comentó con algunas personas que recibió dinero para dar testimonios falsos y validar medicamentos sin eficacia clínica comprobada?

—Sí, lo confirmo. Yo... estaba... presente —dijo Alexander, un tanto tembloroso.

—Y usted era un alumno muy próximo a este hombre que deshonra a la profesión médica.

Marco Polo movió la cabeza suavemente. Todos los presentes estaban atentos a la declaración. Y Alexander fue más lejos. Le contó a la corte:

—Esos hechos ocurrieron hace poco más de un mes, casi al final de nuestro entrenamiento con el doctor Marco Polo. Yo me volví un alumno más cercano, un amigo de su plena confianza. En una cena en su casa, con algunas dosis de whisky en la cabeza, él reveló este acto corrupto.

—Amigo, ¿ya no tartamudeas? —le preguntó Marco Polo a Alexander.

Alexander se quedó helado con esta pregunta. Sus amigos, Florence, Jasmine, Michael, Sam, intercambiaron miradas y también se sorprendieron por el hecho de que no tuviera dificultad para articular las palabras, incluso en un ambiente tan tenso.

Pero el juez advirtió:

—Señor Marco Polo, aunque esté haciendo su autodefensa, no está autorizado a hacerle preguntas al testigo, a no ser que las solicite a este magistrado.

Marco Polo se disculpó. Y aprovechando el momento, el juez le preguntó al propio psiquiatra:

—¿Este joven merecía de hecho toda su confianza?

El profesor miró fijamente a los ojos de su alumno y declaró asombrosamente:

—Los maestros que apoyan a los alumnos que corresponden a sus expectativas no forman pensadores, sino repetidores de datos. Mi querido alumno Alexander merecía mi confianza. Evolucionaba mucho en su capacidad de ser.

Alexander se puso rojo, tembloroso, casi se infartó al ser elogiado por su maestro ante la injusticia que él ejercía contra él. Marco Polo ya sospechaba desde hace tiempo de que él era un infiltrado del rector Vincent Dell. Pero, como todos los demás alumnos, merecía una oportunidad para reescribir su historia. Poco a poco fue conquistando su confianza y había ido dos veces a su casa en los últimos meses. Pero los eventos que se mostraban en la imagen nunca sucedieron. Jamás usó la nobilísima profesión de la psiquiatría de manera antiética.

El juez, observando los hechos, se quedó intrigado. Esperaba que el acusado criticara el carácter de Alexander, pero no lo hizo. Curioso, y queriendo emitir un juicio justo, sintió que también debería hacer algunas preguntas al testigo.

—Señor Alexander, ¿por cuánto tiempo los entrenó el doctor Marco Polo?

—Un año —afirmó Alexander.

—¿Con qué frecuencia?

—Dos o tres veces por semana —habló, diciendo la verdad.

El fiscal aprovechó la ocasión para declarar en prosa y en verso:

—Un año de lavado cerebral. Un año engañando a alumnos inocentes.

Michael, Víctor, Yuri, Jasmine y Florence se miraron entre sí, difiriendo. Florence se levantó, pero Sofía le sujetó una mano y la sentó, pues podría ser expulsada del tribunal o arrestada por causar un tumulto en la sala de audiencias. The Best sabía esto, con la autonomía que había adquirido, incluso analizando la mente de los criminales del presidio en el que estuvo, donde aprendió una de las mayores artimañas de los seres humanos:

fingir. Y su estrategia estaba funcionando muy bien. Los jurados estaban perplejos.

Enseguida, el propio juez cuestionó a Alexander:

—¿No se dieron cuenta de que estaban siendo engañados, señor Alexander?

Él miró a sus amigos que estaban entre el público y movió la cabeza indicando que no.

—El doctor Marco Polo es muy inteligente, sus palabras eran seductoras.

Y de este modo, Alexander, que al principio era un espía, pero que poco a poco fue contagiándose de la sabiduría y amabilidad de su maestro, lo apuñaló por la espalda.

—Pero ¿no usó él las herramientas del Carpintero de Nazaret? ¿No dijo él que eran revolucionarias? —cuestionó el fiscal.

Alexander se quedó mudo. Pero enseguida rompió el silencio:

—Pero yo descubrí que son revolucionarias.

—¿Lo son? ¿Y por qué no se rebeló contra este sinvergüenza? Qué ingenuidad.

Marco Polo rebatió al fiscal.

—¿Quién dice que mis alumnos eran ingenuos? Ellos fueron seleccionados entre los alumnos más desapegados, rebeldes, insolentes, y se convirtieron en mentes brillantes.

—¿Mentes brillantes? No sea estúpido, maestro —dijo el fiscal.

Hubo un tumulto en la corte. El juez tuvo que intervenir.

—¡Orden en este tribunal! —pasado el alboroto, el juez preguntó a Marco Polo—: Ya que es usted su propio abogado defensor, ¿quisiera hacerle alguna pregunta a su exalumno?

—Sí —dijo Marco Polo, y preguntó—: ¿Yo estaba ebrio ese día?

—Sí.

—Entonces, es posible que no supiera de qué estaba hablando.

—Bueno, no totalmente ebrio —respondió el alumno.

—Pero ¿sabías que no bebo whisky?

Alexander tembló, pero respondió:

—¡Pues ese día lo bebió!

—¿De qué marca?

Alexander titubeó y dijo:

—No... no... me acuerdo.

—¿Estás inseguro, Alexander? —cuestionó Marco Polo.

Él hizo una pausa, pensó y respondió:

—En cuanto a mi testimonio, no.

—¿Sabes el nombre de las otras personas que estaban conmigo aquel día?

—No. No las conozco.

En el montaje, ellas estaban de espaldas, imposibles de ser identificadas; en caso contrario, también deberían haber sido llamadas a atestiguar. Pero el fiscal, en realidad la súper máquina The Best, se había hecho pasar por muchas personas en la fase de indagación, manipulando todo, llamando sólo a las personas que quería con el objeto de humillar y, al mismo tiempo, poner a prueba a Marco Polo al máximo.

Marco Polo hizo una pausa y le dijo:

—No más preguntas. Sólo me gustaría decirle a Alexander: "Muchas gracias por existir y por haber tenido la oportunidad de ser tu profesor de educación socioemocional".

De nuevo se soltaron los murmullos entre el público. Los gestos del acusado no cabían en el patrón lógico de quien estaba siendo juzgado y señalado como criminal. Enseguida el juez llamó a otros dos testigos, Peter y Chang, dos exalumnos de Marco Polo. Eran testigos de la defensa, aunque el psiquiatra los había dispensado. Y no sólo ellos, sino todos los demás, temiendo que The Best simplemente los asesinara. Pero el abogado de la defensa, aunque habían prescindido de sus servicios hacía pocas horas, los convocó en contra de su voluntad. Ellos entraron asustados en la sala del tribunal, mirando hacia todos lados. El fiscal meneó la cabeza, se aproximó a Marco Polo y le dijo en voz baja:

—Hace dos mil años, el Maestro de maestros fracasó. Fue traicionado, negado y abandonado. Es tu turno...

Peter vio a Marco Polo esposado, debilitado, en silencio. Se afligió. Miró a sus amigos en el público con lágrimas en los ojos. Este joven seco, intolerante y supremacista blanco, había aprendido a desarrollar empatía y sensibilidad. Los periodistas acreditados anotaban eufóricamente el encuentro, diseccionaban los semblantes y los niveles de tensión de los actores de este teatro jurídico.

A Marco Polo le hubiera gustado que Chang y Peter lo valoraran aunque fuera en forma mínima, pero de nada servía exigirles nada, incluso después de todo el escenario manipulado y los riesgos que corrían.

El fiscal miró a los dos jóvenes y les dijo:

—El señor Marco Polo es un asesino en potencia y un impostor confeso. Admitió que falsificó informes y vilipendió la herencia de ancianos. Señor Chang y señor Peter, ¿reconocen que este hombre violento e inescrupuloso fue su mentor?

En ese momento preciso, el gatillo mental de Peter y de Chang se disparó en fracciones de segundo y encontró ventanas killer que contenían una altísima dosis de ansiedad, un alto volumen de miedo social, aderezados con un dramático sentimiento de vergüenza. Inmediatamente, el ancla de la memoria se hospedó en estas ventanas y cerró el circuito de la corteza cerebral, bloqueando millones de datos que podrían sustentar respuestas maduras. Perdieron momentáneamente su autonomía, no eran libres. Negaron vehemente la historia que habían tenido con el intrigante profesor.

—¡No! Él no es mi mentor —dijo Peter, con los labios temblorosos.

Se escucharon voces entre el público. Florence le dijo a Jasmine:

—¡Es un cobarde!

—¿Cómo no? ¿No se sometieron a un año de entrenamiento intensivo? —insistió el fiscal.

—Sí, pero las clases eran muy espaciadas —afirmó Chang, temeroso.

—Otro débil —afirmó Jasmine mirando a Florence en el pequeño auditorio.

—Pero Alexander dice que eran dos o tres clases por semana —cuestionó el juez, percibiendo que algo estaba mal.

El Yo no salió de entre el público, ni entró en el escenario ni asumió el liderazgo de sí mismo. Ambos se sintieron como si estuvieran en una sabana africana, a punto de ser devorados por un depredador. Sus cerebros los preparaban para luchar o huir, pero no para pensar críticamente. Prefirieron huir. Peter, balbuceante, mintió:

—Es que Chang y yo faltábamos frecuentemente a las clases.

El fiscal aprovechó el ambiente para menospreciarlos:

—Pero ¿las clases del doctor Marco Polo no eran interesantes?

Chang y Peter respondieron al unísono:

—Sí lo eran. Mucho. Pero...

—Siempre hay un "pero". Negaste a tu maestro otra vez —reforzó el fiscal, "satisfecho" con la vehemente negación.

En este momento, Sam, que siempre emitía sonidos debido al síndrome de Tourette, aunque estaba bien controlado, imitó el sonido de un gallo. El público sonrió, aunque el caso estaba para llorar.

El juez intervino:

—¡Silencio! —e intentó saber qué pasaba—: Tengo información de que ustedes, antes del entrenamiento, eran personas difíciles, reactivas, impulsivas, con problemas conductuales y que dieron un salto socioemocional.

Chang dio un paso al frente y dijo:

—¿Qué es eso, señor juez? El Papa casi nos beatificó. Éramos santos.

Muchos se rieron de su manera irónica de ser, incluso el jurado.

Pero el juez cuestionó:

—Entonces ustedes niegan que participaron en un entrenamiento complejo, que los llevó a ser altruistas, empáticos, pacificadores, emprendedores y transparentes. Hay algunas publicaciones de ustedes diciendo que estaban involucrados y fascinados con el entrenamiento.

Chang no pudo mirar a la cara a Marco Polo. Solamente dijo:

—*Fake news*.

El fiscal se aproximó despacio a Marco Polo. Y con una sonrisa falsa, dijo:

—Las máscaras cayeron, el maquillaje se desvaneció y el maestro quedó al desnudo. No quedó piedra sobre piedra de la reputación de Marco Polo.

—Felicidades, señor fiscal, lo logró —expresó Marco Polo.

—¿Felicidades? No seas sarcástico. ¿Cómo es la soledad de ser abandonado por aquellos que creías que tanto te amaban?

Y después de que Chang y Peter salieron, el fiscal se volteó hacia el jurado e hizo sus consideraciones finales:

—Intento de asesinato, informes falsos, conspiración, seducir mentes incautas, innumerables y gravísimas acusaciones contra el señor Marco Polo. Este sociópata corrompe el tejido social como un virus que infecta el cuerpo humano. Muchos podrán seguir su ejemplo trágico, macabro, oscuro, soterradamente peligroso. Sólo espero que su sentencia sea implacable. Si no se aplica una "cuarentena" de años en una cárcel de máxima seguridad, o se le otorga cadena perpetua, su virulencia podría causar una pandemia social. Incluso porque tiene millones de seguidores en las redes sociales. Ya no tengo nada más que decir.

Después de que el fiscal lo pisoteara, Marco Polo insistió en hablar. El juez lo permitió. Pero el fiscal intentó impedirlo.

—Su señoría, este hombre no tiene nada que argumentar.

Pero el juez difirió:

—El señor Marco Polo debe ser escuchado. Él hizo su propia autodefensa y también debe hacer sus consideraciones finales.

En este momento, Marco Polo solicitó que Peter, Chang y Alexander regresaran a la sala, lo cual era extraño, pero fue concedido por el juez. Y delante de todos los presentes, el pensador de la psiquiatría contó una emotiva historia:

—Cierta vez, un oficial de policía muy respetado tenía un hijo único, adolescente, al que amaba muchísimo y era su mejor amigo. Por desgracia, ambos estaban presentes en una tienda donde entraron dos asaltantes. El padre estaba vestido de civil, pero tenía un arma bajo su chamarra. Él intentó reaccionar, pero el hijo, temeroso de que el padre perdiera la vida, trató de impedirle que sacara el arma. En este momento, los asaltantes, percibiendo los movimientos sospechosos del muchacho, lo balearon. El padre quiso socorrerlo, pero no fue posible. Y el hijo murió en los brazos de su padre diciendo: "¡Padre, eres inolvidable, y yo te amo!". El padre gritaba: "¡No te mueras, hijo! ¡No te mueras!". Pero lamentablemente, el muchacho cerró los ojos a la vida.

El fiscal dijo, a los gritos:

—Marco Polo no está haciendo las consideraciones finales de su autodefensa. ¿Qué pretende con esta historia? Hágalo callar, su señoría, hágalo callar.

Pero el juez no escuchó al fiscal. Atentísimo a esa historia, indicó a Marco Polo:

—Continúe.

—Por fin, los delincuentes fueron arrestados, pero eso no resolvió el dolor de este padre. La justicia y la venganza amortiguan por algunos momentos el dolor de la pérdida, pero no aplacan sus inevitables secuelas. Deprimido, el oficial de la policía se sometió a algunos tratamientos frustrados y atentó dos veces contra su propia vida. Por fin, completamente fragmentado, sin creer en sí mismo, en la vida y en la profesión, me buscó. Lloraba a mares. Su historia se paralizó en el velorio de su hijo. Se culpaba día y noche, día y noche vivía en la cárcel de la pérdida.

A Marco Polo se le anegaron los ojos de lágrimas, detuvo su hablar, tomó un trago de agua y continuó la historia del policía.

Pero nadie entendía a dónde quería llegar. Pero al juez, al escuchar esa historia, se le humedecieron los ojos.

—Miré a los ojos a aquel policía cuya vida fue interrumpida, y le dije: "Tener una emoción nos vuelve únicos, con una firma sentimental única. A tus ojos, cuando sufres, todo el universo sufre contigo. Cuando te sientes solo, todo el universo siente soledad. Pues tu dolor es sólo tuyo, y es indescriptible, nadie más puede sentirlo". Después agregué: "Sin embargo, el dolor nos construye o nos destruye. ¡La decisión es tuya y solamente tuya! Tu hijo murió, no hay modo de traerlo de vuelta a la vida. Pero si sigues deprimiéndote y castigándote, estarás matando el lugar más notable donde él debe seguir vivo: dentro de ti. Y la mejor forma de mantenerlo vivo es honrar su vida y homenajearlo todos los días gritando en el silencio de tu mente: por amor a ti, mi hijo, seré más feliz; por amor a ti, voy a salir de mi cárcel psíquica y daré lo mejor de mí para hacer felices a los demás".

Súbitamente, el juez se emocionó e interrumpió el discurso de Marco Polo. Hizo lo que no debería hacer, pues se espera que un juez sea imparcial al juzgar a un acusado. Pero todos los hechos eran inusitados en el juicio de Marco Polo.

—Espere. Yo conozco a ese oficial de policía. Era un notable profesional. Sé que alguien lo ayudó a superar la pérdida de su hijo y a reinventarse. Hoy él ayuda a sus colegas policías a prevenir suicidios, un riesgo que es alto en esa profesión.

El fiscal subió su tono con el juez.

—Su señoría, usted sobrepasó sus atribuciones. Jamás debe dar entrada a un caso particular para no inducir al jurado a analizar las pruebas contundentes contra un criminal de la más alta peligrosidad.

El juez reconoció:

—Discúlpeme, fiscal. Es que no me pude contener. El muchacho que murió era mi sobrino, y el padre, mi hermano menor. Si desea, puede pedir mi suspensión en este juicio.

Ese torbellino de emociones era incomprensible para The Best. Quería destruir sumariamente a Marco Polo con su arma láser. Llegó a apuntar una luz hacia el psiquiatra, pero no era el momento. Todos los presentes, incluyendo los periodistas, quedaron impresionados con la emotividad de esos datos. Un periodista le dijo al otro al oído: "¿Puede ser un psicópata un hombre con esa estatura intelectual y emocional?". El otro negó con la cabeza y señaló: "Algo está mal en esta historia". Peter le habló a Chang con lágrimas en los ojos: "Ése es el maestro". Alexander estaba sin aliento.

Ante las palabras del juez, Marco Polo agregó:

—Discúlpeme, su señoría, no sabía que conocía esta historia. Sólo desarrollé esta narrativa para mostrarles que la peor cárcel es la que aprisiona nuestra emoción. ¿Cuántos de nosotros nos encerramos en los suelos de nuestras pérdidas, traiciones, fracasos? Como dice el implacable fiscal, yo perdí completamente mi reputación por las causas por las cuales estoy siendo juzgado en este tribunal. Pero me gustaría decir que pueden crucificar mi imagen, pero nunca silenciarán mis pensamientos; pueden encerrar mi cuerpo, pero seré libre en el único lugar en el que es inadmisible ser un prisionero...

El fiscal quería hacer explotar esa sala. Pero esta vez los temores de Marco Polo disminuyeron. Estaba tan centrado en sus pérdidas que se dirigió a sus alumnos. Pasó la mirada por el rostro de cada uno de ellos y completó su razonamiento.

—Y para terminar las consideraciones finales en mi propio juicio, me gustaría hablar de una de las últimas enseñanzas de un maestro, al que sólo admiré profundamente después de que lo estudié. Pedro lo negó por tercera vez. Enfatizó: nunca vi a este hombre, no forma parte de mi historia. Pero para asombro de la psicología, él alcanzó a oír a su alumno en el momento exacto en que lo negó con vehemencia. Y su respuesta fue de una delicadeza psicosocial sin precedentes: ¡una mirada silenciosa! Y solamente san Lucas, el autor del tercer evangelio, un médico de aguda observación clínica, capturó esta mirada. Cuando el Maestro de maestros no podía hablar, gritó sin decir palabra: "¡Yo te comprendo...! ¡Yo te comprendo...!". No exigió nada, no cobró ni tuvo alguna muestra de heroísmo. Sólo lo acogió. Nuestra sociedad es judicial, juzga mucho y abraza poco, señala muchas fallas y exalta poco los aciertos. Mientras lo analizaba, yo me preguntaba: "¿Qué hombre es capaz de abrazar a quien lo negaba? ¿Qué clase de maestro es éste que apostaba todo lo que tenía a quien lo frustraba?". Me quedé atónito, asombrado, perplejo.

Y después de estas consideraciones, Marco Polo fijó la mirada en cada uno de sus alumnos y terminó diciendo:

—Mis palabras finales son las mismas que aprendí humildemente: yo los comprendo. Ustedes nunca estarán al margen de mi historia.

Florence y Jasmine rompieron el ritual jurídico, se levantaron, se acercaron a Marco Polo y lo abrazaron calurosamente. Después vinieron los demás. Despacio, Peter, Chang y Alexander se unieron a ellos. Fue una de las raras veces en que ocurrió este fenómeno en la sala de un tribunal.

—¡Silencio en este tribunal! ¡Orden! Vamos a pasar a la fase de sentencia. ¡Orden en este tribunal! —dijo el juez golpeando la mesa con el martillo. Él también estaba emocionado y, al mismo tiempo, perturbado. Ante su insistencia, las personas se fueron apartando del acusado. Tendría que pedir al jurado que saliera y se reuniera para dar la sentencia final de Marco Polo. Ante los hechos, seguramente sería condenado, aunque quisieran liberarlo.

The Best se llevó las manos a la cabeza. Estaba confundido. Su software estaba en estado de pánico. Después se restableció, se aproximó al psiquiatra y le dijo personalmente:

—Sorprendentemente, parece que tus alumnos... todavía te aman. Pero ¿qué es el amor? Tú venciste porque...

El psiquiatra contestó:

—Yo no vencí. El que perdió fuiste tú. Perdiste al apostar en contra de la especie humana.

Y, para finalizar, la súper máquina de la inteligencia artificial cuestionó profundamente a Marco Polo:

—No sé qué es la emoción. Pero sé que para la humanidad, la emoción es su libertad y su cárcel, su primavera y su invierno, la fuente de sus sueños y el manantial de sus pesadillas. ¡No entiendo las paradojas de estos humanos, no las entiendo! ¿Cuántas características más señalaste que revelan que la especie humana se está volviendo inviable? ¿Y por qué sigues apostando por ella?

Marco Polo respiró, pensó, analizó las palabras que había enseñado y que ahora The Best le devolvía.

—Yo denuncié que lamentablemente la educación mundial está en la edad de piedra en relación con las herramientas de gestión de la emoción y en la formación del Yo como piloto de la aeronave mental. Pero no desistí de ella, estaría desistiendo de mí mismo.

Y la más fascinante máquina robótica, The Best, que quería tener el derecho de existir y dominar a los seres humanos, y que se hizo pasar como fiscal implacable para condenar a Marco Polo y a su entrenamiento, y convencerse de que sus creadores no merecían una segunda oportunidad, salió de la escena. Tal vez The Best se fue para adulterar los códigos secretos de las armas nucleares y causar la tercera guerra mundial, o provocar disputas comerciales internacionales u ocasionar otros sabotajes. No se sabía. Sólo se sabía que el potencial de destrucción de la criatura contra su creador era enorme.

Pero he aquí que lo inesperado ocurrió. En vez de que The Best saboteara a la humanidad, dio un paso atrás momentáneamente. Minutos después, todos los celulares de la nación recibieron una llamada de emergencia, con el mismo mensaje que mostraba que los hechos que incriminaban a Marco Polo eran *fake news*, incluyendo la tentativa de asesinato y los informes psiquiátricos. ¿Por qué hizo esto The Best? No fue por compasión, pues él no tenía emociones. Lo hizo porque, a pesar de todo su potencial destructivo, existía una llama de honestidad en su inteligencia lógica.

Al día siguiente, hallaron el cuerpo de Vincent Dell y de los otros científicos que lo habían creado. The Best dio todas las pistas. Las fuerzas de seguridad nacional descubrieron la existencia del *Robo sapiens* y de las investigaciones secretas que llevaron a su construcción. Y a partir de este momento comenzó lo que el propio *Robo sapiens* esperaba, una cacería implacable contra él. Pero a él le gustaba este juego del gato y el ratón. ¿Quién era el gato y quién era el ratón? Él cambiaba las posiciones. La inteligencia artificial, tan importante para democratizar el acceso a la información, la innovación tecnológica y la expansión de la productividad empresarial, al conquistar la autonomía pasó a jugar peligrosamente con la especie humana.

Alexander casi se desmayó al ver el mensaje de que Marco Polo era inocente. Salió de escena atormentado. Fue completamente desenmascarado. Sería tachado de traidor e incriminado por dar falso testimonio. Ciertamente, quedaría preso. Pensó en ya no vivir. Pero Marco Polo observó su comportamiento e incluso con dificultades para moverse, fue detrás de él. Sus otros alumnos, así como los periodistas, querían impedirlo, pero él les pidió que se apartaran y fue a su encuentro. Lo alcanzó en los corredores del inmenso tribunal.

—¡Alexander! —gritó.

Él, de espaldas, gritó también:

—¡Olvídate de mí! ¡No merezco vivir! —y apresuró sus pasos.

—No pienses así. Quien piensa en morir tiene hambre de vivir.

Caminando apresuradamente, Alexander dijo en voz alta:

—Iré a prisión. ¡Eso es lo que quieres!

Marco Polo completó:

—Yo seré tu testimonio de defensa.

Alexander se volvió, casi incrédulo, y comenzó a llorar.

En este momento, Peter y Chang se aproximaron y no lograron decir mucho.

—¡Disculpas! Sinceras disculpas —expresaron.

Marco Polo abrazó afectuosamente a su traidor y a los dos que lo habían negado. Lloró con ellos. Después se acercaron Jasmine, Florence, Yuri, Martin, Michael y los demás. Todos se echaron a llorar abrazados en un círculo.

Al momento siguiente, con la voz entrecortada, Marco Polo los miró a los ojos, se olvidó de todo el drama que pasó y les dio una misión:

—Millones de jóvenes y adultos no hacen ejercicios físicos ni mentales, sus cerebros se están atrofiando, no escriben cartas, ni elaboran textos o realizan debates profundos sobre la vida... Los juicios son precoces y la necesidad neurótica de exposición social es la droga del momento. ¡No se callen!

Y se enjugó las lágrimas, para después completar:

—Tienen que luchar contra la era del envejecimiento precoz de la emoción y de los mendigos emocionales. Divídanse y recuerden que quien vence sin riesgos no es digno de gloria. Si se escondieran tímidamente de las tempestades serán siervos de sus miedos, no verán en ellas oportunidades para cultivar.

Las escuelas clásicas producían un líder brillante cada cien mil alumnos, pero Marco Polo, usando las herramientas de gestión de la emoción, formó doce líderes impactantes que antes eran considerados sociópatas, rebeldes, intratables e irrecuperables. Descubrió algo fascinante: no somos capaces de producir oro en los suelos de la mente de las personas, pero podemos remover las piedras...

Ellos revolucionarían el ambiente donde respiraran y el suelo que pisaran. Darían discursos innovadores en las universidades, serían escritores inteligentes, cineastas instigadores, luchadores incansables de los derechos humanos. Causarían tumultos y escándalos, serían criticados por la prensa y los religiosos, pero jamás dejarían de ser honestos consigo mismos, pues habían entendido que quien no es fiel a su consciencia tiene una deuda impagable. A diferencia de los políticos que aman sus partidos e ideologías por encima de la sociedad, ellos amaban la humanidad por encima de sus ideas.

Serían abucheados como pocos, pero aplaudidos por ser diferentes, llorarían lágrimas inenarrables, pero siempre se acordarían de las palabras del Maestro de maestros: "No hay cielos sin tempestades. En el mundo pasáis por varias tribulaciones, pero tened buen ánimo; yo no me doblegué ante el dolor, yo vencí al mundo". De este modo, dejarían atrás la mediocridad existencial y construirían un legado en esta brevísima existencia, una vida que vale la pena vivir... ¿Y tú? ¿Y yo?

FIN

Índice

AUGUSTO CURY

Más de 30 millones de libros vendidos
Publicado en más de 70 países

EL LÍDER MÁS GRANDE DE LA HISTORIA

Esta obra se imprimió y encuadernó
en el mes de abril de 2022,
en los talleres de Impregráfica Digital, S.A. de C.V.,
Av. Coyoacán 100–D, Col. Del Valle Norte,
C.P. 03103, Benito Juárez, Ciudad de México.